中文經典100句
古文觀止 續編

輕鬆閱讀經典，深入中文堂奧，強化寫作必備案頭書

文心工作室—編著
文化大學中文系 季旭昇教授—總策畫

聞人過失，如聞父母之名，耳可得聞，口不可得言也。一國以一人興，以一人亡，家累千金，坐不垂堂。古之立大事者，不唯有超世之才，亦必有堅忍不拔之志。善惡之報，至於子孫。淵之下，必有深潭；高丘之下，必有浚谷。浮生若夢，為歡……常發於所忽之中，而亂常起於不足疑之事……

〈出版緣起〉

站在文化巨人的肩膀上

季旭昇

「犁明即起，灑掃庭廚。忘著窗外，一片籃天白雲，令人腥情振忿。隨便灌洗一下，整理遺容之後，走到客聽，粘起三柱香，拜完劣祖劣宗，希望祖宗給我保屁。然後勿勿敢往朋友的壽宴，為朋友舉殤祝壽，大家喝的慾罷不能。談到朋友的事葉出現危機，我就建議他要摒持理念、拿出破力。朋友也免勵我要多用功，才能寫出家譽戶曉、躑地有聲的文章。晚上我開始發糞讀書，日以繼夜的終於寫完這一篇文章。」

這是用現在見怪不怪的錯字集錦而成的一篇小文，果然可以「擲地」，但是未必「有聲」。近年來，這種錯字太多了，老師開始憂心、家長開始憂心、社會賢達開始憂心，只有學生和教育主管當局不憂心，教育主管當局甚至於還要進一步削減中小學的國語文授課時數。終於，社會的憂心迸發了，由各界組成的「搶救國文聯盟」日前已起來呼籲教育主管當局要正視這個問題，不要坐視國家競爭力一日一日的衰落。

身為文化事業一分子的商周出版，老早就在正視這個問題了，所以洞燭機先地策畫了「中文可以更好」系列，為文字針砭、為語文把脈，希望把這些年語文界的毛病治好。各界反應還不錯。

語文的毛病治好了，體質還是不夠強壯。商周出版認為進一步要熬十全大補湯，讓我們的語文更強壯。這「十全大補湯」就是「中文經典一〇〇句」系列。

《荀子·勸學篇》說：

「吾嘗終日而思矣，不如須臾之所學也。吾嘗跂而望矣，不如登高之博見也。登高而招，臂非加長也，而見者遠；順風而呼，聲非加疾也，而聞者彰。假輿馬者，非利足也，而致千里；假舟楫者，非能水也，而絕江河。君子生非異也，善假於物也。」

學畫一定要先從芥子園畫譜學起。芥子園畫譜是初學者的「經典」。張大千的畫藝要更上層樓，所以要去千佛洞臨壁畫。千佛洞是張大千的「經典」。學書法的人要學二王顏柳，二王顏柳是書法界的「經典」。

經典是古代聖賢才智的結晶，是民族文化的源頭。

多認識經典可以讓我們站在巨人的肩上，長得更快、更高。

多認識經典可以讓我們的思想、文字帶有民族智慧、民族風格。

《論語》、《史記》、《古文觀止》、《孟子》、《詩經》、《莊子》、《戰國策》、《唐詩》、《宋詞》、《世說新語》、《資治通鑑》，《昭明文選》、《六祖壇經》、《曾國藩家書》、《老子》、《荀子》、《韓非子》、《兵法》、《易經》、《淮南子》、《元曲》、《孔子家語》、《閱微草堂筆記》、《禮記》、《明清小品》、《古詩源》、《東萊博議》、《四朝高僧傳》、《唐人傳奇》（「中文經典一〇〇句」已出版），這幾本書應該是現代國民的「最低限度必讀經典」，做為這個民族的一份子，沒有讀過這幾本書，就稱不上這個民族的「知識分子」。但是，現代人實在太忙了，大人忙著五光十色、小孩忙著被教改、社會忙著全民英檢、國家忙著走出去，人人都在盲茫忙，商周出版因此為忙碌的人們燉一鍋大補湯，用最活潑簡明的文句，把經典的精粹提煉出來，讓大家可以在「三上」（馬上、枕上、廁上）閱讀。在做完文字針砭、為語文把脈、把病痛治好後，讓我們來培元固本，增強功力，站在文化巨人的肩膀上，看得更高，飛得更遠！

（本文作者為台灣師範大學國文系退休教授，現任文化大學中文系教授）

Contents／目錄

Contents／目錄

人事慨嘆

Contents／目錄

建功立業

行為修養

多行不義，必自斃

名句的誕生

對曰：「姜氏何厭[1]之有？不如早為之所，無使滋蔓。蔓，難圖也。蔓草猶不可除，況君之寵弟乎？」公曰：「多行不義必自斃，子姑待之。」

～春秋・左丘明《左傳・鄭伯克段於鄢》

完全讀懂名句

1.厭：飽、滿足。

2.滋蔓：草木蔓延生長，這裡指權力擴張。

（祭仲）回答：「武姜哪裡有滿足的時候？不如早點預作準備，不要讓她的權力過於擴大，一旦蔓延就難以清除了。蔓延的雜草難以根除，更何況是您寵愛的弟弟呢？」鄭莊公說：「做多了不義之事，必會自取滅亡，你暫且等著看吧。」

文章背景小常識

〈鄭伯克段於鄢〉是《古文觀止》的第一篇選文，主要講述春秋時代鄭國國君鄭莊公，與弟弟共叔段兄弟鬩牆的事件，其中牽涉到母親武姜。文章選自《左傳》魯隱公元年（西元前七二二年）。鄭伯就是鄭莊公；克，是戰勝的意思；段，指的是共叔段；鄢，在今日河南鄢陵北方。

這篇文章的內容講述武姜生下莊公和段，但較為偏愛小兒子段。丈夫武公在世時，武姜請求立段為太子，但武公不肯。等莊公即位後，武姜又為段要求封邑。

後來，段的封邑築牆超過規定，大夫祭仲提醒莊公，此舉不合禮制，但莊公表示這是武姜的意思。祭仲進一步警告莊公，禍害如同雜草，不能讓它肆無忌憚地蔓延，而莊公僅僅回答，「多行不義必自斃。」

後來段的行事益發得寸進尺，下令西邊、北邊邊境必須聽命於他。公子呂進言，請求莊公制裁段，但莊公依舊不為所動。

段在吞併了邊境後，勢力進一步擴張到廩延一地，公子呂再次催促莊公盡快解決此事，以防釀成禍患。

不久後，段修葺城牆、儲備糧草、充實軍隊，準備造反，並與武姜串通，由武姜暗中偷開城門接應。直到此時，莊公才出兵攻打段。段退入鄢，莊公又討伐鄢，段最後逃亡共國。因此後世稱他為「共叔段」。

名句的故事

在〈鄭伯克段於鄢〉中，除了寫出身為母親的武姜，因為偏愛小兒子段，任他予取予求，導致他恃寵而驕，終於釀成大禍。而鄭莊公雖然知道母親偏心、弟弟目無尊長，但暫且隱忍，靜待時機成熟後一舉攻破的作法，也可觀察到莊公工於心計的一面。

文中，共叔段步步進逼，有得寸進尺之勢，而莊公對於弟弟的行為，以「義」作為評論的標準。第一次是共叔段受封地的城牆超過規定，鄭國大夫祭仲指出不合禮法，莊公淡淡的說：「多行不義必自斃。」第二次是共叔段將邊境之地併吞，不停擴張勢力，公子呂請莊公解決，莊公回答，「不義不暱，厚將崩。」意思是沒有道義的人，人民是不會依附他的，就算勢力雄厚，也會崩潰。

〈鄭伯克段於鄢〉一文在《古文觀止》中，除了選錄《左傳》的原文，卷三中也選了《穀梁傳》的義理闡發。

《穀梁傳》同時貶抑了鄭莊公與共叔段，認為鄭莊公是處心積慮要殺弟弟。其實，鄭莊公在封段時，不肯把危險的「制地」封給他，足以看出莊公對弟弟的愛護。但後來段在母親的寵溺之下，一步一步走上叛亂之路。這應該不能完全責怪莊公處心積慮。

而從這篇文章中可以看出，儘管春秋時期禮壞樂崩漸顯，但對個人的言行、禮儀制度等仍舊重視。莊公說共叔段「多行不義必自斃」，最後也以共叔段「無義」來討伐他，在本文中，可說是以「義」貫穿。

歷久彌新說名句

《中庸》曰：「義者，宜也。」所謂的「義」，就是合乎規範的行為。孔子也曾說過，「君子喻於義，小人喻於利。」將義作為修己治人的準則，所以論語中有「君子義以為上」、「上好義，則民莫敢不服」等闡述。而孟子將之發揚光大，提出「義利」問題。孟子見梁惠王，王揶揄的問，你千里迢迢來見我，一定是有利於我的事吧？孟子答道：「王何必曰利？亦有仁義而已矣。」可見「義」在君子心中的重要性。

在《舊唐書．酷吏傳》中，記載唐朝武則天大力網羅天下人才，有一名街頭混混來俊臣，藉由誣告，得到武則天青睞，加官晉爵至左台御史中丞。他有數百名手下，四處打探消息，羅織罪狀，殘害百姓，陷害忠良，朝廷上下敢怒不敢言。當時的官員上朝前，先與家人訣別，生怕出了門遭到來俊臣誣陷，再也回不來了。後來，由於來俊臣目中無人，反遭密告被處死，大家知道他的下場無不稱快。

「多行不義必自斃」是一句人人耳熟能詳的話，如果換成俗語來說，便是「善惡到頭終有報」。歷史上有不少昏庸暴虐的君主、張揚跋扈的官吏、貪得無厭的小人，最終自取滅亡。在戲劇小說中，惡人遭到應得的報應，往往讓人拍手叫好，也反映出「惡有惡報，善有善報」，仍是人們心中普遍的期望。

信不由中，質無益也

名句的誕生

君子曰：「信不由中[1]，質[2]無益也。明恕[3]而行，要[4]之以禮，雖無有質，誰能間[5]之？……而況君子結二國之信，行之以禮，又焉用質？……」

～春秋．左丘明《左傳．周鄭交質》

完全讀懂名句

1.中：同「衷」，指內心。
2.質：用財物或人作為抵押，在此指人質。
3.明恕：明，坦蕩公開、光明磊落；恕，推己及人之道。
4.要：約束。
5.間：離間。

君子說：「不是發自內心的誠信，就算交換人質，也是沒有用的。行為坦蕩光明磊落，懂得推己及人，並以禮儀作為約束，即使沒有交換人質，又有誰能夠離間呢？……更何況君子是以信用締結兩國邦交，以禮儀行事，哪裡需要用人質呢？……」

文章背景小常識

〈周鄭交質〉一文，主要是記載鄭莊公與周天子之間的衝突。

周朝東遷後，雖然名為天下共主，但已經名存實亡，地位等同諸侯。鄭武公與鄭莊公父子先後擔任周國卿士，握有政權。後來周平王想將一半的國政分給西虢公，卻引發莊公不滿。

莊公質問此事，但周平王卻矢口否認，而後周、鄭交換人質，平王的兒子狐到鄭國做人質，莊公的兒子忽到周朝當人質。

周平王過世後，有人再度提出將國政交給西虢公，於是之前的舊事又被掀起，彼此的仇視到了臨界點。四月時，鄭國大夫祭仲率領軍隊強行割走了周王朝在溫邑的麥子；秋天時，再跑到成周去割了穀子。從此以後，雙方交惡，最後導致雙方開戰。

後人評點這篇文選，說周、鄭雙方的行為，真是「君不君、臣不臣」。清人謝有煇在《古文賞音》也提到：「周雖失馭臣之道，鄭更目無天子。」點出不止是作為諸侯的鄭伯行為失當，就連身為天子的平王也不誠信，行為失了禮制。從今天的觀點來看，周天子是領導人，所負的責任理應較大。

名句的故事

春秋戰國時代，國與國之間為取得相互的信任，彼此交換人質的事情屢見不鮮，通常是地位身分相等互為人質，當然也有小國向大國輸誠，單方面送出人質。

既然在當時交換人質相當普遍，《左傳》特別記載〈周鄭交質〉一事，必有其深意。不少古代的學者認為，鄭莊公不高興周平王要將政事分給西虢公，這是莊公僭越本分；周朝雖已沒落，但畢竟是天子，而鄭國是諸侯，竟然與天子交質，這也是僭越。當然，鄭莊公是有錯，但周平王的錯更大。

周平王東遷時，鄭國提供了重要的保護，而虢國並沒有什麼貢獻。但周平王獨厚虢國，難怪鄭莊公不滿。當莊公質問有關分權的事情時，平王支吾其詞，虛與委蛇，當然會引發種種事端。

文末君子評論此事說道：「信不由中，質無益也。」行事不是發自內心的誠信，就算交換人質，也是沒有用的。《禮記・學記》：「大信不約。」真正的信用，是不在於立定誓約的。《論語・顏淵》：「自古皆有死，民無信不立。」意思是，缺乏誠信，沒有辦法立身處事。可見誠信、信用、信任多麼要緊啊！

談到誠信的故事，同樣是在春秋戰國時代，吳王最小的兒子季札有一次出使晉國，經過徐國時，徐國國君非常喜歡他配戴的一柄寶劍，但礙於那是吳國的寶物，便沒有說出口。季札看在眼裡，打算回國時相贈，但當他回到徐國時，國君已經去世，繼位的徐王因為父親從未說過此事，不敢接受。於是季札便將寶劍掛在徐王墓旁的樹上才離去。

季札掛劍的故事，表現出君子之至誠，就連沒有說出口的承諾都努力遵守。再反觀周、鄭雙方雖然交換人質想博取信任，但各懷鬼胎，最後還是彼此交惡。

歷久彌新說名句

在本文中「信不由中，質無益也」，講到守信的重要，但也顯示出為了取信於他國，古代經常採用人質作為信任的保證。

在《史記．匈奴列傳》中，記載了一樁匈奴首領單于把太子抵作人質的事件。

匈奴是先秦至漢代北方民族，長久以來是中原國家的心頭大患。秦朝的時候，匈奴首領頭曼，與東面的東胡，西面的月氏在蒙古高原上三分稱霸。秦始皇派出大將蒙恬，擊退匈奴，迫使匈奴往北遷移。

後來，頭曼的長子冒頓（音ㄇㄛˋ ㄉㄨˊ）被立為太子，然而頭曼偏愛與閼氏所生的兒子，想找機會廢掉太子，所以將冒頓派去月氏當人質，接著卻發兵要攻打月氏。月氏認為頭曼言而無信，打算殺掉冒頓。冒頓萬萬沒想到竟被父親出賣，於是偷了一匹馬，連夜奔回匈奴。

回到匈奴後，頭曼認為冒頓極有膽識，便賜給他萬名騎兵。冒頓嚴加訓練這批騎兵，要求他們完全聽從命令。冒頓使用一種響箭，只要他發射響見到哪裡，士兵就必須跟著射擊哪個目標，若不遵守一律斬首。

剛開始，冒頓以鳥獸作為練習對象；後來他將響箭射向自己的愛駒，士兵中有人遲疑不敢射，即刻被處死；最後他將響箭射向妻子，眾兵卒也齊齊發箭，將冒頓之妻射死。冒頓以此確認所有士兵都能聽命於他。

最後，他帶著這支騎兵，將父親頭曼射死，又殺掉後母、弟弟與反對他的大臣，自立為首領單于。不久以後，冒頓單于向東滅掉東胡，向西驅走月氏，向南收復蒙恬當年奪走的領地，成為稱霸草原的新霸主。

驕奢淫佚，所自邪也。四者之來，寵祿過也

名句的誕生

石碏[1]諫曰：「臣聞愛子，教之以義方，弗納於邪[2]。驕奢淫佚[3]，所自邪也。四者之來，寵祿過也。將立州吁[4]，乃定之矣；若猶未也，階[5]之為禍。」

～春秋．左丘明《左傳．石碏諫寵州吁》

完全讀懂名句

1. 石碏：碏，音ㄑㄩㄝˋ。春秋時期衛國的賢臣。
2. 弗納於邪：納，引入；邪，不正當的思想或行為。弗納於邪，不要讓他走上邪路。
3. 驕奢淫佚：驕，驕傲；奢，奢侈；淫，淫邪；佚，放蕩。
4. 州吁：吁，音ㄒㄩ。姬姓，春秋時期衛莊公的庶子，衛桓公的弟弟，殺兄自立，在位時間短暫，不到一年。
5. 階：途徑，這裡指導致禍害。

石碏進諫說：「我聽說疼愛自己的兒子，就應該教他正確的道理，不要讓他走上邪路歪道。驕傲、奢侈、淫邪、放蕩，都是邪惡的根源。之所以會出現這四種缺點，是因為給予過多的寵溺與賞賜所導致。您若是要立州吁為太子，就早些確定；要是不打算立州吁，這些過度的溺愛將招致禍亂。」

文章背景小常識

〈石碏諫寵州吁〉一文，描寫春秋時期衛莊公迎娶齊國太子的妹妹莊姜，雖然貌美賢慧卻膝下無子，於是養育妾戴媯所生的兒子為嫡

子。但衛莊公卻偏愛寵妾所生之子州吁。州吁喜歡耍刀弄槍，莊公也不禁止。

衛國大夫石碏針對莊公寵愛州吁一事進諫。石碏用層層推進的方式，勸諫莊公。他開門見山的點出：愛護子女，必須教導他走上正確的道路，如果過於溺愛，只會養成孩子種種惡習。接著又以退為進，詢問莊公是否打算立州吁為太子？若沒有要立州吁，務必及早宣告，以免養虎為患。話鋒一轉，石碏以「六逆」與「六順」作為對比，點出州吁行為的荒誕。最後再次提醒莊公，「君人者，將禍是務去」。

石碏一席話鏗鏘有力、擲地有聲，可惜衛莊公沒有採納。石碏的兒子石厚與州吁來往密切，石碏再三告誡卻起不了作用。

後來莊姜養育的衛桓公即位後，由於弟弟州吁囂張跋扈，便撤掉州吁的職位。州吁不服，逃到其他諸侯國。十四年後，州吁與石厚密謀，竟刺殺哥哥桓公，自立為君，但因為他弒兄篡位，名不正言不順，得不到衛國人民擁戴。最後石碏獻計，讓陳國抓了州吁與石厚，衛國派人將州吁殺了，而同時石碏也大義滅親，派家臣獳羊肩殺掉石厚，解決了這場亂事。

名句的故事

〈石碏諫寵州吁〉這篇文章分為四個部分，前兩段交代歷史背景。先說衛莊公迎娶莊姜為妻，莊姜美麗卻無子嗣，於是將妾生之子完視如己出，也就是後來的桓公。而莊公的寵妾又生下州吁，但莊姜很討厭他。行文至此，除了點出桓公與州吁身分不同，也道出後宮鬥爭的暗潮洶湧。

第三段石碏的進言是本文的重心。由於州吁喜好武事，個性過於狂傲，石碏對莊公進諫說，身為父親，應該教導兒子走上正確的道路，不應該讓他的行為有偏差，「驕奢淫佚，所自邪也；四者之來，寵祿過也」，驕傲、奢侈、淫邪、放蕩，都是由邪惡產生的。之所以會有這四者，是因為做家長的過於寵溺。石碏這一段話，與《三字經》中「養不教，父之過」有異曲同工之妙。養育孩子卻溺愛而不教導，讓他養成種種惡習，是父母的過失。

但最後，因為石碏之子石厚與州吁交情深厚，石碏也對兒子束手無策，只得告老還鄉。

歷久彌新說名句

石碏的諫言深刻點出了父母如果對孩子過於溺愛，予取予求，會養成孩子目中無人、奢侈浪費等惡習。

有一句話說：「愛之，適足以害之。」就是說原本因為喜歡而加以愛護，但過多的寵溺反而害了他。

與衛莊公相同，漢景帝時的竇太后，也是一個溺愛孩兒的父母。

竇太后年輕時原是宮女，後來被送給代王劉恆，先後生下女兒與劉啟、劉武兩個兒子。劉恆被迎為皇帝後，便立劉啟為太子，劉武為代王，竇氏成了皇后。

後來劉啟即位，是為景帝，竇皇后升格為竇太后。太后對么兒劉武極為溺愛，不但賞賜奇珍異寶，還一再叮嚀景帝，務必多加愛護弟弟，讓他也能享有榮華富貴。景帝順從母親的意願，將代王拔擢為淮陰侯，更將當時最為富饒的梁國封給他，是為梁王。

然而竇太后並不因此而滿足，她更希望景帝能將帝位傳給弟弟。這個提議遭到朝中大臣反對，但反對的大臣卻紛紛死於非命。經過徹查才發大臣們皆死於梁王的刺殺。景帝因此斥責梁王，命他返回封地。梁王自此一蹶不振，沒多久就病逝。竇太后知道此事，深受打擊，鬱鬱寡歡。然而這一切的風波，都是因為竇太后過於寵溺小兒子而起的啊！

君義，臣行，父慈，子孝，兄愛，弟敬，所謂六順也

名句的誕生

「……君義，臣行，父慈，子孝，兄愛，弟敬，所謂六順也。去順效逆，所以速[1]禍也。君人者，將禍是務去[2]，而速之，無乃不可乎。……」

～春秋．左丘明《左傳．石碏諫寵州吁》

完全讀懂名句

1. 速：招致
2. 禍是務去：務去禍的倒裝句，務必去除禍害。

（石碏說）「……國君的作為合乎道義，臣子能夠遵行國君的旨意，父親對子女慈愛，子女孝敬父母，兄長愛護弟妹，弟妹尊敬兄姊，這就是所謂的『六順』。如今去除『六順』卻效法『六逆』，因而招致禍害。作為人君，應該要除盡禍害，現在反而是招來禍害，這是不可以的。……」

名句的故事

在〈石碏諫寵州吁〉一文中，石碏除了提醒衛莊公不要寵溺州吁，還提出「六逆」與「六順」，作為正反對比。

石碏說：「賤妨貴，少陵長，遠間親，新間舊，小加大，淫破義，所謂六逆也。」意思是地位低下的妨礙地位尊貴的，身為晚輩侵犯年長的，疏遠的離間親近的，新交往的挑撥舊交往的，輩分小的超越輩分大的，淫亂的破壞有道義的，就是所謂「六逆」。

他以「賤、少、遠、新、小、淫」暗指州吁，用「貴、長、親、舊、大、義」稱許桓公，接著引出「君義，臣行，父慈，子孝，兄愛，弟敬，所謂六順也」，君臣有義、父慈子孝、兄友弟恭，才能和諧家國。

在文中提到的「君義，臣行，父慈，子孝，兄愛，弟敬」是儒家長久以來所依循的道德倫常。儒家有「三綱五常」，三綱是「君為臣綱，父為子綱，夫為妻綱」；五常是「仁、義、禮、智、信」。此外，還有「五倫」，就是「父子有親，夫婦有別，君臣有義，長幼有序，朋友有信」，五常與五倫是互為表裡的。藉由三綱五常、五倫，來規範人倫與社會秩序。

儘管石碏的話句句在理，但畢竟寵愛州吁與否，是莊公的家務事，而莊公的「弗聽」也是人之常情。再加上石碏的兒子與州吁交情匪淺，石碏本身無法阻止，所以在議論此事上，他的諫言雖然正確，卻無能為力改變現實。

歷久彌新說名句

在這則名句中，說到了「君義，臣行，父慈，子孝，兄愛，弟敬，所謂六順也」。君臣、父子、兄弟之間的情誼與禮義，是傳統社會中相當重視的一環，忠孝節義，也就是教化人心的項目。所謂「自古忠臣多孝子」，孔子也說：「事親孝故忠可移於君，是以求忠臣必於孝子之門。」能盡孝盡忠之人，往往也是為人稱許的。

在《荀子．子道篇》中，有一則記載了魯哀公向孔子問孝順與忠貞的問題。魯哀公問：「子從父命，孝乎？臣從君命，貞乎？」魯哀公問孔子，兒子聽從父親的話，是孝順嗎？臣子聽命君主的意思，算忠貞嗎？但他問了三次，孔子都沒有回答。孔子離開後把魯哀公的問題告訴子貢，子貢覺得奇怪，他認為魯哀公說的是對的，為什麼老師不回應呢？

孔子說：「子貢啊，你真是見識短淺。一個國家裡，若是有四名直言敢諫之臣，別的國家就不敢來侵犯；若是有三名這樣的大臣，朝廷內就不會有任何危害；若是有兩名，至少宗廟不會受到毀壞。換言之，父親如果擁有敢進言的兒子，他就不會做出違背禮儀的事情；一個人要是有忠言直諫的朋友，就不會做出缺少仁義之事。」

最後，孔子語重心長的告訴子貢「故子從父，奚子孝？臣從君，奚臣貞？審其所以從之之謂孝、之謂貞也」，意思是說，真正的孝順或忠貞，不是毫無分辨的接受，而是審度事理。君王提出不合義理的事，便要去「勸諫」，才不會變成愚忠愚孝，誤國誤民。

若不憂德之不建，而患貨之不足，將弔不暇，何賀之有

名句的誕生

「……今吾子有欒武子之貧，吾以為能其德矣，是以賀。若不憂德之不建，而患貨[1]之不足，將弔[2]不暇，何賀之有？」

～春秋．左丘明《國語．叔向賀貧》

完全讀懂名句

1.貨：泛指財物。

2.弔：哀傷、憐憫。

「……現在，您像欒武子一樣的貧窮，我認為您也有像他一樣的品德，所以向您祝賀。如果您不憂愁不能建立德行，只是擔憂財富的不足，那麼我為您感到哀傷還來不及，還有什麼值得慶賀的呢？」

文章背景小常識

本句選自〈叔向賀貧〉一文，出於《國語．晉語八》。叔向（？～西元前五二八年前後），姬姓，羊舌氏，名肸，叔向為他的字。他是春秋時晉國公族，以正直敢言、學問淵博著稱，曾歷經晉悼公、晉平公、晉昭公三世，雖有官職，但並不握有實權。他與齊國的晏嬰、鄭國的子產同時期，彼此曾就國事加以討論。叔向之時，晉國的國運已是日薄西山，但他依舊努力為國效力。

在文中的韓宣子（？～西元前五一四年），名起，宣是他的謚號。他是春秋時晉國的正卿。由於韓氏一族世世代代在朝堂上身居要職，韓宣子高壽，在當時更是權傾一時。

在這篇文章中，叔向拜訪韓宣子，韓宣子煩惱自己空有虛名，但生活不如人，正在抱怨，但叔向卻向他道賀，並以晉國的兩個例子為證，勸告他以德為重。這兩個例子，一是欒盈（欒懷子）之難，另一個是郤昭子的盛衰。

欒武子樂善好施，儘管家中不富有，但名聲遠播，可惜兒子欒桓子驕傲奢侈，貪得無饜，多虧父親餘蔭，得以倖免於難，但是孫子欒懷子就沒有那麼幸運了，雖然力圖振作，卻還是受到父親欒桓子牽連，被放逐楚國。

而郤氏家族家財萬貫、富可敵國，但因為缺乏好德行，後來遭到棄市，沒有任何人伸出援手。叔向藉著這兩個故事勸告韓宣子，富裕不是最好的，只有德行完備才能永保安康。

名句的故事

在〈叔向賀貧〉一文中，文章開頭以簡潔的八字「宣子憂貧，叔向賀之」，以正言若反的方式，引起讀者的好奇。貧窮是讓人煩惱的事，怎麼卻反而為此恭賀韓宣子呢？

叔向告訴韓宣子，以前晉國的上卿欒武子也很貧窮。晉國的上卿應該有五百頃的田地，可是欒武子家裡田地連一百頃也不到，宗廟裡該有的祭祀器具也都不完備。但是他不以此為憂，反而以自身的德行，發揮個人才能，輔佐晉國國君治理國政，名聲顯揚於諸侯。

而當時晉國的另外一名上卿郤昭子，富可敵國，但驕縱奢侈，最後連累了郤氏被滅族。所以叔向認為財富的多寡，並不能代表一個人的成就，只有德行的有無，才是建立功業及家族興衰的關鍵點。

叔向還認為，韓宣子之所以會貧窮，正是他有著和欒武子一樣美好的德行與才能。如果韓宣子是一個只會憂愁自身財富不足，而不能發顯內在品德，表現於治國之上，那麼為他哀傷都來不及了，又怎麼會祝賀他呢？所以叔向說：「若不憂德之不建，而患貨之不足，將弔不暇，何賀之有？」

這番話如醍醐灌頂，韓宣子聽了之後，對叔向深深感謝，認為他的話適時啟發了自己，也保全了韓氏一族。

歷久彌新說名句

貧窮是人人憂懼的，俗話說：「貧賤夫妻百事哀。」生活現實，當家徒四壁、捉襟見肘時，往往也是在考驗人的意志與磨練人的心志。

在歷史上，許多賢臣名將，年輕時出身貧微，但靠著堅毅的努力，刻苦勉學，終於出人頭地，成就一番事業。例如，在《漢書》中曾說西漢時，會稽吳縣（今江蘇蘇州）有一個樵夫名叫朱買臣，儘管家境清寒，依舊勤奮好學，每次出門砍柴，總是一邊讀書一邊工作。他不但愛讀書，還要大聲朗誦，妻子跟在他後面走著，覺得顏面掃地，於是要求離婚。

幾年後，朱買臣的同鄉嚴助向漢武帝舉薦他，於是朱買臣來到京城，與武帝「說《春秋》，言《楚辭》」，皇帝封予他中大夫的職銜。當時東越叛亂，朱買臣向武帝提出討伐的計策，果然成功打敗東越。漢武帝十分欣喜，封朱買臣為會稽太守，讓他衣錦還鄉。

孔子說：「富與貴是人之所欲也，不以其道得之，不處也。貧與賤是人之所惡也，不以其道得之，不去也。」榮華富貴是人人所渴望的，不是以正當的方法取得，就不應該貪求；貧窮低賤是人們所厭惡的，但如果不是以正道擺脫，就不要隨意除去。孔子認為是否有「道」取決了一個人的價值。有句俗話說：「英雄不怕出身低。」貧賤卑微都是其次，最重要的是培養自己的才能、充實自己的能力。

聞人過失，如聞父母之名，耳可得聞，口不可得言也

名句的誕生

吾欲汝曹1聞人過失，如聞父母之名，耳可得聞，口不可得言也。

~東漢．馬援〈戒兄子嚴敦書〉

完全讀懂名句

1.汝曹：爾等，你們。

我希望你們聽說別人的過失，就像聽見了父母的名字，耳朵可以聽見，但口中不可以議論。

文章背景小常識

馬援（西元前一四年~西元四九年），東漢光武帝時，拜伏波將軍，封新息侯，世稱「馬伏波」。

〈戒兄子嚴敦書〉選自《後漢書．馬援列傳》。「誡子書」，也作「戒子書」，是長輩父母勸誡子姪的書信。

馬援在軍中聽說侄兒馬嚴、馬敦兩人好評人短長、論說是非，於是寫了這封信勸誡。在信中，他教導嚴、敦兩人不要妄議別人的過失短長。

馬嚴、馬敦是馬援的二哥馬余的兒子。兄弟倆的身世悲涼。馬嚴七歲時，父親馬余過世，八歲時，母親也辭世。兩個年幼孩子父母雙亡，於是被寄養當時任梧安侯相的表兄曹貢家。漢光武帝建武四年（西元二八年），馬援隨劉秀東征，路過梧安，將兩兄弟帶回洛陽。這時馬嚴十三歲。

以孝悌傳家的馬援，將兄長的孩子視同己出，嚴加教誨。他愛護姪子的心切，可從這封書信的切切叮嚀中看出。而馬援寫這封家書給兩個侄兒時，正是他率軍遠征交趾（今越南）的時候。軍務倥傯之時，還惦記著子侄的教育，其殷切之情、期盼之意，都流露在這封言簡意賅、字字珠璣的書信中。

名句的故事

東漢時，馬援在交趾打仗，聽說侄子馬嚴、馬敦平時喜譏評時政、結交俠客，很令人擔憂，因此去信告誡兩人，不可隨意議論旁人好壞，也不可以隨便批評法令，為人應該篤實，謹慎，不說人是非，謙虛節儉，公正。

「聞人過失，如聞父母之名」這句話近於《孔子家語》：「匿人之善，斯謂蔽賢；揚人之惡，斯謂小人。言人之善，若己有之；言人之惡，若己受之。」意思是隱瞞別人的善行，可能會埋沒了一個人才；隨處張揚別人的惡行，這就叫小人。說人家的好處，就像說自己的好處一樣；說人家的壞處，好像自己受到別人的攻擊一樣。

《孟子》中也同樣提到類似的言論：「言人不善，如後患何？」一個人若喜歡說別人的短處，那麼對別人報復所引發的後患，又該怎樣去防止呢？所以必須自我警惕，不要說別人的壞話，免得惹來災禍。

這封家書後來還引發了一個意外的插曲。馬援在信中舉杜季良之例，而杜季良當時正任越騎司馬，他的仇人以馬援此信為據，上奏章控告他，說他：「行為輕薄，亂群惑眾，伏波將軍從萬里外寫信回來以他訓誡兄子，而梁松、竇固與之交往，將煽動輕佻虛偽，敗亂我中華。」劉秀覽此奏章，把梁松、竇固召來嚴加責備，並把奏章和馬援的信給他們看。兩人叩頭流血，才免去罪過。結果因為一封家書，害得杜季良被罷官。

歷久彌新說名句

老一輩的人常說：「為人要厚道。」但是

究竟要如何厚道呢？馬援的這句話，提供了答案，而且同時也隱含了隱惡揚善的美德。

無獨有偶，清末名臣曾國藩於家書中也引用明代呂坤的言論：「聞人之善而掩覆之，或文致以誣其心。聞人之過而播揚之，或枝葉以多其罪，此皆得罪於鬼神者也。」大意是說，刻意掩蓋別人的善舉，或故意扭曲別人行善的本意，將此誣陷成居心不良。四處宣傳別人的過錯，加油添醋地增添不實的言論，故意醜化別人所犯的錯誤，這些行為，都將得罪鬼神。

曾國藩和馬援一樣，體內都流著剛強勇猛的武人血液。他們說話直率、言簡意賅，不刻意修飾，但在待人處事卻有相同的看法，寬和謙恭，言語謹慎，很值得後人的景仰與效法。

好論議人長短，妄是非正法，此吾所大惡也

名句的誕生

好論議人長短，妄[1]是非[2]正法[3]，此吾所大惡[4]也。寧死，不願聞子孫有此行也。汝曹知吾惡之甚矣，所以復言[5]者，施衿結褵[6]，申[7]父母之戒，欲使汝曹不忘之耳！

～東漢．馬援〈戒兄子嚴敦書〉

完全讀懂名句

1. 妄：胡亂。
2. 是非：此指評論。
3. 正法：正，大也。正法，此指國家的制度。
4. 大惡：深惡痛絕。
5. 復言：復：又、在。復言，一再強調。
6. 施衿結褵：衿：佩帶。褵：佩巾。古時禮俗，女子出嫁，母親把佩巾、帶子結在女兒身上，為其整衣。
7. 申：表明、表達。

喜歡議論別人的好壞，胡亂評論朝廷的法度，這都是我最深惡痛絕的事。我寧可死，也不希望自己的子孫有這種行為。你們已經知道我非常厭惡這種行徑，而我仍然一再強調，就像女兒在出嫁前，父母對女兒表明嫁人後該遵守的行為，我希望你們不要忘記啊。

名句的故事

在寫給姪子們的書信中，馬援教導後輩明哲保身的處世之道：好論議人長短的行徑，最容易與人結怨、多方樹敵；而妄議正法的舉動，最容易引來統治階級的不滿、讓自己陷入

被主政者憎恨的險境。這兩種行為都是樹大招風的不明智之舉，輕則被怨恨、被攻訐、被抹黑，重則引來殺身之禍。

馬援的用心良苦，可以從他借用「嫁女兒」來比喻自己想要告誡兩位侄子的心情這件事上見得。

《儀禮》中記載古人在嫁女兒之前，「父送女，命之曰：『戒之敬之，夙夜毋違命！』母施衿結帨，曰：『勉之敬之，夙夜無違宮事！』」大意是說在女兒出嫁前，父親會告誡她說：「要帶著敬意、謹慎行事，從早到晚都不要違背公婆。」而母親在為女兒束好衣帶、結上佩巾之後，會告誡女兒說：「要勤勉、謹慎，一切和家裡有關的事情，從早到晚都不能違背丈夫。」

馬援以父母對出嫁女兒的臨行勸誡，比喻自己的心情，可以想見他是多麼擔憂後輩在外的言行，招來無端的是非、引發不必要的禍患。他雖然不是兩個姪子的親父，但苦口婆心的叮囑底下，藏著的是父親告誡孩子的用心良苦。同時也期許侄子們把自己想像成待嫁的女兒，面對父母的慎重叮嚀，一定要銘記在心。

歷久彌新說名句

臺灣有一句有趣的俗諺：「飯可以亂吃，話不能亂講。」因為吃壞肚子，頂多害自已身體痛苦，並不會影響他人，但是口無遮攔的四處亂說話，卻往往造成嚴重的不良影響。

晉代的傅玄說：「病從口入，禍從口出。」歷史上「禍從口出」的例子很多。

「孔融讓梨」是世人耳熟能詳的典故，不過孔融最後的命運卻甚為悲慘。孔融為人自負、恃才傲物，不但在擔任官職的時候，常常提出相悖的言論，和同事們爭執不休，又時常在公開場合反對曹操的意見和決定，批評曹操的政策。最後被曹操以「招合徒眾」、「欲圖不軌」、「謗訕朝廷」等罪名處死，並株連全家。

好讀書，不求甚解，每有會意，便欣然忘食

名句的誕生

閑靜[1]少言，不慕榮利。好讀書，不求甚解[2]，每有會意[3]，便欣然[4]忘食。

～東晉．陶淵明〈五柳先生傳〉

完全讀懂名句

1. 閑靜：安閑寧靜。指閑適沉靜的個性。
2. 不求甚解：甚，過分、深入的意思。本句是指讀書不拘泥於字句、不刻意去鑽研字句的個別解釋，而是追求全文的要領。指讀書只求領會它的精神和要旨。
3. 會意：會，領悟、體會的意思。會意是指對書中內容的有所體會。
4. 欣然：高興愉悅的樣子。

個性閑適寧靜、很少說話，不羨慕榮華利祿。愛好讀書，但不會拘泥於字句的個別解釋，每當對書中的內容有所領會時，就會高興到忘了吃飯。

文章背景小常識

陶淵明（西元三六五～四二七年），一名潛，字元亮，自號五柳先生，諡號靖節先生，潯陽柴桑（今日的江西省一帶）人。陶淵明主要生活在東晉末年到南朝的劉宋初期，曾經做過幾年的地方小官員，最後一次出仕，是擔任彭澤縣令，不過到任後八十多天便辭官離去，從此歸隱田園，這也是世人所熟知的「不為五斗米而折腰」的典故。

被稱為中國第一位田園詩人的陶淵明，不

論詩歌、散文、辭賦，都很擅長，〈五柳先生傳〉是他的代表作之一。許多人認為這是一篇自傳性散文，假託描寫隱士五柳先生，表達自己安貧樂道、不慕榮利的心境。陶淵明模仿傳記形式寫作，利用「旁觀者」的立場來描寫五柳先生，並在文章內容中，敘述了五柳先生的個性、嗜好和日常生活，讚賞他可以為了志向和理想，寧願過著窮困潦倒的生活，刻畫出一名個性率真淳樸、品格脫俗高潔的人物。

陶淵明所生活的東晉末年，也是一個政治黑暗紛亂的年代，在汙濁腐敗的氛圍之下，社會上出現許多為了追逐名利而不擇手段的事情。或許陶淵明就是想利用這篇文章，來批評政治社會的亂象，並藉此說明自己不與世俗名利為伍、不願同流合汙的人生價值觀。

名句的故事

五柳先生的沉默寡言，或許只是外表隨遇而安、悠閒自適的模樣，讓旁人有他「閑靜少言」的印象，因為此時此刻的五柳先生，搞不好已經一股腦兒地沉醉在自己的書本世界中而無法自拔呢！

這可以讓我們聯想到孔子讀書的畫面：「發憤忘食，樂以忘憂，不知老之將至云爾。」孔子描述自己讀書時，會高興到連飯都忘記吃、快樂得連當下的憂愁煩惱，全都拋在腦後，甚至連自己快要衰老了，都沒有察覺呢！五柳先生和孔子的情形幾乎一樣，都對學問有極為強烈的求知欲望，而且從讀書的過程中，得到不少收穫，更找到了無窮的樂趣。正因為他們是打從內心感到興奮和滿足，所以甘願放棄身旁煩惱的小事，甚至連「餓」這種生理感受，都快要忽略無感了。

而五柳先生的「不求甚解」，其實涉及了當時士人的讀書方式。晉朝有兩大派學風：一種是鑽研兩漢經學的內容；一種是探討魏晉以來的道家玄理，也就是所謂的「魏晉玄學」。不過，這兩派學者，都只想盡力探求古書中的「微言大義」，重視個別字詞和句意上的解釋，忽略了書中原本表達的宗旨。對陶淵明來說，這種在字句上斤斤計較、吹毛求疵的讀書方式，根本是鑽牛角尖，因此他才會說「不求甚解」，強調不死讀書，不一字一句的深究，才能通觀全書的大要。

歷久彌新說名句

我們可以從兩方面來看陶淵明的這句話：一是「不求甚解」的讀書方法；二是「欣然忘食」的為學心態。

如今「不求甚解」這句成語，變得具有負面涵義，我們常用它來形容一個人不深入瞭解情況、沒有徹底明白全部道理，甚至指學習和工作態度的不認真，只求略懂皮毛、不通盤理解的懶惰心態。不過，當初陶淵明想表達的，卻是一種值得學習的讀書方法，套一句發言頗為犀利的歷史學者李敖所說的：「不鑽牛角尖，不死摳字眼，不對字義做過分過甚的解釋。」

「求甚解」並不表示能「會意」，想要「會意」，還是要用心學問思辨。如果無法「會意」、不能真正感受一本書想傳達的訊息，那麼大概就是清代袁枚所說的：「讀書不知味，不如束高閣。」他認為讀書若是不能體會箇中滋味，那不如放棄不要讀！

「欣然忘食」則是一種樂在讀書、樂在學習的好學精神。古人的物質條件不如現代、沒有過多的消遣方式，因此讀書成為娛樂休閒、排遣寂寞的良方，所以元代的翁森，開心的寫下〈四時讀書樂〉，其中「讀書之樂樂何如？綠滿窗前草不除」、「讀書之樂樂無窮，瑤琴一曲來薰風」、「讀書之樂樂陶陶，起弄明月霜天高」、「讀書之樂何處尋？數點梅花天地心」……等句，都是徜徉在知識的愉悅和感悟。明代的學者李詡說：「一日不書，百事荒蕪。」感嘆一天無書可讀，就有渾身不自在的消沉感。

環堵蕭然，不蔽風日，短褐穿結，簞瓢屢空，晏如也

名句的誕生

造飲輒盡[1]，期在必醉，既醉而退[2]，曾不吝情去留。環堵蕭然[3]，不蔽風日；短褐穿結[4]，簞瓢屢空[5]，晏如[6]也。

～東晉．陶淵明〈五柳先生傳〉

完全讀懂名句

1. 造飲輒盡：造，前往、到達；輒，是總是的意思。盡，窮盡、把酒喝光的意思。
2. 退：離開、告退。
3. 環堵蕭然：環堵是指狹窄的房子四周都是土牆；蕭然是蕭條、冷清的樣子。陶淵明用四面土牆的房子外觀，與空曠冷清的屋內陳設，來說明居室簡陋、家徒四壁的景象。
4. 短褐穿結：短褐是指粗布短衣；穿結是破損了又縫補的意思。陶淵明用縫了多處補丁的粗布短衣，來形容衣服的粗糙破爛。
5. 簞瓢屢空：簞，音ㄉㄢ，盛飯的圓形竹器；瓢，是舀水的器具，即水瓢；屢是屢次、經常。形容貧困、難得飽餐一頓的情形。
6. 晏如：安然自得、悠閒自若的樣子。

他到了便開始暢飲，必定喝醉為止，一旦喝醉了就告辭離開，從來不會捨不得走。他住的房子既狹窄又簡陋，屋內空空蕩蕩，無法遮蔽風吹雨打或日曬。身上穿著的是經過反覆縫補的粗布短衣，盛飯的竹簍和飲水的瓢子經常是空的，但他卻安然自得。

名句的故事

五柳先生擁有直來直往、隨心所欲又自若的率真個性。他豪爽的喝酒，喝醉了、盡興了，就逕自離去，沒有絲毫的留戀。他住在狹窄簡陋又沒什麼擺設的房子裡，穿著粗糙破舊的衣服，過著勉強溫飽的日子，不過，他卻處之泰然，一點也不在意。

五柳先生並不是苦行僧、更不是骯髒懶惰，他純粹是不在乎旁人的眼光、不介意物質生活條件的好壞。他安貧樂道，用自己的方式來享受人生。所以文章後又說他「忘懷得失，以此自終」，意思是完全不計較得失，用這種豁達的態度過一生。

陶淵明對五柳先生的這一番形容，可以說是融合了道家淡泊名利、逍遙自適與超脫世俗的精神，以及儒家的安貧樂道、舉止進退合度等思維。尤其「環堵蕭然」、「短褐穿結，簞瓢屢空」，又能「晏如也」的心境，更是直接承襲孔子以來、歷代知識分子所強調的處世態度，也是傳統士人秉持的一貫精神。孔子稱讚他的學生顏回：「賢哉回也！一簞食，一瓢飲，居陋巷。人不堪其憂，回也不改其樂。賢哉回也！」一句話中兩度稱讚顏回的賢德，可見孔子多麼讚賞他的生活態度，而孔子自己也說：「飯疏食飲水，曲肱而枕之，樂亦在其中矣。」即使吃粗糧、喝開水，彎著胳膊當枕頭，也是很快樂呀！為了實現自己的志向理想，即使處於貧困惡劣的環境也甘之如飴，這就是他所謂的「君子固窮」。

歷久彌新說名句

〈五柳先生傳〉中所描述的這種安於貧窮不在乎世俗眼光、不在意聲色欲望方面的享受，只堅持自己的信念為樂的人生觀，是許多古代歷史人物共同追尋的目標。唐代劉禹錫〈陋室銘〉：「斯是陋室，惟吾德馨。」希望用美好的品德，讓自己簡陋的屋舍聲名遠播，即使身居陋室又如何？

臺灣早期作家鍾理和也是如此。鍾理和雖

然才華洋溢，原本的家境也很富裕，但是他在民風保守的時代，為了愛情，堅持與他同姓、身分差異極大的妻子結婚。為此他離開富裕的家庭，過著貧苦的生活。

雖然家中物質條件缺乏，就連要寫作也沒有桌子，必須自己找木頭釘成書桌，又沒錢點油燈，只能在空地追著陽光而寫。為了生活需要，也為了籌措寫文章的經費，鍾理和當過木材工人，扛著製作家具的原木下山賣錢，甚至寫下〈貧賤夫妻〉一文，說生活雖然困頓到幾乎過不下去，卻因為心靈上的充實和滿足，即使是「貧賤夫妻」，也不見得「百事哀」啊！

夫臺猶不足恃以長久，而況於人事之得喪，忽往而忽來者歟

世上確實有足以依靠的事物，但與高臺的存廢與否並沒有關係。

名句的誕生

夫臺猶不足恃已長久，而況於人事之得喪，忽往而忽來者歟[1]！而或欲以誇世而自足，則過[2]矣。蓋世有足恃者，而不在乎臺之存亡也。

～北宋・蘇軾〈凌虛臺記〉

完全讀懂名句

1. 歟：語氣詞，表示驚嘆。
2. 過：過度、過分

一座高臺尚且不足以長久依恃，更何況人事的興廢得失，本就來來去去、更加倏忽無常！如果有人想藉這些看似可憑恃之物向世人誇耀，從而感到自我滿足，那就有失分寸了。

文章背景小常識

〈凌虛臺記〉是嘉佑八年（西元一〇六三年）蘇軾任鳳翔簽判時，應太守陳希亮之命，為新建成的凌虛臺寫就的文章。

文章先敘述亭臺修建始末，但更著墨於感嘆人事的興廢無常，真正值得依恃追求的往往不是終將毀壞的有形之物，自然也無需為此「誇世而自足」。全文強調人生有真正值得追求的東西，但不是這些有形的宮殿亭臺。這是一篇立意雋永的美文，但終究與陳希亮建凌虛臺的本意不太協調。此時的蘇軾約二十八歲，才氣飛揚，時常與不苟言笑的太守陳希亮針鋒

相對，因此後世不少文評家以為有諷刺太守建臺的意味。對於這篇容易被誤會為諷刺的文章，陳希亮一字不改刻上石碑，並說：「吾視蘇明允，猶子也；蘇軾，猶孫子也。平日故不以辭色假之者，以其年少暴得大名，懼夫滿而不勝也，乃不吾樂耶！」表明了陳希亮對蘇軾的愛護之意，怕他暴得大名，驕矜自滿。

多年後，太守之子陳慥請蘇軾為亡父寫作〈陳公弼傳〉。蘇軾於文末自悔昔日唐突太守的錯失：「方是時年少氣盛，愚不更事，屢與公爭議，形於言色，已而悔之。」也評論太守「清勁寡欲」、「嚴而不殘」，對其端正嚴謹的人格崇敬有加。

名句的故事

在記述太守為了觀覽終南山而興建淩虛臺的緣由與過程後，蘇軾筆鋒一轉，扣緊亭臺的建立，議論事物興亡存廢之理。他先指出「物之廢興成毀，不可得而知也」，事物的變化存有並非年歲、能力都有限的人類可以掌握、預知的。眼前的高臺過去曾是一片走獸竄伏的荒蕪草野，而今草野被亭臺取代，焉知日後事物流轉變化，宏偉的淩虛臺明日是否也會傾頹，再次化為過眼雲煙呢？繼而，蘇軾又歷數漢武帝的長楊宮、五祚宮，與唐代的九成宮等諸多帝王宮苑，這些華美的殿宇而今都倒塌湮滅，「化為禾黍荊棘丘墟隴畝矣」。

最後，蘇軾進一步表明堅固的亭臺尚不足維繫長久，何況渺小倏忽的人事變遷呢。人應該珍惜有限的生命，追求無限的價值。

歷久彌新說名句

蘇軾就任鳳翔簽判時期，寫就不少知名的詩文。嘉祐六年，蘇軾新官上任，弟弟蘇轍則自請留任京師侍奉老父蘇洵。蘇轍出城送行數十里。兩兄弟第一次分道揚鑣，經常每月賦詩一首，彼此和韻唱和。

〈辛丑十一月十九日，既與子由別于鄭州西門之外，馬上賦詩一篇寄之〉正是兩人分別後蘇軾寫給弟弟的第一首詩。從詩題可知，當時兩人一揮別，蘇軾便於行旅中迫不及待地寫詩述情。詩中「亦知人生要有別，但恐歲月去飄忽」一句，提點彼此天下無不散的筵席，歲月倏忽無常，人更應珍惜自己有限的年華。

之後，蘇軾收到了蘇轍重遊澠池的詩文〈懷澠池寄子瞻兄〉：「相攜話別鄭原上，共道長途怕雪泥。歸騎還尋大梁陌，行人已度古崤西。曾為縣吏民知否？舊宿僧房壁共題。遙想獨遊佳味少，無方騅馬但鳴嘶。」（同行的兄弟在原野上化別，擔心前途艱困。騎馬回頭在大梁的田野間遊走，想起遠行的人已經翻過了崤西古道。不知道百姓是否知道我曾經做過澠池一地的官？還曾與父親、兄長同住在寺院僧房中，在壁上提詩。遙想你獨行旅途寂寞，只能聽見陣陣的馬鳴聲）六年前兩兄弟上京應考時，曾於澠池縣某間僧房題壁賦詩，蘇轍詩中以澠池賦詩為主線，既追憶兄弟的第一次分離，也揣想現今蘇軾獨自赴任，必定遊旅寂寞的殷切惜別。

蘇軾則依著詩句韻腳，寫就知名的〈和子由澠池懷舊〉詩：「人生到處知何似？應似飛鴻踏雪泥。泥上偶然留指爪，鴻飛那復計東西。老僧已死成新塔，壞壁無由見舊題。往日崎嶇還記否，路長人困蹇驢嘶。」（這飄盪的人生旅程到底像什麼呢？就像那飛翔的鴻雁在雪上停留時留下的爪痕吧。鴻雁飛走之後，又哪管牠曾在何處留下腳印。當初投宿時見到的老和尚已經過世，新塔中供著他的骨灰。昔日我們曾經居住的僧房牆壁已經毀壞，看不見當年牆壁的題詩了。還記得我們曾走過的艱難旅程嗎？旅途如此遙遠，人疲累不堪，瘦弱的驢子無力的嘶鳴）

這首哲理詩夾敘夾議，既表述「人生到處知何似，恰似飛鴻踏雪泥」的茫然無常之慨，也有「往日崎嶇還記否，路長人困蹇驢嘶」，對攜手共度諸多困難的往日生活，流露親切的懷念與寬慰；更有「泥上偶然留指爪，鴻飛那復計東西」的豪氣！「雪泥鴻爪」這句成語也從此流傳後世。

人之所欲無窮，而物之可以足吾欲者有盡

名句的誕生

人之所欲無窮，而物之可以足吾欲者有盡，美惡之辨戰乎中，而去取之擇交乎前。則可樂者常少，而可悲者常多。是謂求禍而辭福。

～北宋．蘇軾〈超然臺記〉

完全讀懂名句

人的欲望無窮，但能滿足欲望的東西卻相當有限。如果內心時常為了美好、醜惡的差別掙扎不已，眼前時常出現紛繁複雜的取捨選擇，那麼令人快樂之物便少之又少，令人悲愁之物則頻繁增多。這就是所謂的自求禍患而避辭福氣了。

文章背景小常識

宋神宗熙寧八年，蘇軾就任密州太守第二年，將城中西北方一處老舊亭臺重新修葺完成。弟弟蘇轍將這座亭臺命名為「超然」，並寫了一篇〈超然臺賦〉加以祝賀。

「超然」取自《老子》二十六章：「雖有榮觀，燕處超然。」意指即使身歷繁華大觀，也要氣定神閒，超然獨處。

為了呼應弟弟的心意、紀念亭臺的落成，蘇軾則寫下這篇〈超然臺記〉，表露道家不受功名拘繫，超然物外的精神理想。並非只有宏偉大觀才能悅人心目，甘於平淡自適，往往也能於不經意間享受難得的生機妙趣。若能如此，人生則清樂多而悲怨少，得以無往不樂，

安閑處世。

當初蘇軾因反對王安石一連串雷厲風行，卻頗多民生爭議的改革，不願與得勢的新黨人士共處，自請外放。先任職杭州通判，後因蘇轍在山東齊州，便請調至離弟弟更近的密州。

此時兩人皆已步入中年，各自累積諸多官場的風霜歷練，但手足情深不變，從環繞著「超然臺」開展的諸多詩文唱和，也可再次看出兄弟倆深知各自脾性，默契相通的情誼。

名句的故事

蘇軾對何謂「樂」、何為幸福與禍患的根源，作出相當深刻的闡釋。趨福避禍是人之天性，但人卻往往被內心無窮無盡的欲望所蒙蔽，以致深陷於對事物的執著之中不可自拔。

蘇軾認為這樣的人是「遊於物之內，而不遊於物之外」，人因過度在乎世俗框架放大我執，將一切哀樂成敗都看得很重，自然終日煩躁不滿、患得患失了。若能跳脫框架，往往能從平淡細瑣的日常發掘不為人知的奧妙，「苟有可觀，皆有可樂」。

且更珍貴的是，人是否超然物外並不取決於成就、金錢、階級等外在標準，而是存乎一己之心。既然「無待」，對外物沒有多餘的欲望追求，一切反璞歸真，也就不受外物牽制玩弄了。這是難能可貴的自由，但要達致這樣的境界往往需要深厚的歷練涵養。

蘇軾確實以自己的生命印證了這「無所往而不樂」的思想。其一生輾轉勞頓，曾於〈自題金山畫像〉自嘲：「問汝平生功業，黃州惠州儋州。」無論被貶謫至何處，皆能甘於淡泊，真心欣賞該地風物之美。如〈食荔枝〉對南方荔枝的熱愛：「日啖荔枝三百顆，不辭長作嶺南人。」〈定風波〉中亦言：「此心安處是吾鄉。」

蘇軾很早便嶄露出過人的才華，但〈超然臺記〉曠達洗鍊的人生高度，卻是在經歷多年人事淘洗才孕育出的圓融智慧。

歷久彌新說名句

蘇軾為超然臺寫下相當多膾炙人口的名篇，至今約有十多篇直接關於超然臺的詩文流傳後世。除了〈超然臺記〉之外，尚有〈望江南‧超然臺作〉這闋詞，抒發寒食節後飲酒臨臺的感懷。「休對故人思故國，且將新火試新茶。詩酒趁年華」一語，展現其親切閑雅的生活情趣，除了詩詞書畫，還善於品茗飲酒，對烹飪、弈棋乃至養生醫藥也有多方涉獵。

而中秋時節懷念蘇轍的著名詞作〈水調歌頭〉，也是在超然臺上寫就而成。熙寧九年，蘇軾任密州太守已屆兩年，中秋邀若干好友上超然臺上歡飲，思念身在齊州作官、已有七年未見的蘇轍，寫下這首奇想連翩、浪漫清曠的詞作。詞的最末句寫道：「人有悲歡離合，月有陰晴圓缺，此事古難全。但願人長久，千里共嬋娟。」人生百態正如天上的月亮恆常變化循環，有時高升圓滿，有時跌轉陰谷，不可能永遠順心遂意。然而，若能各自常保健康與安定生活，即使分隔兩地，也能共賞明月的皎潔圓潤，於賞月時分彼此心靈相契了。

這個重視自我提振、情意交流更甚於地理距離的說法，將個人的相思提升為對同受離別煎熬之人的普世安慰，將原本的愁緒轉化出另一層圓滿、清新的勸勉祝願。

事不目見耳聞，而臆斷其有無，可乎？

名句的誕生

事不目見耳聞，而臆斷其有無，可乎？酈元之所見聞，殆與余同，而言之不詳；士大夫終不肯以小舟夜泊絕壁之下，故莫能知；而漁工水師雖知而不能言。此世所以不傳也。

～北宋．蘇軾〈石鐘山記〉

完全讀懂名句

凡事不親身見聞，而妄自主觀猜測事物的有無，這樣可以嗎？酈道元的親身所見所聞大致與我相同，但他卻解釋得不詳細；士大夫終究不願意在夜晚以小船停泊於懸崖峭壁之下，所以沒人知道石鐘山為何得名；漁人與船匠雖然知道為什麼，卻又無法以文字清楚表達。這就是石鐘山的由來無法在世上流傳的原因。

文章背景小常識

本篇是元豐七年（西元一〇八四年），蘇軾赴任汝洲團練副使，與長子蘇邁一同遊覽石鐘山，藉由實地考察並分析其得名的原因，寫下這篇遊記。

歷來石鐘山之所以得名有兩種說法，但沒有人能完全肯定：一是源於北魏酈道元《水經注》的水石激蕩發聲之說，二是唐朝李渤於〈辨石鐘山記〉中，石頭經敲擊發出如鐘聲響的主張。後者傳聞於當地較為風行，寺僧請小童以斧擊石，以見證李渤之說，但蘇軾見到這情景卻覺得可疑，決定夜半偕同蘇邁實地考察。

蘇軾親身見證，酈道元的說法才是正確的，但是缺乏必要的細節解釋。而這篇文章詳實記述月夜尋訪的種種情景，指出大石「空中而多竅，與風水相吞吐」，才是石鐘山發出如樂異響的主因，正能補充酈道元太過疏略的說明。至於李渤之說實是以訛傳訛，不足為據。

這篇遊記並非尋常寫景抒情之作，蘇軾對石鐘山自然、人文勝景並不多所著墨，而是旨在記述一段深度探索、發現的完整歷程，並從事見本身強調親身見聞、常保實驗懷疑而不輕易妄斷的精神。行文曲折，富有理趣。

名句的故事

「事不目見耳聞，而臆斷其有無，可乎」，這句詰問話是蘇軾考察石鐘山得名由來後得出的感悟。

酈道元認為石鐘山乃因臨近深潭，水石相搏而有洪鐘般的異響，但人們認為即使將鐘磬置於水中，也沒有類似的效果，因此對此說抱持懷疑。而李渤認為石鐘山石經鼓槌敲擊後，就能鏗鏘作響，並逕自「用斧斤考擊而求之」略作驗證，此說廣為當地居民接受。然而蘇軾認為按照此說，經過人為敲擊發出清脆聲響的石頭彼彼皆是，並不是石鐘山所獨有，「固笑而不信也」。

懷疑是人的天性，但能替懷疑找到適切的解答的人卻不多。蘇軾為了破除自己的懷疑，親身於月夜聘請船夫入山考察，親眼見證之奇景。兩山間有座可容納百人的大石橫亙於水流之中，大石窟窿多孔，因而能吸納、吞吐從四面八方而來的山風與河水，「與向之噌吰者相應，如樂作焉」，發出如古代編鐘的悠遠奇響。李渤逕自敲擊山石而未知懸崖下別有洞天，便顯得固執主觀得可笑了。

蘇軾也進而詳細闡析正確的說法為何難以流傳：一是因原說太過簡略，難以釋疑；二是有能力釋疑的讀書人卻沒有親自探索的求知欲；三是真正接觸石鐘山、知曉事實的船夫漁人，則沒有表達的興趣與能力，從而導致石鐘山真相湮滅難傳。

而蘇軾入山尋幽的曲折歷程，既補充了酈道元原本的隻字片語，或許也可視為一種探索真知的形象化譬喻。

歷久彌新說名句

〈石鐘山記〉中，蘇軾提出切忌主觀臆測，而應實事求是的處世為學之道。南宋詩人陸游亦曾於〈冬夜讀書示子聿〉這首教子詩中，表述相似的理念：「紙上得來終覺淺，絕知此事要躬行。」紙上文字記述讀得再多，若無歷練，終是流於淺薄。若想對事理有真正的體會瞭解，還需親身實踐知識，才能將片面吸收的知識轉化出具有自我生命連結的厚度。

在《論語》中，孔子也多次強調求知踏實而不妄斷的精神。如《論語．為政篇》：「知之為知之，不知為不知，是知也。」孔子指出為學根本是對於知道的事物就表示知道，而對於不知道的就坦然表示不知道，這才是真正為學的智慧。人的所知極其有限，應以誠實的態度對待知識見聞，不可以假裝懂得，虛矯含混評論自己並不瞭解的事物。

又如《論語．子罕篇》中：「子絕四：毋意，毋必，毋固，毋我。」孔子禁絕四種負面行為，一是胡亂猜臆；二是專制獨斷，三是固執彆扭，四是自我中心。

對於〈石鐘山記〉中所說，那些並未親身探查石鐘山得名的由來，僅憑前朝某位文人的簡單猜想就輕信其說的大多數人，孔子「毋意」的提點，或許可作為一種概括與警醒。

文者氣之所形，然文不可以學而能，氣可以養而致

體現，然而文章不能只靠學習就能精通，氣質卻可以藉由涵養獲得。

名句的誕生

太尉執事[1]：轍生好為文，思之至深，以為文者氣之所形[2]。然文不可以學而能，氣可以養而致。

～北宋．蘇轍〈上樞密韓太尉書〉

完全讀懂名句

1. 太尉執事：韓琦時任樞密使，職權與秦、漢時期掌管兵權的太尉相當，故以此古雅官名表達慎重尊敬。執事則是指隨侍左右的人，是古人寫信給對方時稱呼對方的敬語。
2. 形：形塑、外顯。

太尉執事：在下蘇轍生性喜好寫作，對此思考得很深入。我認為文章是個人氣質的外在

文章背景小常識

本篇是蘇轍十九歲時寫給樞密使韓琦的拜謁信。嘉祐二年（西元一〇五七年），蘇轍和哥哥同中進士，與父親蘇洵一同離開四川眉山，入京闖蕩。

中舉只是一連串仕途考驗的開端，新科進士在派任官職前，還需盡量結交高官文士，增加閱歷與能見度，建立類似老師與門生，彼此論學扶持的君子之交，這對久居遠離京城的四川、又無世家背景的蘇氏父子尤其重要。才華橫溢的蘇軾獲得歐陽修賞識，蘇轍則選擇拜謁與歐陽修齊名，又與范仲淹率兵抵禦西夏的武

官韓琦。

一般初出茅廬的無名晚輩拜見位高權重的長輩，因雙方地位懸殊、素昧平生，拜謁信經常寫得柔懦阿諛有餘、氣性識見不足，無法在獲得閱聽者賞識與展現真我間取得平衡。然而這封書信並沒有太多對韓琦豐功偉業的歌頌，也沒有積極的自我推薦，而是以自身創作觀「文不可以學而能，氣可以養而致」為文眼，強調對外在實際歷練的重視涵養，進一步帶出過去的種種閱讀、行旅的累積，最後推演出拜謁韓琦是目前陶冶自我的最佳選擇。

這篇應用文既表露不卑不亢的敬意，更展現獨到的個人觀點與奮發的熱忱，是一篇行文簡練、氣韻清新的自我推薦信。

名句的故事

蘇轍透過「文不可以學而能，氣可以養而致」的文學理念，逐步帶出過去的生活閱歷與必須拜見韓琦的理由。

他認為文章是創作者的內在氣質自然煥發成文，技巧無法刻意學習，但內在氣質卻能透過自我充實、臻至獨特深厚。這樣文如其人的概念其實與曹丕《典論．論文》提到的「氣之清濁有體，不可力強而致」、劉熙載《藝概．詩概》所說的「詩品出於人品」等前代文論遙相呼應。而藉由援引孟子與司馬遷兩位古人，蘇轍進一步加強了「養氣說」的論述：孟子心性修養深厚，身懷「浩然之氣」，故文風寬大剛正；史家司馬遷遊歷天下，見多識廣，故作品有「奇氣」，兩位大作家都非刻意學習文章，而是本身歷練豐足，使自己不僅有獨特的「氣」，還充溢於心、激發為文。

當年少的蘇轍想親身貫徹「養氣」的理念時，感受到家鄉見聞不廣、遍讀古書卻與時下文人佳作脫節的囿限，而努力展開一連串的自我突破。在歷數遊覽秦漢故都、黃河、京城與拜謁歐陽修等文人學士後，蘇轍自然引出求見同為當代大人物韓琦的渴望。

求見韓琦，是實踐自身創作觀與立身處世信念的延伸，而非為了攀附得利。這樣的立論使自己在求見長者時，依然鮮明展示了自我的主體性與完整歷練，可見初生之犢闖蕩世界青澀卻開闊的雄心。

歷久彌新說名句

蘇轍的養氣說指出個人修養歷練更甚於琢磨文章本身，文章應自然煥發出寫作者的性情見解，其父蘇洵、其兄蘇軾，也抱持相近的文學觀。如蘇洵於《仲兄字文甫說》以風和水為喻，認為「此二物者，豈有求乎文哉？無意乎相求，不期而相遭，而文生焉」。水宛如作家的生活閱歷體驗，風則是創作的靈感才華，必須兩者相輔相成，「非能為文，而不能不為文也。」自然勃發才能寫出天下之至文，而非為寫而寫。

而三蘇中，蘇軾創造力極高，於書畫詩文皆有別開生面的成就。〈與謝民師推官書〉自言文章「大略如行雲流水，初無定質，但常行於所當行，常止於所不可不止，文理自然，姿態橫生」。在水到渠成時自然創作，又隨心所欲在適當時收束，如此創作風格便自然而又多變。而《書鄢陵王主簿所畫折枝二首》也說：「詩畫本一律，天工與清新。」詩畫同源，並非一味追求形似與格式，而須有渾然天成、獨創清新的見解。

在《子瞻和陶淵明詩集引》中，蘇轍也曾提及蘇軾對陶淵明的讚美，「質而實綺，癯而實腴。」好的創作應是質樸中蘊含華彩，看似平淡枯瘦，實則內在深沉豐厚。這些看法或許能對今日之人在創作和思考上做為參考。

使其中不自得，將何往而非病？使其中坦然，不以物傷性，將何適而非快？

名句的誕生

楚王之所以為樂，與庶人之所以為憂，此則人之變也，而風何與[1]焉？士生於世，使[2]其中不自得[3]，將何往而非病？使其中坦然，不以物傷性，將何適[4]而非快？

～北宋．蘇轍〈黃州快哉亭記〉

完全讀懂名句

1.與：參與、關涉。
2.使：倘若、假使。
3.自得：使自己感到開懷自在。
4.適：往、去。

楚王之所以感到快樂，與百姓之所以感到憂愁，是因人的處境有別，與風又有何相關呢？士人在這世間生存，假使不能令自己的心境舒暢自在，那麼去哪裡不會有煩憂？倘若胸懷坦蕩，不因外在事物斲傷本性，那麼，去哪裡會不感到愉快呢？

文章背景小常識

元豐六年（西元一〇八三年），謫居湖北黃州的張夢得在住所西南建亭，蘇軾為亭命名、作詞，蘇轍則撰文為記，寫下這篇〈黃州快哉亭記〉。

當時蘇軾因烏臺詩案謫居黃州，蘇轍也因上書陳情，被連累貶為筠州鹽酒稅，可說三人皆處於人生低谷。

本文看似即景記亭，卻由景入情、由實入虛，層層深詮「快」的真義。文章先述介「快哉亭」的座落與命名由來，並描述亭之所見種種自然、人文勝景，繼而轉入「快哉」一詞的釋源，藉討論《風賦》中宋玉與楚王的對談，抒發自身真正的見解。

「快」是曠達暢快的開懷之情，而「快」之生發既不因景物之美，也不因際遇有別，而是一種可以自我把握、難能可貴的精神樣態。全文的「快」字共出現七次，即使探討人生逆境等嚴肅、尖銳的主題，卻始終舒緩有韻，展現蘇轍汪洋澹泊的風格。

蘇轍與蘇軾一生詩文酬唱不斷，即使遭受政治牽連也不離不棄。在〈黃州快哉亭記〉中，蘇轍既推敲兄長命名之意，又能清靈敦厚地揭示個人的見解，加以呼應、寬慰兄長與友人的心境。

清代林雲銘在認為此文有「一種雄偉之氣，可籠罩海內，與乃兄並峙千秋」（《古文析義》）。無論情韻、用典與撰作緣由，皆可與蘇軾的〈超然亭記〉對讀，更可感受二蘇的兄弟情深與交相輝映的文學成就。

名句的故事

蘇轍藉楚王登蘭台的典故，逐步探討「快哉」的意蘊。

當年楚王臨風得意，詢問宋玉如此暢快的風是否為王者、庶民所共有？宋玉則回答，這樣的風是雄風，僅有王者才能享有。蘇轍指出宋玉這番話應是別有諷喻，畢竟一般老百姓是無法擁有像君王那樣舒服、閑雅的享受。正因人人思想、境遇有別，即使吹拂著同樣的風，人人感受也各有殊異，那麼，所謂的「快哉」只專屬於王者嗎？只是個難以落實的相對概念嗎？可是為何兄長蘇軾又將此亭命名為「快哉」呢？

蘇轍認為「快」的根源，並非耳目之娛與歷史感懷等外物，而是內在於人的心性。若內心不自適曠達，那麼無論身在何處，依舊鬱結痛苦，自然也就「不快」了；若心境舒暢自若，不受流言蜚語、事業成敗等紛擾而傷害本然的真淳，則無論順逆也不會輕易動搖，也就更能企及「快哉」暢朗、寧適的境界了。張夢得在貶謫時期仍能甘於平淡，修建亭臺欣賞黃州之景致，這樣懂得自我調適的難得修養，已然臻至「快哉」之境，這或許也是蘇軾命亭為「快哉」，與同是天涯淪落人的老友彼此慰勉的原因。

於文末，蘇轍又舉出另一反例，做為與兄長、夢得瀟灑心境的對照，說騷人墨客總是滿腹難以自解的酸楚，即使身臨江流勝景，其所作所為，也不過是觸景傷情、愁苦自憐罷了。

歷久彌新說名句

《水調歌頭．黃州快哉亭贈張偓佺》是蘇軾贈給張夢得，向快哉亭落成致意的詞作，表露了蘇軾曠達自適的情懷。詞作先由快哉亭的實景寫起，由遠方的落日水光寫至軒窗近景，再轉而進入「長記平山堂上，欹枕江南煙雨，杳杳沒孤鴻」，回憶當年在歐陽修所見的平山堂內、斜倚枕席欣賞煙雨的幽靜。而最畫龍點睛的一句，是最後對「快哉」出處，也就是楚王與宋玉對談的評論：「堪笑蘭臺公子，未解莊生天籟，剛道有雌雄。一點浩然氣，千里快哉風。」蘇軾認為宋玉將風析解為雌雄之分，以雄風之說討楚王歡心，這種詮釋不如莊子的「天籟」，無法觸及莊子的精神境界。

在《莊子．齊物論》中提到三種聲音：「人籟」代表絲竹音樂；「地籟」指涉自然界風吹萬物的聲響，而奧妙的「天籟」可意會不可言傳，生發止息都源於自身感知。

若能洗淨外務滋擾、寂然面對本心，則人人都可能發掘天籟；若人能探尋、抉發內在的瀟灑浩然之氣，則無論順逆，也能感受無窮快意的自適雄風。蘇軾對快哉的見解可說兼蓄儒、道的精神，而如何將快哉理念應用於人事，則與蘇轍相呼應。

善人喜於見傳，則勇於自立；惡人無有所紀，則以愧而懼

名句的誕生

其辭之作，所以使死者無有所憾，生者得致其嚴[1]。而善人喜於見傳[2]，則勇於自立；惡人無有所紀，則以愧而懼。

～北宋．曾鞏〈寄歐陽舍人書〉

完全讀懂名句

1. 致其嚴：致，表達。嚴，尊敬。
2. 見傳：見，被。傳，流傳。被紀錄在書上而被流傳。

寫作墓誌銘，是用來讓死去的人不懷任何遺憾，讓活著的人可以表達對死者的尊敬。善良的人喜歡被紀綠在其上被流傳後世，因此勇於自我立功；而邪惡的人沒有什麼可歌頌的事蹟，恐懼被記錄下來，因此不敢作惡。

文章背景小常識

這是一封宋代文學家曾鞏寫給歐陽脩的書信。宋仁宗慶曆六年（西元一〇四六年），曾鞏寫信拜託歐陽脩替他祖父曾致堯撰寫墓誌銘。歐陽脩於是撰寫了〈尚書戶部郎中贈右諫議大夫曾公神道碑銘〉一文給曾鞏，隔年，曾鞏回信致謝。

在〈寄歐陽舍人書〉這封信裏面，曾鞏先比較墓誌銘和史書性質上的異同。兩者的差異在於墓誌銘只記死者之善，隱惡揚善，而史書則客觀地呈現人之善與惡。相同點則在於皆具「警勸之道」，都有警戒和勸勉的功用。其次，墓誌銘內容的客觀性和真實性遠不如史

書，因為死者的子孫通常想贊揚死者，所以託人寫墓誌銘，美言功勳。而撰銘者有其不得已的苦衷，就算死者是惡人，也只能寫成善的。

由此，他又說墓誌銘的作者應當具備崇高道德且會寫文章的人，即「蓄道德而能文章者」兩個條件。那麼誰才具備這兩個條件呢？曾鞏推崇歐陽脩是當世罕見的撰寫高手，不僅具備崇高道德且文章功力高超。另一方面也強調歐陽脩寫的墓誌銘內容必是真實且客觀，絕非虛假矯情。最後，則感謝歐陽脩願意撰寫他祖父的墓誌銘。

名句的故事

墓誌銘是指人死後論斷生平、記載事蹟的文字。同樣是流傳於後世的文章，曾鞏清楚的則區分了史書和墓誌銘的同異。

在異的部分，他說到史書具有客觀性，一人的善惡皆記，而墓誌銘多是美言。但兩種文體都具有勸戒的作用。因此曾鞏說：「其辭之作，所以使死者無有所憾，生者得致其嚴。」死去的人藉由墓誌銘的流傳，使其無所遺憾，活著的人也藉此表達尊敬之意。

而墓誌銘更積極的意義在於對善人有鼓勵作用，對惡人有警戒作用。即所謂「善人喜於見傳，則勇於自立；惡人無有所紀，則以愧而懼」。這是說善人在一生中建立許多嘉言懿行和豐功偉業，在身後留下令名，表示已打過人生中美好的一仗。他們在人生的奮鬥歷程中，必然發揮積極的活力和精神，勇於開創新局，其所樹立的典範不僅影響此世，也透過留名流傳下去。但是惡人的想法正好相反，因為作惡多端，罄竹難書，死後恐懼遺臭萬年，使家族後代子孫蒙羞，像是秦始皇、秦檜之類的惡人。墓誌銘對善人和惡人的警戒和勸勉的作用，與史官所寫的史書相近。

歷久彌新說名句

墓誌銘自古以來，是表達對死者追思或紀念的一種文化傳統。人們當然希望將生平可歌可敬的事蹟記錄下來，將善言懿行的典範，透過墓碑或墓誌銘流傳於世，這對墓主而言，也是一種蓋棺論定的榮耀和成就。許多達官貴人為了歌頌祖先的人格精神及其豐功偉業，通常會尋求撰寫墓誌銘的高手或當代知名文人，一來文學家的文筆優美，二來也借助名家之手宣揚，更具宣傳和說服力。

反過來說，古代的知名文人或文學大家為人撰寫墓誌銘，潤筆之資豐厚，是相當好的收入來源。很多著名文人都曾為人撰寫過墓誌銘，例如唐朝的韓愈就是一例。

相傳韓愈撰寫墓誌銘收入頗豐。劉禹錫曾在《祭韓吏部文》中形容他：「三十餘年，聲名塞天。公鼎侯牌，志隧表阡，一字之價，輦金如山。」雖然沒有明說到底一字之價，價格多少，但以韓愈當時的名氣和「三十餘年，聲名塞天」的敘述，可想而知。

而李商隱曾在他的雜記中寫下了另外一個關於韓愈撰寫墓誌銘的小故事。據說韓愈的門客劉乂，看他潤筆拿得多，眼紅不已，竟直接取走了數斤黃金，還說：「此諛墓中人得耳，不若與劉君為壽。」（這些錢都是你阿諛死人所寫的墓誌銘文章所賺來的，不如送給我。）而韓愈也拿他毫無辦法。

不過，阿諛文字寫過頭了，也會出大紕漏。

唐憲宗時，武將韓弘奉命出兵攻打叛亂的地方藩鎮，他在戰鬥中表現平平，可是當最後戰勝時，皇帝命韓愈撰寫《平淮西碑》文表揚戰功，而韓愈在文中大力讚揚韓弘與其子的英勇和武功。韓弘看了很滿意，為表謝意，特別酬謝奉上「絹五百匹」酬謝韓愈。但這篇碑文卻令其他武將心生不滿，竟將碑文砸毀，向唐憲宗抗議。唐憲宗也順應請求，命令另一名大臣段文昌重新撰寫碑文。這對「文起八代之衰」的韓愈來說，不能不說是一個汙點。

墓誌銘也可以很短，但很雋永，美國大文學家海明威的墓誌銘上寫著：「恕我不起來了！」文字幽默，更帶著一種看透生死的況味。

不惑不徇，則公且是矣

名句的誕生

而人之行，有情善而跡[1]非，有意奸而外淑[2]，有善惡相懸[3]而不可以實指，有實大於名，有名侈[4]於實。猶之用人，非畜道德者，惡[5]能辨之不惑，議之不徇[6]？不惑不徇，則公且是[7]矣。

～北宋．曾鞏〈寄歐陽舍人書〉

完全讀懂名句

1. 跡：外在行為。
2. 淑：美好。
3. 相懸：相差懸殊，差別很遠。
4. 侈：大。
5. 惡：音ㄨ，何，哪裏。
6. 徇：順，私心偏袒。
7. 公且是：公，公正；是，正確、真實。

而人的行為，有的是心地善良但外在表現不佳，有的是內心奸詐但外表和善；有的人善惡表現兩極，很難分辨好人還是壞人；有的實際大於名氣，有的是名氣大於實際。就好像用人一樣，如果是不具備道德的人，哪裏能分辨善惡而不困惑，不依照私心偏袒而議論人的行為呢？如果能不困惑也不順著私心偏袒，那就是公正和真實了。

名句的故事

曾鞏認為，在世衰道微的時代中，無論善惡之人的子孫都想藉由墓誌銘來贊揚他們的已故祖先，而撰寫者來者不拒，就算是惡人的子孫來請託，作銘者基於人情金錢而寫，內容就失真了。千百年來，無論是公卿大夫或是里巷之士，都有作墓誌銘的，但能流傳的卻很少。其原因有兩個，一是所託非人，作銘者缺乏道德，二是銘的內容不公正真實。

在墓誌銘可能失真且所託非人的情況下，曾鞏認為墓誌銘的作者要具備什麼樣的條件呢？其一，作者要有道德；其二，要寫公正且真實的內容。有道德涵養的作者，對於惡人來請託時，會斷然拒絕，會辨別是非，視情況來接受請託。他會看出有些人表裏不一，有些人名實不符，有些人名實相符。唯有幫正直的人寫墓誌銘，他寫的內容才會公正且客觀，也才會流傳下去。

因此曾鞏強調墓誌銘的作者要有道德內涵，才能分辨哪些人可幫他寫，哪些人不行，也才不會秉私心來寫，這就是「不惑不徇，則公且是矣」的真義。

曾鞏在文中慢慢導出有道德且公正的人就是歐陽脩。不僅道德崇高，歐陽脩文才昭著，能讓歐陽脩來寫曾鞏祖父的墓誌銘，自然可流傳千古。曾鞏此文既稱揚了歐陽脩，同時也推重了他的祖父。

歷久彌新說名句

不惑不徇，不惑講的是明辨，不徇是沒有私心。這不只是在寫墓誌銘上，撰文者要去探究真實，平時為人處事也是一樣。明辨是非、公正無私，是君子的表現。

《群書治要》中提到：「先聖王之治天下也，必先公，公則天下平。」古代聖王在治理天下時，必先要求自己對待事物具備公正的態度，這樣才能獲得人民的愛戴，達到天下平和的境界。古代政治的群體中，會被後世稱為聖君賢相的，大致都有公正無私的特質，像唐太宗和魏徵之間的君臣關係。

凡是人都有私心，國君當然也不例外，這時若有大臣在旁勸諫，才能將國家方向導入正軌。魏徵之於唐太宗，正有這種作用，共同締造大唐盛世。反之，若大臣為了個人名利而陷害忠良，未能以國家大局著想，則國家步入滅亡。

政府官員辦案應當以明辨是非且公正無私為行事準繩。臺灣電視劇〈包青天〉主題曲，這樣唱著：「開封有個包青天，鐵面無私辨忠奸……」形容的就是宋朝忠臣包拯，又稱包公，曾任官開封府尹，即開封的地方父母官，是中國清官的典型代表。戲劇中他秉持公正的態度審理案件，明辨是非，就算皇親國戚觸犯法令，也與庶民同罪，絕不寬貸，即使是親人犯罪，也不徇私。

京劇中有一著名戲目叫「鍘包勉」，講述包公自幼父母雙亡，嫂子可憐還未滿月的小叔包拯，於是把他和自己的兒子包勉一起養大。由於奶水不夠，先供給包拯吃足，僅用米湯餵食包勉。

包拯長大後，功成名就，對於嫂嫂養育之恩深懷謝意，稱她為「嫂娘」，視如親母一般敬重。然而一次奉命往陳州放糧時，卻意外得知擔任地方官的姪子包勉貪贓枉法，其罪當誅。

包勉見東窗事發，哀哀求告，懇求包拯放自己一條生路，而包拯想到嫂娘對自己恩重如山的養育之恩，且包勉是她唯一的孩子，如果殺死包勉，嫂娘將哀痛終生，於是陷入了兩難。但到了最後，他仍選擇全大義，毅然鍘死包勉，回鄉向嫂子認錯。

包青天的故事代代流傳，稗官野史、小說創作，屢見不鮮，雖然許多情節是杜撰，但卻也表露出人們對於官員正直無私、照顧百姓、不惑不徇伸張正義的期待。

離世異俗，獨行其意，罵譏、笑侮、困辱而不悔

名句的誕生

士固有離世異俗1，獨行其意，罵譏、笑侮、困辱而不悔，彼皆無眾人之求而有所待於後世者也，其齟齬2固宜。若夫智謀功名之士，窺時俯仰3，以赴勢物之會4，而輒5不遇者，乃亦不可勝數。

～北宋．王安石〈泰州海陵縣主簿許君墓誌銘〉

完全讀懂名句

1. 離世異俗：遠離塵世，超凡脫俗。
2. 齟齬：上下齒不合，引申為意見不合而交惡，在此指與世俗不合。
3. 窺時俯仰：隨波逐流，與世推移。
4. 勢物之會：求取權勢名利的機會。
5. 輒：往往，總是。

讀書人本來就有遠離塵世，與世俗有不同意見，有獨特的想法，即使被譏笑怒罵、欺負侮辱也不後悔。他們沒有一般人的追求，只求後世留名，所以不合於世俗也是應該的。至於那些追求智謀功名的讀書人，窺測時機，順應變化，與世推移，隨波逐流，求取權勢地位的滿足，但是卻往往有志難伸，不被賞識，這種人多到數不完。

文章背景小常識

本文是王安石替許平所寫的墓誌銘。透過這篇文章，我們了解許平此人頗有才華，曾得到范仲淹和鄭戩等人的提拔，獲得泰州海陵縣主簿之職，一生平順，但也就僅此而已。

王安石深感惋惜，在許平五十九歲的生命中，雖具備卓犖之才，善於辯說，且深受重臣名士之推薦，但終其一生，僅得主簿這樣的小官，說穿了不過就是一個縣吏。許平的大才深受貴人肯定，期許能得大用，他自己也想一展長才，但結果卻事與願違，終至主簿一職退休，令人遺憾！

王安石文末說：「有拔而起之，莫擠而止之。嗚呼！許君而已於斯，誰或使之？」許平一生身具大才，有人提拔，又沒有人加以阻撓或貶抑，卻為什麼只終止在這小小主簿之官上，是誰讓他這樣的？似乎把這不得志的原因，聯結到天命去了。

名句的故事

許平自少年即展露非凡的才華，他和他的兄長都很有智慧，深受權貴人家器重，未來的政治發展應該無可限量。剛好朝廷要招募天下特殊專長的人才。這時很有地位名望的范仲淹和鄭戩都寫信向朝廷推薦許平，所以他有機會參加甄試。但通過考試後，他卻只派任泰州海陵縣主簿一職。雖然蒙受高官的肯定，可調到中央政府去歷練，但最終不知何因卻不得升遷。王安石為此替許平感到悲哀。

歷久彌新說名句

許平雖官終泰州主簿這一小官，但他實在該感謝范仲淹和鄭戩的知遇之恩，因為如果沒有這兩位當世大儒和重臣的舉薦，他恐怕被徹底埋沒在鄉野之間，連擔任地方小官的機會都沒有。

然而反過來說，即使有范仲淹和鄭戩的上書舉薦，身懷才智謀略的許平，仍然被「棄之州縣」，被困在一個小官任上直到生命終結，這到底是怎麼一回事呢？本文中，王安石以「誰或使之」（誰使他這樣受困於此）四個字作為墓志銘的終結，但這個問句的答案或許並非單純是天意捉弄，更有可能是指人事。朝廷的招賢，「以招天下異能之士」作為標準，然而後來真正具有能力的人，卻完全沒有機會立足朝堂，這難道不是制度出了問題嗎？

在王安石為許平撰寫墓誌銘的時候，另外還寫了一篇精彩的奏章《上仁宗皇帝言事書》，強調政治改革的重要性，尤其是針對人才的培養、選用，他批評朝廷，選拔人才方法只有寥寥幾種，「強記博誦而略通於文辭，謂之茂才異等、賢良方正」，「記不必強，誦不必博，略通於文辭，而又嘗學詩賦，則謂之進士」，在這兩種考試的標準下，真正像許平這樣有謀略才智又擅長辯論言語的人，即使具有真才實學，又怎麼可能出頭？而出頭的，經常是那些世家子弟，按照宋朝的制度，即使他們沒有什麼了不起的才能，也能靠祖宗庇蔭輕易取得官職。

韓愈曾說：「世有伯樂，然後有千里馬。千里馬常有，而伯樂不常有。」許平何等幸運，能有像范仲淹和鄭戩那般，看出他深具大才的伯樂鼎力相助；但又何等不幸，在面臨制度的巨獸時，始終無法突破，不能發展個人的期許和才能。

王安石為許平寫墓誌銘時，自己也還沒有得到朝廷的重用，所以有人認為王安石對許平的感慨，其實也是對自己仕途的感慨，這就叫做「借他人酒杯，澆自己塊磊」。但王安石後來得到神宗重用，推行變法革新，結果如何呢？遇與不遇，究竟何者是幸運？何者是不幸？或許只要把上天賦予自己的生命充分發揮，便是一場漂亮的人生旅途。試想，孔子的學生顏回，一生沒有當過官，也沒有任何著作留下來。但是孔子讚美他，同學推崇他，後世景仰他，這樣的人生有何遺憾？

其氣愈充，其語愈壯，其志意愈高

名句的誕生

成都，川蜀[1]之要地。揚子雲[2]、司馬相如[3]、諸葛武侯[4]之所居，英雄俊傑[5]戰攻駐守之跡，詩人文士遊眺飲射[6]、賦詠歌呼所，庭學無不歷覽。既覽必發為詩，以記其景物時世[7]之變，於是其詩益工。越[8]三年，以例[9]自免歸，會余於京師；其氣愈充，其語愈壯，其志意[10]愈高；蓋得於山水之助者侈[11]矣。

～明．宋濂〈送天臺陳庭學序〉

完全讀懂名句

1. 川蜀：泛稱四川一帶。
2. 揚子雲：即揚雄，子雲是他的字，西漢成都人，有〈甘泉〉、〈羽獵〉諸賦傳世。
3. 司馬相如：字長卿，西漢成都人，有〈子虛賦〉、〈上林賦〉等賦作傳世。
4. 諸葛武侯：即諸葛亮，字孔明，三國蜀漢琅琊郡人。劉備死後，輔助後主劉禪，被封為武鄉侯。
5. 英雄俊傑：才能與智慧出眾的人。
6. 射：射箭。
7. 時世：時代世俗人情。
8. 越：經過。
9. 例：引用過去的例子。
10. 志意：志氣理想。
11. 侈：大、多。

成都是四川的要地。揚雄、司馬相如、諸葛亮等歷史名人都曾住在這。凡是英雄豪傑爭戰、攻打、駐紮、防守的遺跡，詩人文士遊覽、遠眺、飲酒、射箭、作詩、吟詠、高歌、呼嘯的場所，庭學沒有不遊歷觀覽。遊覽後，將心中的感觸寫成詩文，以記錄外在景物的特點和世俗人情的變化，於是他的詩更為精妙高超。經過了三年，他引用官場舊例決定辭職返家，在京師與我相會；他的精氣更加充沛，文辭更加豪壯，志氣理想更加崇高，全是因為在山水景物中，得到很多的助益呀！

文章背景小常識

宋濂，字景濂，號潛溪，明初浦江（今屬浙江）人。因家境貧寒買不起書，所以他常向人借書，借到以後，便會手抄筆錄重要內容，並在約定時間內歸還，因為他言而有信，所以大家都願意把書借給他。長大後，遇有不明瞭的問題，也會虛心向碩學鴻儒請教，如此持之以恆地刻苦自勵，終成為著名的文學家。

明太祖至正十九年（西元一三五九年），宋濂應聘講學「五經」，並奉命主修《元史》，累官至翰林學士承旨、知制誥。無論當官或是教學，他都認真負責，常以自身的經驗，鼓勵後進。

本文〈送天臺陳庭學序〉即是他寫給同鄉士子陳庭學的贈序，期勉他辭職返家後，仍要繼續努力，提高自己的學識涵養。

名句的故事

山水景物能滋養人的精神，使文辭習染豪壯之氣，而唐代的柳宗元就是在「讀無字之書，稟山川豪氣」中，獲益最多的作家。

柳宗元到永州擔任員外司馬後，才發現這不僅是一個沒有實權的官職，連一間像樣的官舍也沒有，且隨他赴任的母親，不到半年也因水土不服去世了。政治上的失意，加上親人離世的打擊，使柳宗元在〈寄許京兆孟容書〉中自述：「百病所集，痞結伏積，不食自飽。或時寒熱，水火互至，內消肌骨，非獨瘴癘為也。」精神鬱結到了極點。

所幸，唐憲宗元和四年（西元八〇九年）的秋天，他來到了西山，縈青繚白盡收眼底的好山好水，使鬱結苦悶的陰霾一掃而空，他有感而發寫下〈始得西山宴遊記〉，從此縱情在山水之中，寫下著名的〈永州八記〉，成為山水遊記的一代宗師。

張潮《幽夢影》說：「文章是案頭之山水，山水是地上之文章。」徜徉名山勝水，在增廣見聞的同時，也開拓了胸襟，故能使文章氣充、語壯、志意高。

歷久彌新說名句

宋濂認為陳庭學遊歷觀覽四川後，詩文更加精妙高超。雖然陳庭學的作品亡佚，使我們無法窺知一二，但歷來不少作家因受山水啟發，而成為著名的旅遊文學家，明代的徐霞客就是其中之一。

徐霞客出生在江蘇的一個富庶之家，然而家道中落，到他這一代，家產早不如往昔。然而受父親徐有勉喜歡到處遊覽山水的影響，再加上喜好閱讀地經圖誌等書籍，少年時立下「大丈夫當朝碧海而暮蒼梧」的旅行志向。萬曆三十六年（西元一六〇八年），二十二歲的他與長輩結伴旅行無錫的惠山，此後開始縱遊中國各地。他把所見所聞的觀察和研究記錄下來，留下大量日記式的考察紀錄，三十多年內足跡遍及江蘇、浙江、山東、山西、陝西等地區，期間嘗盡許多艱辛，像是奴僕叛逃、遭逢盜賊、半道絕糧等等，但無論遇到多少危難，他都不曾動搖意志，堅持用雙腳走讀山河。

徐霞客撰寫遊記時態度認真，他曾批評許多前人的地理志書不明就裡，多為穿鑿附會，認為必須要經過實際觀測才能下筆。他說：「得趣故在山水中，豈必刻跡而求乎。」因此文字真誠毫不賣弄，抒寫感觸也不浮誇。

崇禎九年（西元一六三六年），在雲南麗江一帶旅遊的徐霞客因嚴重足疾無法行走，病況逐漸言嚴重，當地官員只好用車船送他返家。回鄉不久後就病逝。據說他撰寫了兩百多萬字的遊記，可惜因為明末戰亂，如今殘留的只剩四十萬的《徐霞客遊記》。這本遊記在山脈、水道、地質和地貌等調查和研究都超越了前人，錢謙益曾評價這本書，稱它為「世間真文字，大文字，奇文字」。

雖然斯人早已遠離，但誠如余秋雨所謂「唯有透過身體的不斷移位」，我們才能在無限的蒼穹中，重新認識山水、文化的博大精深。

人皆習於背公死黨之行，而忘守節奉公之道

名句的誕生

嗚呼！自世之衰，人皆習於背公死黨[1]之行，而忘守節[2]奉公之道，有重相而無威君，有私仇而無義憤。如秦人知有穰侯[3]，不知有秦王；虞卿[4]知有布衣之交，不知有趙王。蓋君若贅旒[5]久也。

～明．唐順之〈信陵君救趙論〉

完全讀懂名句

1. 背公死黨：背棄公道，為朋黨而死。死，做動詞用。
2. 守節：堅守節操。
3. 穰侯：魏冉，秦昭襄王母弟，曾任秦國相。
4. 虞卿：戰國時遊說之士，趙孝成王時封為上卿。
5. 贅旒：冗贅的旌旗垂飾。後用以比喻國君為臣下所挾持，大權旁落。

唉！自從世道衰落以來，人們都習慣於背棄公道，為朋黨而死的行為，因而忘記了堅守節操、尊重公事的原則。國家之中有位高權重的相國，卻缺乏威嚴的君王；人們在乎私人的仇恨，卻忽略了出於正義的憤怒，就如同秦人心目中只有穰侯，卻不知道有秦王；虞卿心中只掛念平民之間的交情，而不知道有趙王。將君王視為冗贅的綴在旗上的裝飾品，實在是由來已久的現象了。

文章背景小常識

唐順之（西元一五〇七～一五六〇年），

字應德，明嘉靖年間進士。文學史家多將唐順之視為唐宋派古文家，《明史》中稱其「於學無所不窺」，認為他的知識廣博，舉凡天、地理、兵法皆有所深究。

〈信陵君救趙論〉為一篇史論散文，主要針對戰國時期魏國信陵君分符救趙一事進行評論，認為信陵君的行為實際上存有很大的錯誤。唐順之認為信陵君並非魏國國君，其所欲拯救的對象也不是君王，即使趙國面臨危難，但並未依循正式的外交管道向魏國請援，這使得每個人的所作所為都偏離了其身分所賦予的職權。

在這個思考角度下，唐順之批判的是信陵君所行為所造成的後果，使得人人皆以私交作為行事原則，進而貶損了公道與君王在一國之內的威信。

對於歷史事件進行不同角度的批判，可以說是史論文章的一個重點。宋代古文家開啟了這樣的寫作風格，明代古文家也加以繼承，而且寫作數量增加許多，《四庫全書總目》甚至評價說「明代史論至多」，顯示出明代史論文章蔚為風行。

唐順之另有《兩漢解疑》、《兩晉解疑》等著作，書中對漢代與晉代的歷史人物、事件都有所評論，最大特點便是通過「問難」的形式進行價值的辯駁，例如〈王愷石崇〉一則，唐順之首先提問，鬥寶只是一則瑣事，何以史書要將其記錄下來？緊接著對此疑問提出解答，認為王愷既是國戚，石崇只是刺史，兩人身分有別，石崇卻偏偏要以鬥寶方式壓過王愷，實際上已經逾越了君臣分際，不無「僭越」之過，因此，石崇得禍絕非綠珠而起。唐順之的說法在如今看來，或許值得商榷，但通過他的「問難」與「解疑」，卻提供了讀者一個觀察歷史的不同角度，這可以視為他在寫作上的一個特點，也是晚明文人在評論歷史時的重要現象。

名句的故事

對於朋黨的批判其實並非起於明代。唐順

之認為，人皆習於背公死黨的觀點，可能化用自《漢書．游俠傳》篇首的總論性質文字。

班固在《漢書．游俠傳》對於戰國四公子就已經展開批判，但主要攻擊信陵君「竊符矯命、戮將專師」的行為。不過有趣的是，雖然班固與唐順之的批判角度與觀點不盡相同，但兩人的結論卻都有所重疊。班固認為戰國四公子的行為最終會導致「背公死黨之議成，守職奉上之義廢矣」，就是說為了朋友而死的風氣大開，原本盡守職責、遵奉君上的道理卻遭到了廢弛，這與唐順之的想法具有一致性。

在班固與唐順之的論述中，值得注意的還有他們對於公、私的觀點看法。

唐順之所批判的「背公」即意謂著「自私」。自私所帶有的負面意涵源遠流長，在戰國時期便已發展，並且為諸子所重視，《莊子．天下》便將「公而不當（黨）」，易而無私」視為道家聖人的特質。《呂氏春秋》中甚至有〈貴公〉、〈去私〉兩篇文章，認為聖王治天下，首要做的事情便是「公」。「公」可以說是戰國以來諸子思想都普遍重視的觀念，其原因或許可以從周代封建政治崩潰，以及諸子為了發揚自身政治理念，並且提供諸侯治理國家準則的角度去看待，這也使得「公」成為當時的一個重要觀念。

以公為重的政治理念影響了中國歷朝歷代。在唐代以武則天為名的《臣軌》中，其中〈公正章〉便說到：「唯公心可以奉國，唯公心可以理家。」意思是為人臣子應當秉持無私之心來遵奉君主。在中國的政治制度中，國與國君，其實是一體存在的。從這樣長遠的脈絡去理解唐順之的觀點，就可以了解到他對於背公死黨所抱持的批判，實際上是建立在一個源遠流長的政治理念基礎之上。

歷久彌新說名句

「背公死黨」成為一個具有強烈批判性意義的概念，自晚明以來便廣為知識分子所理解運用，特別是在明代黨爭激烈的政治環境中。

清朝學者王士禎在《帶經堂集》中撰有一

篇〈霜皐先生墓誌銘〉，文中敘述霜皐先生王世德在明亡以後著有《崇禎遺錄》一書，特別指出明朝滅亡之因在於儒臣們「背公死黨」，因而導致「疆埸日蹙」、「盜賊蜂起」。國家的滅亡原因是儒者意欲探求的，而對明亡的檢討，更是清代儒者時常討論的議題。從王世德的紀錄以及王士禎在墓誌銘中的追述，一個國家覆滅的圖景展開了，而起筆之處便是大臣間「背公死黨」的行為所導致。

值得注意的是，「背公」與「死黨」如果分開來看，則可以視為兩種概念，前者自然是完全負面的意味，具有「不忠」的意思；後者在價值上卻偏向於中立，甚至可以為人所稱許。例如曾國藩在對抗太平天國時，曾經寫信給文任吾，信中對於「死黨」的行為便是從較為中立的角度來看待，甚至認為軍隊之內如果沒有「死黨」之心，將無法抵抗太平軍。他信中是這樣說的：「呼吸相顧，痛癢相關，赴火同行，蹈湯同往。勝則舉杯酒以讓功，敗則出死力以相救。賊有誓不相棄之死黨，吾官兵亦有誓不相棄之死黨，庶可血戰一二。」在國家危難之時，強調軍隊之內眾人皆須萬眾一心，時時有為了同袍拋棄生命的覺悟，突顯的卻是「死黨」背後所隱含的道義原則。從曾國藩的角度來看，只要不違背對國家忠誠的原則，「死黨」反倒具有激勵人心、鼓舞戰士的作用了。

履霜之漸，豈一朝一夕也哉

名句的誕生

古者人君持[1]權於上，而內外莫敢不肅[2]，則信陵安得樹私交於趙？趙安得私請救於信陵？如姬安得銜[3]信陵之恩？信陵安得賣恩於如姬？履霜之漸[4]，豈一朝一夕也哉？由此言之，不特[5]眾人不知有王，王亦自為贅旒也。

～明．唐順之〈信陵君救趙論〉

完全讀懂名句

1. 持：控制、操縱。
2. 肅：恭敬。
3. 銜：接受。
4. 履霜之漸：腳踩在霜上，可以知道寒冬即將來臨。比喻事情的發生有一個漸進的過程。
5. 不特：不但、不只是。

古代的君王持握大權於人臣之上，裡裡外外沒有人敢不恭敬以對。如果作到這樣，信陵君怎麼能在趙國建立私人交誼？趙國怎麼會私下向信陵君求救？如姬怎麼會接受信陵君的恩惠？信陵君又怎麼敢向如姬施予恩惠呢？事態的變化與發展，難道是一朝一夕就可以達到的嗎？從這個角度說來，不僅是眾人不知道有魏王的存在，魏王自己也甘願做那冗贅的連綴在旌旗上的裝飾品啊！

名句的故事

「履霜」一詞，典出《周易．坤卦．初六》爻辭：「履霜堅冰至。」王弼注解認為「始於履霜，至於堅冰」，又說：「取履霜以明其始。」由此可知，履霜具有初始、起始的意思，王弼從道家哲學的角度解釋流動的水，在經歷結霜、成冰過程中的性質變化，因此「履霜」一詞，後來便用以比喻從事物初始的徵兆來觀察其後續的發展。

然而「履霜之漸」在使用上，通常具備了偏於負面的意涵，因此也成為文人告誡君王施政、行事務須謹慎的常見典故。例如歐陽脩在編纂《新唐書》時，就認為武則天代李唐稱帝，不僅造成了李唐宗室「戕殺殆盡」，同時也使得唐太宗的遺德餘烈「幾於遂絕」，可以說武則天的過錯比起褒姒更為嚴重。除此之外，歐陽脩也將批判的利劍指向高宗，認為「高宗溺愛衽席，不戒履霜之漸，而毒流天下，貽禍邦家。」顯示出高宗對於事態發展之初的徵兆缺乏注意，最終導致了嚴重的禍害。

同樣的，唐順之在文中將信陵君的罪過分條析理，指出信陵君竊符救趙這一事件，雖然從結果而言並無過錯，但在動機與手段上，都有許多值得斟酌再三的部分。特別是唐順之並非專意於批判信陵君作為臣屬的過錯，同時也將魏王視為批判的對象，認為魏王雖然名義上操持有君王權柄，但實際上卻連魏王自己也未能嚴肅以對，才引發了臣屬們恣意自為的後果。

歷久彌新說名句

在事態發展之初便謹慎以對，確實是面對人間事物時應該掌握的原則，然而真正要實踐卻不容易。

清朝文學家紀曉嵐在《閱微草堂筆記》中記載了一則有關於狐狸精的故事，表達人類面對誘惑，往往難以自持，雖然明白履霜之漸的道理，但未必能夠確切地依照原則行事。故事敘述有一位趙公，在晚年得到一名喚作紫桃的婢女，甚為寵愛，每當趙公有事呼叫紫桃時，紫桃總能非常迅速地來到趙公面前奉侍。

時間久了，趙公也對紫桃每逢召喚俾能迅速前來的現象感到奇怪，於是詢問紫桃原因。紫桃直接承認自己其實是隻狐狸，只是從沒有害人之心。趙公不以為意，也認為紫桃並未危害自己，就將她留了下來。

後來，趙公於春季遊賞郊外風光，認識了一位道士。道士說出了紫桃其實懷有危害趙公的心意。原來趙公其實是天上神仙貶謫下凡，身上懷有金丹，而紫桃便是為了盜取趙公身上的金丹而來。趙公邀請道士回到家中，道士當面責問紫桃，紫桃事情敗露，遭道士驅趕出趙府。

在故事結尾處，道士對著趙公嘆了一口氣，用《周易》卦象來說明「履霜之初，即堅冰之漸」的道理，認為君子對於小人的獻媚，自始就不應接受，如果君子能夠把持住自己的心志，小人自然無法趁虛而入。道士所以不殺紫桃，只是將她驅趕出去，原因便出在於「釁因自起，於彼何由」，紫桃固然有錯，但趙公一來不應該耽溺於美色，二來不應該在知曉紫桃身分之後還不做處置。一切的過錯既然有其肇始，就不應該推諉於他人身上。

顯然，「履霜之漸」不僅是對事態錯誤發展的描述，更是一個自我批判與省思的重要提醒。

人生有命，吾惟守分而已

名句的誕生

前所謂權門者，自歲時伏臘[1]一刺[2]外，即經年不往也。間[3]道經其門，則亦掩耳閉目，躍馬疾走過之，若有所追逐者。斯則僕之褊[4]哉，以此常不見悅於長吏[5]，僕則愈益不顧也。每大言曰：「人生有命，吾惟守分而已。」長者聞此，得無厭其為迂[6]乎？

～明．宗臣〈報劉一丈書〉

完全讀懂名句

1. 歲時伏臘：指一年中的重要節日。歲時，指一年四季，伏臘，指夏季伏日與冬季臘日，皆為重大節日。
2. 刺：名片。
3. 間：偶然、偶爾。
4. 褊：狹小、狹隘，此處用以自嘲。
5. 長吏：長官。
6. 迂：迂闊，指言行誇誕，不切實際。

前面所提到的權貴家門，我除了在逢年過節等重要節日送一張拜訪名帖之外，終年不曾前去。即使偶然經過他的家門，也是掩著耳朵、閉著眼睛，騎馬快跑過去，好像有人在後面追趕著一樣。這是我心胸狹隘之處，也因此總無法為長官所喜愛，然而我也愈發不在乎。每每誇言說：「每個人都有自己的命，我所能作到的就是謹守本分而已。」您聽到我的這些話，應該不會厭惡我，認為我言行誇誕、不切實際吧？

文章背景小常識

宗臣（西元一五二五～一五六〇年），字子相，明嘉靖年間進士，與李攀龍、王世貞同為明代復古派後七子之一，著有《宗子相集》，本文便是選自該著作。〈報劉一丈書〉是一篇書信體散文，劉一丈為作者父親宗周的朋友，姓劉，名玠，字國珍，號墀石。宗臣於《宗子相集》中收有兩篇〈報劉一丈書〉，本文則是選自第二篇。寫作時間大約在嘉靖三十四至三十五年間。

嘉靖二十九年，宗臣得中進士，步入官場之際，明室朝政幾為嚴嵩父子所掌持，失望之下，最終於嘉靖三十一年辭官歸居故里，直到嘉靖三十四年才又應李默之邀回京任職。第一封〈報劉一丈書〉中所說「孤楫渡淮」便是指回京一事。然而這次官場生涯依然充滿險阻，嘉靖三十四年，曾經上疏彈劾嚴嵩的楊繼盛遭到處決，宗臣、王世貞不顧嚴嵩權勢，公然「解袍覆其屍，為文哭之」。隔年，賞識宗臣並且推薦他回京任職的李默也遭逮捕，死於獄中。自嘲「褊衷」的宗臣，也於嘉靖三十六年遭嚴嵩貶黜至福建。

〈報劉一丈書〉的寫作時間大概早於楊繼盛處決以及李默遭逮之前，但是文中卻揭露了明代朝廷為嚴嵩把持，官場一片虛偽狡詐的醜陋現實。文中，宗臣先描述了文人士子拜訪權貴嚴嵩之家，卻遭守門僕役刁難的尷尬情況，即便幸運進入，也未能得到相應的尊重，這顯示了明代官場的腐敗。

更有甚者，明明在嚴嵩那邊未能獲得尊重，離開之後卻又於同級臣僚間自我矜誇，四處宣揚如何受到嚴嵩賞賜。這些風氣與《明史》記載嚴嵩與滿朝文武的惡行頗多重疊，不僅是「無恥之徒，絡繹奔走，靡然成風」，更顯示出「世風日偷，官箴日喪」的可鄙風氣。在這種情況下，宗臣發出「守分而已」的感慨，更是極為諷刺，為官之本分為何，作為對比，昭然若揭。

名句的故事

「守分」作為宗臣對自己為官之道的期許，在明代波瀾四起的政治環境中，反倒顯得格外令人注意。然而在宗臣之前，亦有士人始終秉持此志向來面對詭譎政局，那就是與宗臣關係密切，而又遭受嚴嵩迫害的楊繼盛。楊繼盛在〈自敘年譜〉中這樣說：「素位而行，君子之常，居官如戲場，時上時下，吾惟守分而已。」這句話的意思是說，安於現在所處地位以行事，本就是君子之職責，官場如同戲場，每個人在這些位置上的來去，如同戲台上角色的登場與下場，只有扮演好自己的角色所應盡的責任，並且安守於這樣的本分。這樣的思維，在晚明這樣一個大臣僭越本分，官僚相互吹捧虛飾，朋黨勾結相爭的環境中，維持住了極為重要的儒家道統。

楊繼盛的話典出《中庸》：「君子素其位而行，不願乎其外……在上位，不陵下；在下位，不援上……故君子居易以俟命。」意思是說，君子能夠安於自己現在的位置，不作非分之想。居於上位時，不欺侮下位的人；居於下位時，不攀援上位的的長官們。能夠安居現狀而等待天命，正是君子的作為。對於《中庸》的理解，可以說是奠定了儒者對自己繼承君子道統的肯定，楊繼盛援用《中庸》作為自己處事準則，宗臣也同樣地採取了《中庸》的觀念作為自我的期許。在這樣一篇向長者表白的書信文章中，我們可以看見宗臣懇切的心意，也能注意到他對於政治現實的批判。「守分」聽來簡單，但在如同一個大染缸的晚明政局中，卻是十分艱難的選擇。

歷久彌新說名句

命運難測，意謂著世界上有許多事情的發展其實未必能夠照著計畫前進，每當遭逢困厄之時，只要能夠謹守本分，便有可能渡過難關。這不僅是為官之道，成王將相也必須對此有所掌握。對於天下大勢有著深刻體悟的小說《三國演義》，也同樣有著類似的想法。在

《三國演義》中，尚未獲得任何功績的劉備，面對著比自己還要強大的勢力，往往就保持著這樣的姿態。第十五回描述劉備領有徐州之後，接獲曹操假傳旨意，要自己離開徐州討伐呂布，雖然情知為曹操計策，但他仍領軍離開徐州，並且囑咐張飛細心守備。沒想到張飛卻因酒醉誤事，反將徐州城失陷於呂布之手，狼狽逃奔劉備的軍隊。袁術知道呂布襲擊徐州成功，本想與呂布合計偷襲劉備，偏偏兩人又因彼此懷疑而合盟破裂。而呂布經過一番考慮，決定改與劉備合盟，並且將其失陷於徐州的家屬送還。劉備得知後，接受了呂布的提議與說詞，反倒引來關羽、張飛心中不忿。劉備在寬慰兩人時，便說到：「屈身守分，以待天時，不可與命爭也。」

劉備的話值得細細玩味，這是劉備在失去徐州之後，面對各種屈辱下所用以寬慰關、張兩人的安慰，但其實也是用來勸解自己，在一無所有的情況下，只有懂得能屈能伸的道理，並且靜靜等待時機，才有機會重新回到與諸雄爭奪天下的棋局中。可見「守分」不僅是儒家君子用以自持的道德準則，同時也可以說是面對萬變時局下，積蓄實力，等待機會的不二法門。

善政之法

故講事以度軌量謂之軌，取材以章物采謂之物

名句的誕生

臧僖伯諫曰：「凡物不足以講大事[1]，其材不足以備器用，則君不舉[2]焉。君，將納民於軌、物者也，故講事以度軌量[3]謂之軌，取材以章物采[4]謂之物。……」

～春秋・左丘明《左傳・臧僖伯諫觀魚》

完全讀懂名句

1.大事：指祭祀與兵戎。
2.舉：行動。
3.度軌量：端正法度。
4.章物采：彰顯器物的色彩。

臧僖伯進諫說：「舉凡任何事物，不能用在講習祭祀與兵戎的大事上，材料不能作為禮器與兵器的，國君就不必去理會它。身為一國之君，應該引領百姓行正軌、守法度。是以演習大事端正法度稱作『軌』，選取材料彰顯器物稱作『物』。……」

文章背景小常識

〈臧僖伯諫觀魚〉一文選自《左傳》魯隱公五年（西元前七一八年）。臧僖伯是魯國的大夫，個性耿直，勇於勸諫，他也是魯孝公之子，魯惠公之弟，魯隱公的叔叔，因為身分特殊，所以敢直言他人所不敢告誡君王的話。

本文是敘述魯隱公五年的春天，正是春光明媚的大好時節，隱公突發奇想，要到邊境的棠邑（今山東魚臺縣西南）觀看捕魚。臧僖伯認為捕魚是小事情，不必勞動君王親自出馬，

甚至連問都不用多問。但魯隱公不聽，堅持要去。

以現代人的角度來看，身為國家元首，下鄉視察民情是再平常不過的事情了。可是在春秋戰國時代，「國之大事，唯祀與戎」，國家最重要的事，也是國君最該做的，是祭祀與兵戎；魯隱公觀魚，只是貪圖自己游樂，不是為國為民謀取福利。

因此當魯隱公提出要去觀看捕魚，臧僖伯便直言不諱的說，凡是任何事物與祭祀兵戎無關的，國君都不必理會。接著更進一步說明，君王自己要遵守禮法，才能將人民導入正軌。

由於臧僖伯義正辭嚴，句句入理，魯隱公無法反駁，只能另外找了台階下，他說：「吾將略地焉。」意思是說，我只是去巡視邊境。臧僖伯眼見進諫不成，就以身體不適為由，拒絕與隱公同至棠邑觀魚。

名句的故事

魯隱公在春天時想去觀看捕魚，臧僖伯之所以大力反對，在於「凡物不足以講大事，其材不足以備器用，則君不舉焉」。臧僖伯口中的「大事」到底是什麼呢？是祭祀與兵戎（《左傳·成公十三年》：「國之大事，在祀與戎。」）。

為什麼說祭祀與兵戎是一國的大事呢？上古時期對於鬼、神、祖先極為崇敬，因此祭祀是一件非常重要的事情。身為一國之君，必須主持國家的祭祀，典禮不但隆重，更有許多繁文縟節。而軍事更是國家的大事，牽動國家的命運與萬民生死。

因此臧僖伯才會提醒隱公，觀魚玩賞是微不足道的事，國君不應用心於此。國君除了要致力於「大事」，更應該將人民行為引導至「軌」、「物」。何謂軌、物呢？「講事以度軌量謂之軌，取材以章物采謂之物。」能夠演習大事、端正法度的稱作「軌」；仔細選取材料，以彰顯器物特色的稱作「物」

清代林雲銘在《古文析義》提及本篇說道：「觀魚自是縱欲逸遊，在隱公以為無傷於民，且可以自遂其樂，獨不思君之所行，皆所以為教，無不與民相關者。」隱公認為觀看捕魚不過是小事一樁，然而國君畢竟是一國的表率，必須以身作則，讓人民仿效，因此臧僖伯以「納民軌物」提點，與「大事」互相呼應，帶出後文「亂政」、「非禮」的隱憂。

歷久彌新說名句

臧僖伯告訴魯隱公：「講事以度軌量謂之軌，取材以章物采謂之物。」「軌」、「物」是能夠講習大事，彰顯器物的事物，而「物」就包含在「軌」之中。軌是法度、常規之意，《淮南子．原道篇》說：「聖人一度循軌，不變其宜，不易其常。」就是告誡君王自己謹守分寸，引導百姓遵行規矩。因而「軌」也有「規矩」的意思。

《孟子．離婁上》說：「離婁之明，公輸子之巧，不以規矩，不能成方圓。」離婁相傳是黃帝時代的人，他的視力極好，能看到百步之外的微細之物；公輸子就是魯班，他是春秋末年魯國的一名工匠，據說他的技術舉世無雙，被稱為「巧聖先師」，他發明許多工具，在工藝建築上發揮很大的作用，其中曲尺、墨斗是畫圓畫方的器具，曲尺是「規」，墨斗是「矩」，引申為規則、法度。

《淮南子．說林》也有相同說法：「非規矩不能定方圓，非準繩不能正曲直。」沒有規矩的輔助，就算有離婁的好眼力、公輸般的巧手，也無法畫出方圓的。

從〈臧僖伯諫觀魚〉一文中，可以表現出當時的觀點，講求體制和規矩。上自君王，下自百姓，都有一定的規矩軌則必須遵行，國君要注意祭祀與兵戎的大事，百姓則是農耕漁獵蠶桑等民生之事，各司其職，各有軌度，才能安居樂業。

法令者治之具，而非制治清濁之源也

名句的誕生

法令者治之具[1]，而非制治[2]清濁之源[3]也。昔天下之網嘗密矣，然姦偽萌起[4]，其極也，上下相遁[5]，至於不振。

～漢．司馬遷《史記．酷吏列傳序》

完全讀懂名句

1.治之具：治理天下的工具。
2.制治：政治運作的整體規畫。
3.清濁之源：清明和混亂的根源。
4.萌起：像初生的草木不斷生長。
5.上下相遁：上下互相推諉卸責。

法令是治理國家的工具，但不是決定國家政治清平或混亂的關鍵因素。古代（這裡指秦朝）的法網非常密實，然而奸巧虛假之事如同初生的草木般不斷發生，最嚴重的時候，上下互相推諉卸責，以致於國家敗亡。

文章背景小常識

酷吏是指用嚴刑峻法，殘暴人民的官吏。司馬遷在《史記》中，專列〈酷吏列傳〉，後來的史書沿襲之，歷代史書也為酷吏作傳。

《史記》的〈酷吏列傳〉中一共列出十人，分別是郅都、寧成、周陽由、趙禹、張湯、義縱、王溫舒、楊僕、減宣、杜周。其中郅都是漢文帝、景帝時人，其餘十位均為漢武帝時的酷吏。不過，在《史記》的〈循吏列傳〉卻無一人是西漢時人，兩相對照，倍感諷刺。

司馬遷說：「自郅都、杜周十人者，此皆以酷烈為聲。」酷烈指個性殘酷剛烈，所以這十人之所以被記載，顯見其惡。有的人行事冷酷無情，有的泯滅良心，有的貪贓枉法，因此「其廉者足以為儀表，其污者足以為戒」。

司馬遷之所以作〈酷吏列傳〉，一方面顯然是因為李陵之事，遭受到腐刑的無情對待，對西漢酷吏的慘酷深有所感，再者也可以反映出當時皇帝任用酷吏，藉以打擊皇親國戚的勢力，除去兼併土地的豪強、嚴懲無法配合國家政令的官吏，以達到中央集權的目的。

酷吏是皇帝手下的棋子，卻也是犧牲品，司馬遷雖不認同酷吏的所作所為，卻仍給予中肯的評價，他說：「然此十人中，其廉者足以為儀表，其汙者足以為戒方略教導，禁姦止邪，一切亦皆彬彬質有其文武焉。雖慘酷，斯稱其位矣。」意思是說，這十個人中，廉潔者可以成為人們的表率，汙濁者足以做人們的鑒戒，他們謀畫策略，教導人民，禁止奸邪，一切作為都斯文有禮，恩威並施。雖然執法嚴酷，但與他們的職務還是相稱的。

名句的故事

司馬遷的《史記．酷吏列傳》，雖然擇選的酷吏都是漢代人，但若參照班固的《漢書》，就會發現，並非漢代無循吏，也不是漢代全是酷吏，史記所載僅是司馬遷的觀點。而〈酷吏列傳序〉一文主要是說明，利用酷吏整肅國家紀律，雖然可以收到一時的成效，但畢竟只是一種工具，無法作為政治是否清廉汙濁的決定因素。

文章的一開頭，司馬遷引用孔子的話：「導之以政，齊之以刑，民免而無恥。導之以德，齊之以禮，有恥且格。」意思是說，以政令來教導人民，並輔以刑罰，人民就會有羞恥之心；如果進一步是以道德感化人心，配合禮儀，那麼人民不但有羞恥心還懂得改邪歸正。接著，又引用老子之言說：「上德不德，是以有德；下德不失德，是以無德。法令滋章，盜賊多有。」不口口聲聲談論道德之人，反而是有道德的，常常說自己是有德者，反而缺乏道德。即使法令多如牛毛，還是難以避免盜賊產生。司馬遷同時以儒家和道家的說法佐證，認為道德禮義才是治國根本。

當年劉邦率兵進入霸上時，秦王子嬰前來投降，劉邦不但沒有殺他，進入咸陽城時，還召集當地父老，與他們約法三章。「與父老約，法三章耳：殺人者死，傷人及盜抵罪。餘悉除去秦法。」劉邦將秦法全部廢除，並且重新訂定法律，就是殺人者判處死刑，傷人與偷竊者必須接受懲罰。劉邦善用法律，而獲得咸陽居民的人心歸向。

但本文的結尾相當諷刺，明明是記載殘酷的「酷吏」，但司馬遷卻說：「吏治烝烝，不至於姦，黎民艾安。」可見他是以反諷的方式，暗示漢武帝的重刑不重德。

歷久彌新說名句

不論法律條文如何完善，如同司馬遷所言，「法令者治之具，而非制治清濁之源也」，唯有實行德政，以德治國，才能讓社會國家真正長治久安。用殘酷、重典，或許能在短時間內看到成效，所以為帝王所愛用，但循吏所能帶給人民的或許是更深層的人格、道德上的薰陶，令人感懷至深。

春秋時代鄭國的大夫子產，在朝主政二十年，國家安定，政通人和。子產執政一年後，年輕人行為舉止不再輕慢，老年人不需自己手提重物，小孩也不必下田耕種；兩年之後，市場上沒有哄抬價格欺騙顧客的行為；三年後，做到了〈禮運大同篇〉所言：「夜不閉戶，路不拾遺。」四年後，農人工作完畢後，不用把農具帶回家；五年後，讀書人不用被徵召當兵，遇有喪事，百姓能夠自行依照禮制進行。子產深受百姓愛戴，當他過世後，鄭國上下悲慟不已，人民痛哭失聲的說：「子產離開我們了，我們要怎麼辦呀？」

明代包裕有〈頌子產〉一詩：「當時豪傑事縱橫，獨有先賢治尚平。四善見稱君子道，一寬無愧惠人名。」詩中所說的「四善」是指子產的四項政績：改革田制、作丘賦、鑄刑鼎、不毀鄉校。而「一寬」則是子產提倡用政須「寬猛並濟」的作法。

子產說：「唯有德者能以寬服民，其次莫如猛。」只有有德行的人能夠以德服人，其次沒有比剛猛更有效了。孔子對此大加稱讚，認為「政寬則民慢，慢則糾之以猛」，恩威並施、寬猛並濟才能讓百姓不會過於放鬆或緊繃，國家才能太平穩定。

禮生於有而廢於無

名句的誕生

禮生於有而廢於無。故君子富，好行其德；小人[1]富，以適[2]其力。

～漢．司馬遷《史記．貨殖列傳》

完全讀懂名句

1. 小人：一般人，指人民。
2. 適：適合。

禮節產生於富有之時，而於貧乏之際荒廢。所以當有德性修養的君子富有了，就能施行恩惠；若一般人富有了，則能適當的發揮自己的能力。

名句的故事

本句出自《史記．貨殖列傳》。「貨殖」語出於《論語．先進》之「賜不受命，而貨殖焉」，指的是生殖財貨利益。司馬遷在〈貨殖列傳〉中不僅記下從事「貨殖」活動的傑出人物，也發揮個人對於經濟發展的獨特思考。

「禮生於有而廢於無」的觀點，乃是承接管仲「倉廩實則知禮節，衣食足則知榮辱」而來，認為物質的滿足是禮節榮辱追求的基礎。無論對君子或小人而言，物質滿足都是必需品。如果物質條件無法滿足，溫飽方面無法得到保障，則難有心思追求精神節操。

管仲是春秋時期齊國的政治經濟專家，善於觀察情勢，他發起的數場「商戰」至今仍為人所樂道。其中之一，是他發現魯國所生產的白絹「魯縞」品質優良，便刻意營造魯縞為流行時尚。下令禁止齊國人織縞，所有布料只能從魯國進口，並且出高價收購。魯國人民看見有利可圖，便一窩蜂織縞，結果農田無人耕種，久而久之必然廢棄。管仲見時機成熟，突然下令停止進口魯縞，而魯國屯積了大量魯縞，又因為荒廢農耕而糧食短缺，最後只好向齊國購糧。管仲趁此哄抬糧價，導致魯國經濟一蹶不振，在不得已之下，只能屈從於齊國了。

歷久彌新說名句

美國心理學家馬斯洛於一九四三年提出「需求層次理論」（Maslow's hierarchy of needs），將人的需求分為五層，由低至高分別是生理需求、安全需求、社交需求、尊重需求與自我實現需求。高層次的需求乃以低層次的需求為實現基礎。而對照之下，「倉廩衣食」屬於生理需求，自然是「禮節榮辱」等高級需求之基礎。由此再看司馬遷所謂「禮生於有而廢於無」，似乎也能夠交互參證。

只是，「禮生於有而廢於無」是指現象，而非說明原因。當「有」了之後，並不必然導出「禮生」，否則便不會有「飽暖思淫慾」之說；當「無」之時，亦不盡然就要「禮廢」。那位一簞食一瓢飲，居陋巷而不憂的顏淵，不就讓老師孔子佩服得列為德行第一嗎？

從馬斯洛的需求層次理論可以發現，生理、安全以及社交都需要外部條件配合，而尊重與自我實現則必須從個人的內心來落實。做為法家先驅的管仲，重視外部條件的影響，自然將衣食物質之滿足，視為道德修為外顯之「禮」的基礎，至於道德是否由人的內心發端，則並非他所關注的重點。而司馬遷寫〈貨殖列傳〉是希望「智者有采焉」，藉此提供後世可學習的歷史經驗和經營之道。以此觀之，「禮生於有而廢於無」，可視為「注重經濟成長，使人民安定下來思考禮節價值」之層面的討論。在當今一片「拚經濟，重民生」的訴求中讀來，或能體會太史公的深刻用心。

故馬或奔踶而致千里，士或有負俗之累而立功名

名句的誕生

蓋有非常[1]之功，必待[2]非常之人，故馬或奔踶[3]而致千里，士或有負俗[4]之累而立功名。夫泛駕之馬[5]，跅弛[6]之士，亦在御之而已。

～西漢・漢武帝〈武帝求茂才異等詔〉

完全讀懂名句

1. 非常：不同於一般。
2. 待：等待、倚靠。
3. 奔踶：奔馳，此意謂不馴服。踶，音「弟」，踢人的意思。
4. 負俗：被世人所譏笑、諷刺和議論。
5. 泛駕之馬：脾氣固執、不服人類駕馭的馬匹。
6. 跅弛：放蕩不羈。跅，音「拓」，不受拘束的意思。弛：不遵循傳統禮教。

如果想建立永垂不朽的功業，就必須依靠異於常人的特殊人才。所以有些馬匹雖然在奔跑時會故意踢人，但是牠們卻能跑上千里的路程；有些人經常遭受世俗的譏諷和批評，卻能為國家立下卓越的功績。面對這些難以駕馭的馬、放縱不羈的人，只是在於要知道如何操控、管理他們罷了。

文章背景小常識

西元前一四一年，十六歲的漢武帝劉徹即位。他在位五十四年的時間，把中國的歷史帶領到新的階段。因為經過「文景之治」以後，

漢朝的國力逐漸恢復，同姓諸侯王的勢力也大為降低，在有利的條件下，雄才大略的漢武帝，趁機鞏固國家內外的統治勢力，又進行各方面的政治規畫、推動各項政治措施，造就了西漢的盛世。

元光年間（西元前一三四～西元前一二九年），司馬相如為了西南夷的事務，上書漢武帝，其中有句話引起漢武帝的注意：「蓋世必有非常之人，然後有非常之事；有非常之事，然後有非常之功。非常者，固常人之所異也。」（先有見識不同尋常的人，才能做出不同尋常的事；有不同尋常的事，才能建立起不同尋常的功業。不同尋常的人，見識與想法與一般常人有所不同）漢武帝很欣賞這句話的觀念，因此才會在二十多年後，在詔書裡將其概括為「蓋有非常之功，必待非常之人」。

漢武帝自詡為常人所異的帝王，認為自己一生任用了很多非常之人，也做了很多非常之事，當然也成就了許多非常之功。後來班固在撰寫《漢書》時，認為漢武帝的功業和他推行的制度，之所以具有這麼突出的歷史地位，正是因為漢武帝身邊聚集了各種不同類型的人才。這些優異的人才紛紛在不同領域上，為國家盡心盡力地付出，一同為他們的國君，打造了漢代全盛時期的「漢武盛世」！

名句的故事

這篇作品是漢武帝為了選拔人才而頒佈的詔書。茂才本作秀才，後人為了要避東漢光武帝劉秀的名諱「秀」字而改稱「茂才」。「異等」是才智出眾、異於常人的意思。茂才、異等都是漢代選舉人才的科目之一，所以被合稱為「茂才異等」，通常一年選拔一次，是對於有特殊才能和有非常之功的低級官吏的提拔。

漢武帝在選用人才時，只問適用與否，從來都不拘資格、也不苛求小節，展現了統治者的寬厚器度。〈武帝求茂才異等詔〉就是一篇代表性的作品。這篇文章強調了國家建設與人才發掘的緊密關係，更透露了自己用人唯才、不在乎小細節的選拔原則。他認為，非常之人、非常之士雖然經常看起來放蕩不羈、不願意遵守禮法，甚至和世俗的一些想法、做法都不同，因而遭受一般人的譏諷和批評，但這些人士卻往往能為國家立下卓越的功勳。這就好比奔踶的馬匹，有泛駕之馬的脾氣，也是牠們的缺點，只要能找到能夠駕馭牠們的人，牠們反而能成為日行千里的「非常之馬」。

這就是說，漢武帝並不苛求有才之人完美無瑕，因為他們就好比千里馬，與眾不同，才能為國家成就非常之功，所以偶爾做出讓人無法理解的事，或犯下一些微不足道的小缺點，那又如何？根本不會妨礙他們一展長才的能力啊！而漢武帝身為一國之君，也希望自己是一名「伯樂」，能夠發掘這些幫助自己立下功績的「跅弛之士」，管理、善用他們的才幹。

歷久彌新說名句

漢武帝求才的想法，其實很像戰國時代的宋玉〈對楚王問〉中所說「其曲彌高，其和彌寡」（曲子的格調越是高雅，能夠跟著和唱的人也就越少）、「非獨鳥有鳳而魚有鯤，士亦有之」（不止是鳥類中出鳳凰，魚類中有鯤，士人之中也有傑出的人才）。在遭受楚國貴族的排擠和陷害時，宋玉並非選擇激烈的抗爭、或者以死明志，他反而寫下〈對楚王問〉，用機智的辯答來表明自己的清白，並且用鳥類中的鳳凰、魚類中傳說裡的大鯤魚，來比喻傑出的人才、超凡脫俗的聖賢，他們的言行舉止經常不能被一般人所理解，所以總是招來批評和忌妒。

例如漢代的賈誼。他從小就聰明絕頂，不僅才學過人，文筆也非常好，二十二歲就在相當於現在的國立大學裡任職，成為漢朝政府最年輕的一位的老師，後來更被漢文帝欣賞，被提拔做政府的中階官員。

賈誼為漢文帝提供很多精闢的政策與見解，甚至為國家設計了一整套禮儀制度，可惜漢文帝打算重用他時，卻遭到許多官僚和宗室階層的反對，再加上賈誼的性格偏激急躁，又不和別人妥協，最後漢文帝無可奈何之下，只好把賈誼流放到外地。

歷代許多人士，都為賈誼的懷才不遇、不得國家重用而感到痛心與惋惜，宋代大文人蘇軾在撰寫〈賈誼論〉時，對賈誼的遭遇，曾感嘆說：「有高世之才，必有遺俗之累，是故非聰明睿智不惑之主，則不能全其用。」他認為賈誼擁有出類拔萃的才幹，但正因為能力超越了當代的許多人，難免有不合時宜的毛病，再加上像賈誼的這一類人，往往恃才傲物、孤芳自賞，很難融入現實的世俗社會，更容易因此招致困境，所以若非聰明、通達而且疑惑的君主，根本無法讓賈誼的這一類人，真正充分發揮他的才能啊！

民者，在上所以牧之，趨利如水走下，四方亡擇

名句的誕生

民者，在上[1]所以牧[2]之。趨利[3]如水走下，四方無擇[4]也。夫珠玉金銀，饑不可食，寒不可衣，然而眾貴之者，以[5]上用之故也。

～西漢．鼂錯〈論貴粟疏〉

完全讀懂名句

1. 上：君王。
2. 牧：管理、統治。
3. 趨利：追逐利益。
4. 四方無擇：不管東西南北。
5. 以：因為。

人民如何生活，與君王統治、管理他們的方式息息相關。人們本能會追逐財富利益，就像水往低處流，不分東南西北。金銀珠寶，餓了不能當飯吃，冷了不能當衣服穿，但是人們還是認為它們比較重要，這是因為君主用它們的緣故。

名句的故事

鼂錯認為蓄積多，則民心穩，統治穩固。而要增加蓄積，必須想辦法使農民盡心於農業生產。但當時的狀況是農民忙了一整年，到頭來的收益卻很少，又為了應付各種賦稅，有的甚至出現了賣田地房屋、賣妻子兒女來還債；而商人家中男子不必耕地耘田，女子不用養蠶織布，穿的必定是華美的衣服，吃的必定是上等米和肉。如此的貧富差距，導致人們想棄農從商。

「趨利如水走下，四方無擇也」的字句看似近於《管子．形勢解》所說：「民之從利也，如水之走下，於四方無擇也。」而兩人所謂的「利」卻大大不同。鼂錯的利指的是財富；而管子的利所指的是君王給百姓的好處。管子認為哪位君王或統治者對百姓們好，百姓們就會跟隨並信任他。鼂錯的「趨利」是針對當時的帝王、商人而說，當商人販賣貨物，用特殊手段獲取利益，沒有農夫的勞苦，卻佔有非常豐厚的利潤，君王也為了國家經濟的發展，而放任商人的各種經濟剝削，那百姓怎會想從事農業？

雖然當時候的法律輕視商人，但商人實際上是富貴的；法律尊重農民，而農民事實上卻是貧賤的。所以一般俗人所看重的財富，是君主想抑制的；一般官吏所鄙視的農民，在法規上是被尊重的。這種上下相反，好惡顛倒的情況下，要想使國家富裕，法令實施，那是不可能的。

歷久彌新說名句

古代帝王的治國、治民之術，又稱為「牧民之術」，用現代人的眼光來看，從前封建、專制的極權統治方式，統治者和百姓的關係，確實有如牧羊人與羊群之間的互動。畢竟帝王是「天之子」、是「受天命而有天下」、代替上天來管理百姓的人選，這已經是根深蒂固的觀念，就連古代兒童的啟蒙讀物《幼學瓊林》也是用「天子，天下之主」來教育孩童，因此君王的喜好和選擇，勢必影響國家的政策走向，也左右人民在生活各方面的動向。

古人在文學創作方面的動向，其實也符合鼂錯說的「民者，在上所以牧之」。漢代時興的文學體裁「賦」，最初就是來自於帝王的喜愛和推崇，當漢武帝讀了司馬相如寫的〈子虛賦〉之後，大為驚嘆，特地派人召來司馬相如。這是因為司馬相如的賦作，極盡所能鋪陳文句，描寫宮廷的華美壯麗、帝王的奢華生活，不但足以作為國家富強的象徵、輝煌盛世的代表，更滿足了帝王的虛榮心，所以當漢武帝主動表明自己欣賞這種文學作品之後，士人學子紛紛仿效，並投入這方面的創作，造成專寫宮殿苑囿、巡遊田獵、聲色犬馬的富麗典雅賦作，一時之間陸續出現，成為當時的文學主流。因為帝王的喜好，不僅讓賦的文體盛極一時，在西漢、東漢的四百餘年間，一般文人也多致力於這種文體的創作，成為時代性的文學產物。

入則諫其君，出不使人知者，大臣宰相者之事

名句的誕生

入則諫其君，出不使人知者，大臣宰相者之事，非陽子[1]之所宜行[2]也。夫陽子本以布衣[3]隱於蓬蒿[4]之下，主上嘉其行誼[5]，擢[6]在此位。

～唐．韓愈〈爭臣論〉

完全讀懂名句

1. 陽子：人名，即陽城。陽城，字亢宗，原本隱居在中條山中，後來經由大臣李泌的推薦，在唐代貞元四年，被唐德宗任命為諫議大夫。
2. 宜行：宜，是適宜、合宜；行，行事、從事的意思。宜行是指適合做的事情。
3. 布衣：最初指平民百姓所穿的廉價、普通衣物，後來常借指為平民，或者沒有為官的讀書人。
4. 蓬蒿：蒿，音ㄏㄠ。蓬草、蒿草，原本都是野草名。後來借指為鄉間野地，甚至可以泛指為草叢、草莽。
5. 行誼：具有道德、道義的事蹟或行為。行誼是古代在描寫德行、品格美好的人物時，常用的辭彙。
6. 擢：音ㄓㄨㄛˊ，提拔、提升的意思。

進入朝廷諷諫國君、為君王獻策，出來之後不應讓其他人知道，這是身為大臣、宰相們應該做的事情，不是陽子適合做的事。陽子原本是隱居在鄉間的一般老百姓，因為皇上賞識他的德行與人品，所以提拔他擔任這個職位。

文章背景小常識

韓愈（西元七六八～八二四年），字退之，河南河陽（今河南省孟州市）人，是唐代古文運動的宣導者，被明代文學家推為「唐宋八大家之首」。韓愈十分擅長寫議論文，他尊崇儒學、排斥佛教與道家，強調文章要學習先秦兩漢的語言形式，而且要具備「道統」的思想內容。

〈爭臣論〉藉由問答的寫作形式，利用對方發問、和四問四答的方法，讓文章彷彿是辯論的過程，並從中逐步推演出自己的觀點，進而發表個人的政治建議，成為一篇結構嚴謹、邏輯性強烈的議論文。

這是一篇針對當時官場風氣和政治問題而發的文章，評論的內容也是真人真事。「爭臣」就是「諫諍之臣」的意思，所以這篇文章又名為〈諍臣論〉，主要是在批評唐德宗時代的諫議大夫陽城。韓愈認為陽城，原本隱居於中條山上，因為高尚的人品和豐富學識而被薦舉為諫官，但是上任之後，卻不認真履行自己諫官的職責：不問政事得失、也不對君王犯下的過錯提出規勸。所以韓愈直言不諱批評陽城，並直截了當的對他的為人和行事發表意見，明確指出為官者必須忠於職守，不能得過且過、敷衍塞責。

據說原本唯唯諾諾的陽城，受到這篇文章的影響而改變處事態度和行事作風，從此認真地對待自己的官職。

名句的故事

諫議大夫在古代是執掌議論政事、對君王進行規勸的官員，有點類似今日政府的監察委員或國會議員。所以文章中身為諫議大夫的陽城，職責就是直言勸諫國君、毫不避諱的當面評論君王的得失。

不過，陽城自從被任命為諫議大夫之後，卻表現出唯唯諾諾的樣子，任官五年的期間，天天只是飲酒而不問政事。孟子說：「得志，澤加於民；不得志，脩身見於世。」又說：

「窮則獨善其身，達則兼善天下。」這是中國歷代讀書人最重視的事。陽城在隱居山林時，確實能「獨善其身」、努力修養自己的品格與心性，這也是他能被國君欣賞和提拔的原因，不過在得志發達之後，反而無法善盡該有職責，沒有提出對國家有利的諫言，這樣的為官態度，當然對國家沒有實質的幫助，不是在為百姓社稷謀求福祉。因此韓愈寫了這篇文章批評陽城，希望他能確實做好自己的本分、認真履行諫官的職責。

這也是孔子一直強調的處世態度：「有道則見，無道則隱。」如果對世道失望而決定歸隱，就該像《史記》裡的巢父、許由一樣，堅持隱身山林。所以相傳賢士許由推辭了堯帝，還跑到河邊洗耳朵，表示自己的輕視名位利祿；伯夷、叔齊兩兄弟寧可在山上餓死，也不願臣服於不仁不義的統治者；介之推任憑想逼他出來做官的晉文公放火燒山，依然堅持隱居的決心，最和母親一起抱著槐樹被燒死。但是一旦決定為國家、社會服務，就該全力以赴、竭盡心力地發揮自己的才幹，因為儒家所謂隱居，並不是忘世，而是在等待更好的時機。最有名的是三國時代的孔明，當他接受劉備的多次邀請之後出仕，便展現「鞠躬盡力，死而後已」奮鬥精神。

商代的伊尹，原本只是奴隸的身分，在鄉野之間自耕自食，當受到提拔而做宰相之後，為君王分析天下形勢，更整頓吏治、發展民生經濟，讓國家更加強盛；春秋時代的孫叔敖原本隱居在海邊，當楚莊王欣賞他、任用他做宰相，從此便無私的奉獻、為楚國付出自己的心力；戰國時期魏國的隱士侯嬴，自從被信陵君重用之後，貢獻許多良策妙計來幫助信陵君。古代優秀的隱士或許一輩子堅持不出仕；或許只是在等待施展抱負的機會，一旦獲得治國平天下的機遇、自己也決定出來做官，就會像隱居在渭水河畔的姜太公一樣，「一出即為王者師」，不是成為開國元勛，就是一代賢臣。而〈爭臣論〉的諫議大夫陽城，有機會從隱士身分成為國家官員，卻得過且過、敷衍卸責，不認真看待自己的官職，難怪韓愈會嚴厲批評他。

歷久彌新說名句

孔子說：「不在其位，不謀其政。」認為官員不應該去過問自己職務範圍以外的事情，因為在傳統儒家的觀念中，君子應該「有所為，有所不為」，如果「不在其位而謀其政」，很容易做出違禮之舉、一不小心就有了僭越之嫌。

雖然孔子的這句話，是針對當時的讀書人和政府官員，不過這種觀念其實也可以套用在現代社會，很適合作為今天在各行各業中，最基本的一種職場倫理。畢竟在複雜忙碌、牽一髮而動全身的工商業社會中，每個人都好比是一根小螺絲釘，在大家各司其職之下，「國家」或「社會」這一座巨大機器，自然能夠順暢的運轉；相反的，如果每個人都不願意謹守工作崗位，甚至越級上報、故意去踩踏職場上的「地雷」，當然很容易讓這座巨大機器故障。

用現代流行的詞語來講，〈爭臣論〉中的陽城，就是一位「螺絲鬆掉」的政府官員。而且陽城是一名諫官，他看似消極、敷衍的態度，等同懈怠職責，如果他生活在現代社會，恐怕得背負了敷衍塞責的罵名，遭受百姓批評抗議而下臺了。

自古聖人賢士，皆非有求於聞用也

名句的誕生

或曰：「陽子之不求聞而人聞之[1]，不求用而君用之[2]，不得已而起[3]，守其道[4]而不變，何子過之深[5]也？」愈曰：「自古聖人賢士，皆非有求於聞用也。」

～唐．韓愈〈爭臣論〉

完全讀懂名句

1. 不求聞而人聞之：聞，聞名的意思；之，代詞，指陽城。不求聞，是指陽城不求聞名；人聞之，是指世人都聽聞過陽城的名聲。
2. 不求用而君用之：用，任用的意思。不求用，是指陽城不求被國君任用；君用之，指國君任用陽城。
3. 起：是指出來做官。因為陽城本來是一位隱士，後來經由大臣推薦，國君主動聘用他、請他出來做官。
4. 道：個人的操守、原則或準則。
5. 何子過之深：何，為什麼、為何的意思。子，古代對別人的敬稱，解釋為你、您，這裡指韓愈。過，動詞，責備的意思。這句話是「子何深過之」的倒裝句。

有人對我說：「陽城並不奢求自己的名聲被世人知道，然而每個人卻都聽過他的名聲；陽城也沒有要求被國家任用，但是國君仍然主動聘用他。他是不得已才出來做官的，他堅守自己的原則而不輕易改變，為什麼您還要這麼嚴厲的責備他呢？」

韓愈回答：「自古以來的聖人賢士，本來就不是追求出名或做官的。」

名句的故事

從〈爭臣論〉中韓愈說話的口氣，可以知道他認為聖人賢士「非有求於聞用」，本來就是一件理所當然的事，因為早在春秋時代的孔子，就強調這種人生目的，也因此提出許多相關的說法，如：「君子病無能焉，不病人之不己知也」、「不患人之不己知，患其不能也」等，意思都是在說，君子只會擔心自己的才能不足，並不會去擔心別人不知道自己。再如：「不患無位，患所以立；不患莫己知，求為可知也。」意思是人生在世，不要只是憂慮自己有沒有官位或地位，而是要去注意自己做人做事的立場，關心自己是否能為對國家社會做有建樹的事，為百姓謀求福利；更不要擔心別人不知道自己，而是要去追求真才實學，成為世人的模範。

這種觀念，是中國自古以來，儒家學者一貫的信念和主張，更是每個讀書人的一種自我要求，當然也是韓愈所說的「非有求於聞用」。這或許也是中國古代書院，例如：白鹿洞書院等，經常刻意設置在山上、書院院長則自稱「山長」的原因，希望學生能遠離世俗塵囂，讓讀書的目的更為單純。所以在〈爭臣論〉中，當其他人還在稱讚陽城、為陽城打抱不平時，韓愈卻露出不可置否、嗤之以鼻的態度，因為在韓愈心中，「非有求於聞用」是每個讀書人、為官之人的基本價值，陽城的所做所為，並沒有比其他人特別，並不值得一提，更不需要特地去讚揚這件事啊！

歷久彌新說名句

「在脫去虛名與成就之後，你的人生還剩下什麼？」這是曾經在蘋果、微軟和 Google 等多家 IT 公司擔當要職、目前是投資和資訊工業「創新工場」創辦人李開復先生，在發現罹患癌症之後才開始自問的問題。

李開復發現自己一輩子的努力求名，卻在

面對病痛和各種衝擊時忽然不知所措，才驚覺自己失去了最初對生活目標的初衷，因此撰寫《我修的死亡學分》這本書中，告訴讀者千萬不要過度追求名聲，讓自己像機器一樣盲目運轉，否則浪費人生最精華的時光！

小說《紅樓夢》中有一首〈好了歌〉：「世人都知神仙好，唯有功名忘不了；古今將相在何方？荒塚一堆草沒了！」感嘆世人一輩子追求功名利祿，到頭來兩腳一伸，終究是一場空。

印度作家奇坦•巴哈特的小說《五分生》被改編成勵志喜劇電影《三個傻瓜》，影片中的男主角藍丘，是一位只想追求更多知識而不在乎名利的學生，因他不在意名利，曾被同學所恥笑，甚至被學校老師視為頭痛人物，但到了最後眾人才明白，他才是真正獲得成功並享受因求知而帶來樂趣的聰明人。

在現實世界中，許多人因為過於執著於表面的功利和名聲，導致不斷「被壓力追著跑」。或許我們可以重新反思自己生命的價值與意義：即使默默耕耘、不求虛名，也可以是一條幸福美滿的人生道路！

得其道，不敢獨善其身，而必以兼濟天下也

名句的誕生

閔[1]其時之不平、人之不乂[2]，得其道，不敢獨善其身[3]，而必以兼濟天下也。孜孜矻矻[4]，死而後已。

～唐．韓愈〈爭臣論〉

完全讀懂名句

1. 閔：同「憫」字，哀憐、憂慮的意思。
2. 不乂：乂，音一ˋ，最初是指割草，後來也引申為治理、安定、懲戒的意思。不乂可以解釋成不安定、無法平靜的樣子。
3. 獨善其身：獨，唯獨的意思；善，指保全、維護。獨善其身的原意是指沒有做官的時候，就修養自己的道德品行。現在也能用來形容只顧自己、不管別人的行事風格。
4. 孜孜矻矻：孜，音ㄗ；矻，音ㄎㄨˋ，都有勤勞不懈怠、奮勉不倦的意思。成語「孜孜矻矻」的典故就是出自這篇文章，是指做事努力、勤勉不懈的樣子。

憐憫當時國家社會的不平靜、憂慮百姓生活的不安定，所以一旦有了作官的機會，他們絕對不敢獨善其身，一定會為了努力救濟天下而勤勞不懈，直到死亡才肯罷休。

名句的故事

早在春秋時代的孔子，就把「用之則行，舍之則藏」當作自己立身處世的原則，而孟子更曾經強調：「古之人，得志，澤加於民；不得志，修身見於世。窮則獨善其身，達則兼善

天下。」認為古代的聖人賢士，在自己不得志、不受重用，或者沒有出仕機會的時候，心中不埋怨，而是潔身自愛、安分守己修養好自己的學問和德行；等到國家社會有需要的時候，則毫無私心地憑著自己的才幹，傾全力的為天下付出、貢獻自己的所學。

就如同唐代劉禹錫〈陋室銘〉說的「山不在高，有仙則名。水不在深，有龍則靈。斯是陋室，惟吾德馨」一樣，安貧樂道之餘，仍不忘努力映照出自身在學養和人品上的光輝。有朝一日飛黃騰達了、得到施展政治抱負的機會了，則要拿出「兼善天下」的豪情壯志，把天下蒼生的利益與福祉放在首位。

而韓愈似乎更在意「得志，澤加於民」、「達則兼善天下」的部分。他認為古代聖賢雖然不是把「出仕」、「求官」當作人生的首要目標，但是一旦機會來臨，他們一定會好好把握。尤其是國家社會動盪不安、天下蒼生處於水深火熱的時候，他們更願意無私的奉獻、努力為百姓付出一己之力，因此〈爭臣論〉在下文中也再一次重申：「君子居其位，則思死其官。」強調君子在擔任官職時，只會想著如何盡到自己的職責、甚至不惜為他的職責而死！

歷久彌新說名句

在神話傳說的時代，就曾經有神農氏冒著風險親嚐百草，為人類找尋適合食用的植物與草藥的故事，而翻開中國千年的歷史，還可以看到許多古代聖賢與忠臣義士，心甘情願以自己的綿薄之力，無怨無悔為了國家社會而付出，這是許多古代人士心中默認的道德良知，更是他們一生追尋、也引以為傲的志向。

「願得此身長報國，何須生入玉門關」是唐代詩人戴叔倫〈塞上曲〉的著名詩句，意思是說自己的心願，是一生報效國家、永遠鎮守邊疆，因此又何必活著回到玉門關呢？相信這種精神，是中國歷代有志之士的共同心聲。歐陽脩也曾經說：「惟德被生民，而功施社稷。」認為只有施予百姓恩惠、為了國家社會而付出，才是世人所推崇的情操；南宋詩人陸游，則有「位卑未敢忘憂國」的詩句，說明即使當了官，就不能因為官位小、官職低而不去在乎國家的安危。

因為有這些赤誠烈士，讓中國在好幾次風雨飄搖的絕境中，還能勉強支撐著！而西方世界所嚮往的崇高精神：「燃燒自己，照亮別人」，也不斷被世人所強調。因此，英國的南丁格爾說：「人人就如蠟燭，生而為人就應該守本分的燃燒自己照亮別人。」愛迪生也說過，「做人要像一支蠟燭，燃燒自己卻在黑暗中照亮別人。」這樣的精神其實和「得其道，不敢獨善其身，而必以兼濟天下也」這句話十分相近。

夫天授人以賢聖才能，豈使自有餘而已？誠欲以補其不足者也

名句的誕生

彼二聖一賢[1]者，豈[2]不知自安佚[3]之為樂哉？誠[4]為天命[5]而悲人窮也。夫天授人以賢聖才能，豈使自有餘[6]而已，誠欲以補其不足者也。

～唐．韓愈〈爭臣論〉

完全讀懂名句

1. 二聖一賢：二聖，指大禹和孔子；一賢，指墨子。
2. 豈：難道、怎麼。用來表示反詰、疑問和推測的口氣。
3. 安佚：安樂舒適的心理狀態，也作「安逸」。
4. 誠：實在、實在是。
5. 天命：上天的旨意。古代的中國人認為天有意志和性格，能主宰人類的命運。
6. 有餘：有剩餘、不會出現不足的情況。這裡是指十分充足寬裕、支用不完。

這兩位聖人和一位賢士，難道不知道過著安逸的生活，是一種享受和快樂嗎？實在是因為敬畏上天所賦予的責任、並且同情百姓的窮困悲苦啊！上天將賢德的能力和才幹，授予這些人士，難道只是讓他們留著自己使用、讓自己夠用而已？其實是希望他們能利用這些才能，來彌補其他人的不足啊！

名句的故事

〈爭臣論〉在說這句話之前，舉了三位古

代聖賢的例子：為了幫百姓治理洪水，三過家門而不入的大禹；為了政治理念而周遊列國，連草席編織的座墊都來不及坐暖又繼續趕路的孔子；以及為了幫助弱小的國家解危而四處奔走，自己住家的煙囪不曾因為煮飯而被燻黑的墨子。他們可以為了天下蒼生，經年累月的在外面辛苦奔波，並不是自找苦吃、更不是不懂得享樂，而是認真看待上天賦予他們的重責大任啊！

換句話說，韓愈想利用這些故事來告訴世人：古代的聖賢人士，深知自己擁有優於旁人的能力和才幹，但是也知道上天特別「眷顧」他們，其實是有更深一層的含義，希望能透過他們的力量，來彌補世間其他人的不足之處。正因為如此，他們更加重視、珍惜自己與生俱來的才能，並且期勉自己，能將這些「天賦異稟」，全部回饋給社會，而不只是在感念上天的恩德之後，自私地單純想讓自己的生活過得更幸福美好而已！

這或許也是孟子說「天將降大任於斯人也，必先苦其心志，勞其筋骨，餓其體膚，空乏其身，行拂亂其所為，所以動心忍性，增益其所不能」的原因吧！孟子認為上天總是在磨練一個人的意志，讓他極度的疲累和勞苦、備受飢餓和窮困之後，才願意把重大的使命交付給他。

歷久彌新說名句

歷史上有太多「屢敗屢戰」、「愈挫愈勇」，在逆境中求生存的真實故事，這些人不怕辛苦、不怕逆境，因為他們堅信這是他們天生的使命、是上天在考驗他們的心志、培養他們堅韌的性情，所謂「吃得苦中苦，方為人上人」，能夠「吃苦當作吃補」，努力為理念而付出，才是報答上天厚待的方式。尤其社會本來就是一個互助、互補的環境，要更加主動肩負自己能夠承擔的社會責任，〈爭臣論〉說的「欲以補其不足者」，就是這種精神。

清末，留學海外學醫的孫文在學成歸國，回到當時搖搖欲墜的中國時，驚覺眼前必須先搶救的，並非是國人身體上的病痛，而是殘破腐敗的國家！眾所皆知，孫文後來選擇用革命來救國。為了達成理念，他四處奔走，宣揚革命理念，窮半生精力規畫國家前途。雖然最後革命成功，但當時中國對於民主認知不足，且軍閥勢力龐大，他對中國的理想一直沒能真正落實，最後勞累成疾而死，過世之前仍然擔憂著國家的未來。

如果依循原本的人生安排，孫文擁有優於旁人的知識學養與物質條件，作為留學返國的醫生，大可以過著舒適的生活，不必顛沛流離，四處輾轉，但他卻放棄一切，為了處於貧乏困頓的國家，竭盡所能的付出自己的心力。

今日社會進步，然而在我們的生活四周，也仍然有不少急需幫助的弱勢存在。事實上，許多人都用自己的方式在回饋社會、協助他人。例如二〇一二年獲得十大傑出青年、二〇一六年榮獲總統創新獎的沈芯菱，出生在貧困的家庭，幼年經常跟隨父母四處擺攤。十一歲時因為得知農產品賤價滯銷，導致種柚老農難以為生，所以成立網路平臺，透過網站行銷的方式協助柚農販售農產品；又因為曾經失學，深感貧富差距導致貧窮或偏鄉學生很難得到足夠的教育資源，於是成立公益的網路教學網站，讓學生能夠透過網站學習。隨後更將協助目標擴大到外籍配偶的學習與生活適應上，協助新移民們學習中文、閩南語和生活知識，融入臺灣生活。

而在臺東中央市場的賣菜阿嬤陳樹菊，靠著賣菜的收入，省吃儉用，生活得極其儉樸，卻將積攢下來的金錢投入公益，她認養孤兒，捐款建立圖書館、支助學校、協助公益組織，回饋社會。因為長年行善，曾獲得二〇一〇年美國《時代雜誌》入選最具影響力的時代百大人物。

從這些人身上，我們可以看見現代版「補其不足者」的最好例子。

聖賢者，時人之耳目也；時人者，聖賢之身也

名句的誕生

耳目之於身也，耳司聞[1]而目司見[2]。聽其是非，視其險易，然後身得安焉[3]。聖賢者，時人[4]之耳目也。時人者，聖賢之身[5]也。

～唐．韓愈〈爭臣論〉

完全讀懂名句

1.耳司聞：司，動詞，具有掌管、主持等意思。耳司聞是指耳朵掌管聽覺。

2.目司見：指眼睛主管視覺。

3.身得安焉：安，安全、安寧的意思。是指讓身體得到安寧、處於安全的狀況。

4.時人：本來是指當時的人、同一時代的人，也可以用來泛指世人、社會大眾。

5.聖賢之身：字面上的意思，指聖賢的身體。韓愈把聖賢比喻成世人的耳朵及眼睛，所以世人就好比聖賢的身體（世人必須依靠聖賢來幫忙瞻前顧後，才能安然存活）。

耳目在身體上的作用，耳朵提供聽覺而眼睛提供視覺，讓身體聽清楚是非、看清楚安危。而聖賢就是世人的耳目；世人則是聖賢的身體啊！

名句的故事

這句話是韓愈諷刺文章中批評的主角：陽城。

陽城是一名諫議大夫，如果他自認為不夠賢能，無法善盡職責、認真擔起直言勸諫的角色，那就應該讓賢；如果陽城是賢人，就應該

為百姓服務，那裡有時間閒暇逸豫呢？

韓愈以古代聖賢人士作為例子，說明聖賢深知自己在國家社會上的功能：時人之耳目。他們必須主動擔任社會大眾的「眼睛」和「耳朵」這些角色，幫助百姓分辨是非，看清楚當前甚至未來的整體局勢，不讓百姓活在危險或恐懼之中，而社會大眾也因此可以安心平穩地過日子。所以「身得安焉」在字面上的解釋，雖然是「身體得到安寧」，其實韓愈說的身體，正是指社會大眾、或者整個社會全體。因為古代聖賢一肩扛起自己該盡的職責，讓跟隨著聖賢腳步的世人，能充分感受到自己在生活上的安全無虞。

《尚書》說：「天視自我民視，天聽自我民聽。」認為民眾的眼睛就是上天的眼睛、民眾的耳朵就是上天的耳朵，天意其實就是民意。所以在上位者必須仔細傾聽百姓的聲音、觀察民眾的喜怒哀樂，才能真正瞭解社會大眾的需求。但是，如果每件事君王都要親力親為，想必會極度勞累而且辛苦，所以《尚書》也曾記載舜在擔任國君時，對大禹說：「臣作朕股肱耳目。」希望身為臣子的大禹，能做自己的左右手，協助自己處理國事。

歷久彌新說名句

唐代的韓愈把世人、社會大眾比喻成「身體」，而作為「耳目」的聖賢，則是幫助這個「身體」的最重要關鍵。當初梁啟超在清代末年創立報刊時，大概也是懷抱著這種理想吧！梁啟超與康有為、譚嗣同等人在光緒皇帝的支持之下，實施一連串的政治改革運動，可惜「戊戌變法」只經過短短一百多天之後，就因為慈禧太后和守舊派大臣的反對而宣告失敗，參與改革的人士紛紛遭到處死。

逃過一劫的梁啟超離開了中國，但他並沒有因此灰心喪志，更不願放棄改革中國的理想，選擇在日本創辦報刊，在海外繼續發表言論，針貶局勢弊病，希望能得到世人重視。所以他自言：「是以聯合同志，共興《清議報》，為國民之耳目，作維新之喉舌。」希望靠著辦報為百姓發聲、讓國家走得更長遠。

清代林則徐堅持「禁煙」，也是大家耳熟能詳的故事。

當時鴉片毒害民眾，許多人深受其害，一旦染上鴉片毒癮就成了廢人。當清廷朝野之間，還在為解決鴉片問題爭論不休時，林則徐受命前往廣東，以實際行動銷毀港口運送上來的鴉片。雖然這件事間接引起中英之間的鴉片戰爭，不過林則徐企圖禁絕鴉片毒害國人，以及解決白銀外流，引起通貨膨脹的國家財政問題，展現出「雖千萬人，吾往矣」的氣魄，至今仍然被後人津津樂道。

政治人物的見識不凡、深謀遠慮，才能做一位稱職的「耳目」，用精準的眼光和準確的判斷力，掌握國家的脈動與走向。不過，身為科學家，應該也能勝任這項工作，流亡美國的德國物理學家愛因斯坦，驚覺戰爭型態已經日漸改變，所以寫信向羅斯福總統建議，必須搶先一步地在納粹之前研製出原子彈，而身為國家元首的羅斯福，也頗有真知灼見，當機立斷開始全力發展新型的戰爭武器。如果當初羅斯福沒有接納愛因斯坦的意見，或許第二次世界大戰的勝敗歷史，就要因此而改寫了。當繼位的美國總統杜魯門下令投下原子彈，才終結了德、義、日侵略世界的災難，這就是真知灼見。

可惜，二戰結束七十一年，仍有許多好戰分子，不把人命當一回事，挑起戰亂。人類要求得真知灼見，確實不易啊。

天子不可戲

名句的誕生

古之傳者[1]有言：成王[2]以桐葉與小弱弟[3]戲曰[4]：「以封汝。」周公[5]入賀，王曰：「戲也。」周公曰：「天子不可戲！」

～唐．柳宗元〈桐葉封弟辨〉

完全讀懂名句

1.古之傳者：古代的書傳記載。這裡是指《呂氏春秋》和劉向《說苑》所記載的周公促成「桐葉封弟」故事。

2.成王：姓姬、名誦，是西周初期的君主，周文王之孫、周武王之子。周成王在十三歲就繼承王位，因為過於年幼，所以由叔父周公攝政。

3.小弱弟：弱弟，指家中年幼的弟弟，或者是晚輩對兄長的自稱，這裡是指周成王的弟弟叔虞。

4.戲曰：打鬧、開玩笑的說。

5.周公：是周武王的弟弟，姓姬、名旦，是周代的開國大臣。

古書上記載：周成王拿著一片梧桐葉，對他年幼的弟弟開玩笑說：「我把它封給你。」周公聽說後，便進宮祝賀。周成王說：「這只是開玩笑的言語啊！」周公說：「天子不可以開玩笑！」

文章背景小常識

這是一篇闡述政治理念的議論文，文章中至少表達了兩項觀點：

第一是大臣應該如何輔佐君王的問題。柳宗元藉由「周成王桐葉封弟」的故事，批評臣子為了表現忠君愛國，即使帝王隨意說了一句玩笑話，也會絕對服從的荒唐現象。

第二則是帝王個人的言行，也可以有修改的空間，所以柳宗元說：「凡王者之德，在行之何若。設未得其當，雖十易之不為病。」意思是一位帝王的品德好壞，關鍵在於他的言行是否恰當，如果能發現自己做得不恰當，即使多次修改它，也不算是缺點。

「桐葉封弟」是流傳已久的歷史典故，主旨是君無戲言。而故事中說的「天子不可戲」其實暗藏玄機，因為它字面上的意思，是天子不能隨便開玩笑，不過這句話經過語意的轉折、再加上周公刻意去推論它所造成的影響和後果，逐漸演變成因為人民會認真遵行君王的旨意，所以即使是一句玩笑話，也會被當真！這才是周公希望周成王明白的道理，也是在柳宗元寫這篇文章之前，古代的一般人、甚至是今日的我們所理解的含意。因為在君主集權的古代環境中，帝王至高無上的權威、以及其言行的分量和絕對性，確實不容否認。

名句的故事

〈桐葉封弟辨〉這裡所說的故事，最早出現在《呂氏春秋》，內容大致上是說，周武王早逝，周成王年幼即位，因此由叔父周公負責輔佐、代為管理國政。一天，周成王和弟弟叔虞在宮中玩耍，周成王一時興起，隨手撿了一片地上的梧桐葉，把它剪成玉圭的形狀，開玩笑地說：「這個玉圭送給你，我封你到唐國當諸侯。」周公聽說之後，很慎重的進宮祝賀，但周成王卻認為自己只是在跟叔虞鬧著玩、不用當真。周公板起臉孔對他說：「君子無戲言啊！」周成王只好履行自己說過的話，把叔虞封為唐國的諸侯。

玉圭又作「珪」，是一種上部尖銳、下端平直的片狀玉器，是古代帝王專用的玉製禮器，周代君王賜給諸侯，作為守國的憑證和信物。叔虞是周成王最親近的弟弟，周成王在和弟弟嬉戲的過程中，不僅在口頭上開了這種的玩笑，還煞有其事地把落葉剪成玉圭的形狀。周公無法接受這樣的行為，因為對周公而言，身為一國之君，本來就要謹言慎行，尤其君王的言論，都會被史官認真地記錄下來，全國百姓也會奉為準則而遵行，絕對不能出爾反爾。在周公煞有其事的開導之後，成王只好把唐國的土地分封給叔虞，而叔虞也因此被稱為「唐叔」。日後唐國又改稱晉國，所以叔虞就成為晉國的開國君王。

歷久彌新說名句

雖然〈桐葉封弟辨〉提出這個故事，是為了批評周公，不過「天子不可戲」、「君無戲言」的說法，確實有它的道理，所以才會成為歷朝各代的統治者，畢生奉行的觀念。畢竟貴為一國之君，說話當然一言九鼎、極具分量，怎能說話不算話？

春秋時代鄭國的君王鄭莊公，從小不受母親的喜愛，登上王位之後，母親又和自己的親兄弟叔段，一起勾結謀反。鄭莊公平定叛變之後，氣得把母親流放到外地，發誓說：「不至黃泉，毋相見也。」但一年之後，莊公就後悔了，但基於「天子不可戲」，讓他不知該如何解決自己許下的誓言。幸好有聰明的大臣想到「雙關語」的策略，建議他「穿地至黃泉」，一直挖掘到地下水和泥沙混合的地方，湧出黃色泉水之處，挖掘地道令母子相會，這才圓滿解決鄭莊公的問題。

我們常常有「話到嘴邊、又嚥了回去」的情況，因為當時頭腦正在提醒自己：要謹言慎行！與其執著在「天子不可戲」的對或錯，不如重視這句話背後的含意：說話之前要先想清楚。因為這個概念是可以擴及到每個人身上、甚至延伸到現代社會。古人說：「一言既出，駟馬難追。」就是這個道理。

天下治，則禪禮樂以陶吾民

當天下太平的時候，就傳授禮樂教化來陶治人民；一旦不幸遭逢變故，更應該堅守節操，做臣子的要為了國家盡忠而犧牲，做子女的要為了盡孝道而犧牲。

名句的誕生

「……天下治，則禪[1]禮樂[2]以陶[3]吾民；一有不幸，猶當伏大節[4]，為臣死忠[5]，為子死孝。……」

～北宋．李覯〈袁州學記〉

完全讀懂名句

1.禪：音ㄕㄢˋ，傳授、傳承。

2.禮樂：儒家的禮樂、道德倫理等教化。

3.陶：陶冶，也有塑造、造就的含意。

4.伏大節：大節，是指關係生死危難的節操。伏大節就是持守大節。

5.死忠：這裡的死忠和死孝，是死於忠、死於孝的意思，也就是為了忠、孝而犧牲。

文章背景小常識

北宋時代的李覯（西元一〇〇九～一〇五九年），字泰伯，江西南城人。因為學識淵博，又創立盱江書院，門下的學生有數百人，日後又被范仲淹推薦為太學助教，因此被稱為盱江先生。

李覯的名作〈袁州學記〉是一篇因州學之邀而撰寫的文章。袁州在今天的江西省宜春縣，原本沒有學校，只有祭祀孔廟的學宮，後來擔任袁州知州的祖無澤，看到當地孔廟既狹窄又荒廢破敗，希望重修後作育人才，所以找了他的副手，擔任通判的陳侁商量，決定重建，設立州學，正式開辦學校。

州學的落成典禮上，同時舉行了祭孔儀式，讓觀禮的李覯大為感慨，所以寫了這篇文章，內容有點類似於今日新校開學典禮時的演講稿或誓詞。

〈袁州學記〉記述了這所學校的創辦經過，讚美祖無澤、陳侁的功勞，更指出學校教育的功能和重要性。李覯認為教育對人心有深刻的影響，透過教育，百姓才能瞭解忠義、仁孝等重要道理，而人民的言行舉止有法度可以依循，精神上能有慰藉和依靠。最後他勉勵袁州的讀書人，要學習聖賢的道理和行誼，而不是只想藉讀書來謀求功名富貴。

名句的故事

〈袁州學記〉的內容並非冠冕堂皇的場面話，而是深具期勉、鼓勵之意。畢竟在當時，從學校中完成學業的讀書人，如果沒有透過科考擔任官職，大多都從事教學工作，「禪禮樂以陶吾民」也成為這些人士的責任。

這篇文章旨是在勉勵學子，在未來的日子裡，將個人所學繼續傳承下去，透過學問和知識的傳播，讓世人在太平盛世時，浸淫在禮樂薰陶中，讓百姓知道為國盡忠、為父盡孝的道理。

禮樂具有導正社會風俗、引發人民良善性格、激發百姓積極向上等功能，而且這股力量是無形的、是潛移默化的。禮儀表現在行為上，而音樂則感染默化，所以《禮記．樂記》說：「樂也者，聖人之所樂也，而可以善民心，其感人深，其移風易俗，故先王著其教焉。」意思是古代聖王喜歡音樂、重視樂教的原因，在於它可以深入民心、改善人心，達到移風易俗的效果。

正因為它讓人類從心靈和精神上獲得滿足，因此「禮」和「樂」才會一直被相提並論。

歷久彌新說名句

中國古人很重視道德禮樂的教化，因為用禮樂的無形力量來引導人民、培養情操，讓百姓樂在其中，更樂於遵從、樂於向善，確實比法令規章的強制約束還來得有效、也能更持久。周公在推翻殘暴的商紂、掃平叛亂而建立周朝之後的第一件事，就是「制禮作樂」。他認為國家要長治久安，就要創立合乎民情的禮樂制度，用它們來教化、陶冶人民，讓社會恢復原本的和諧秩序。而中國能夠被稱為「文明古國」、「禮儀之邦」，也正是因為擁有深植於人心的禮樂教化。

禮樂教化是中原傳統文化的代表，自古以來總是讓中國鄰近「外族」欣羨不已。南北朝時期的北魏孝文帝的漢化政策，其中一項就是推崇孔子、提倡中國的禮樂制度，因為孝文帝認為自己的種族——鮮卑，存在不少落後的舊俗、缺少倫常、道德等文化，因此大刀闊斧改革，希望鮮卑族人融入中原生活。而蒙古建立元朝初期、滿洲族自清太祖努爾哈齊建立清朝以來，也都因為明白較為落後的遊牧、草原文化，無法全面治理廣大的中國江山，又嚮往具有高度水平的中原禮樂教化方式，所以紛紛積極地推行漢族文化、嘗試為自己的王朝，建立完備的禮樂制度。日本、越南、韓國等地區，如今也分布著不少祭祀孔子的廟宇，更效法中國的教育模式，把學校和孔廟結合在一起，可見中國傳統的禮樂教化，確實影響東亞文化很深。

禮樂教化中的音樂部分，更是一直被古人所善用，孔子就十分欣賞《詩經》的音樂性：「〈關雎〉樂而不淫，哀而不傷。」（見《論語．八佾》）他讚美〈關雎〉表達了一種真情流露的男女情愛，具有欣喜、思念的成分卻不會太過放蕩。而孔子本人應該也很愛唱歌，並且精通音律和樂器，《論語》中記載孔子到正在處理喪事的鄰居家憑弔和幫忙時，基於同理心，所以從來不敢吃飽，而且「子於是日哭，則不歌」，可見孔子平時應該經常弦歌而唱啊！

這種禮樂教化的方式，至今仍然存在，並沒有因為時空的流轉而消失，而是轉化成其他各種不同的形式，浸潤在我們的日常生活之中，如近年來坊間很常見的兒童讀經班、古典唱詩班，透過學習古文經典、詩詞歌賦，讓孩子能夠潛移默化的接受文化底蘊，可說是「禪禮樂以陶吾民」的現代進化版。

使人有所法，且有所賴，是惟國家教學之意

名句的誕生

「……使人有所法[1]，且有所賴，是惟國家教學[2]之意。若其弄筆墨以徼[3]利達而已，豈徒二三子[4]之羞，抑為國者之憂。」

～北宋．李覯〈袁州學記〉

完全讀懂名句

1. 有所法：有所取法。也就是提供一個典範、模範，讓人可以效法和遵循。
2. 教學：辦理學校教育、倡導教學。
3. 徼：音ㄧㄠ，謀求、求取。
4. 二三子：各位、大家、諸君的意思。這裡是稱州學中的學生。

「……人人都有效法的對象，有精神上的支柱作為依賴，這是國家辦理學校教育的本意。如果只是學到一套舞文弄墨的本事，藉以謀求名利富貴，這豈止僅是各位的羞恥，也是治國者心中的憂慮。」

名句的故事

孟子說：「善政，不如善教之得民也。」認為君王在治理國家的時候，與其擅長政治方面的管理、用律令和法度約束人民行善，不如善用禮樂來感化人民、教育百姓。換句話說，「善政不如善教」，強迫性、被動性的法律規定，比不上用教育、感化方式帶來的效果。尤其善政只能得民財、讓人民畏之，若是要得民心、讓人民發自內心的敬愛，必須以善教為主。

李覯認同孟子的看法，「使人有所法，且有所賴，是惟國家教學之意」所說的就是類似的觀念。他認為國家興辦學校教育、倡導教學，目的就是為了讓人民在接受教育之後，理解聖賢談論的道理、孺慕聖賢的事蹟，進而把他們當作自身的楷模、成為自己學習和效法的對象，甚至把聖賢的道德理念，作為個人的志向理想。如此一來，百姓的行為自然就會有法度，精神上也有了穩固的支撐。

既然教育對人心會有深刻的影響，讓國家願意付出心力去認真經營，更希望藉此培養人才。相反地，如果知識分子讀書、受業的目的，只是為了寫出華麗的文句、為了未來仕途的順遂，那就違反教學的初衷了。雖然古人常常感嘆，「十年寒窗無人問，一舉成名天下知。」但是賣弄文采、甚至做官發財，這都是受賞識、受重用之後得來的「果」。若是本末倒置、倒因為果，把富貴名利當作讀書求學的動力，那是在扭曲國家興學的美意啊！這一類人在李覯心中，不但自己感到愧疚和羞恥，更是國家的不幸。

歷久彌新說名句

〈袁州學記〉的這句話，強調國家興辦學校、倡導教育的宗旨，也說明了教育的功能和重要性。所以明代顧憲成在自己的東林書院門前，張貼一幅對聯：「風聲，雨聲，讀書聲，聲聲入耳。家事，國事，天下事，事事關心。」藉此說明讀書的心態與目的，以及該有的道德感和責任心。

中國的學校制度起源很早，孟子說：「夏曰校，殷曰序，周曰庠。」這是上古三代學校的名稱，所以後人在稱呼學校時，才會有「庠序」這個別名。而在宋代私人講學興起，逐漸興盛的書院制度，大多是在國家的支持之下、由學者官員或民間人士自發性創辦的學校。這些書院受到國家認可，本身又有獨立的經濟來源，更成為盛極一時的教學機構。

北宋號稱有「四大書院」（嶽麓書院、白鹿洞書院、應天書院、石鼓書院），南宋以後的朱熹、王陽明等知名大儒，也常是各大書院的主持人和講授者，這不僅提升了讀書講學的風氣，當然也為國家培養了許多人才。

例如位於廬山、被世人稱為「海內第一書院」的白鹿洞書院，從宋代到民國初年，培育出數百名優秀的弟子。其中明代的著名學者王陽明，不僅曾經是這座書院的學生，日後更成為這裡授課講學的老師。

而嶽麓書院則位在湖南長沙的嶽麓山東麓，除了培育出明代末年抵抗清廷的學者王夫之以外，在清末投入戊戌變法中，希望改革政治的譚嗣同、梁啓超，以及被世人稱為「中興將相」的曾國藩、左宗棠，甚至是民國初年響應辛亥革命，又發動反對袁世凱「洪憲帝制」而被稱為護國大將軍的蔡鍔，都曾是這座書院的學生。

這讓現代知名的作家余秋雨不禁讚嘆：「你看整整一個清代，那些需要費腦子的事情，不就被這個山間庭院吞吐得差不多了？」可見從宋代到清代的數百年之間，書院不但是引領中國學術和教育風潮的地方，更是國家培育人才的一個重要文化搖籃。

有亂之萌，無亂之形，是謂將亂。將亂難治，不可以有亂急，亦不可以無亂弛

名句的誕生

未亂，易治也；既亂，易治也。景帝令二千石修職詔之萌[1]，無亂之形，是謂將亂。將亂難治，不可以有亂急，亦不可以無亂弛[2]。是惟元年之秋，如器之攲[3]，未墜於地，惟爾張公，安坐於其旁，顏色[4]不變，徐[5]起而正之。既正，油然[6]而退，無矜[7]容。

～北宋．蘇洵〈張益州畫像記〉

完全讀懂名句

1. 萌：事物剛開始的徵兆。
2. 弛：放鬆警戒。
3. 攲：音一，偏離傾斜。
4. 顏色：臉上的神色。
5. 徐：慢慢的。
6. 油然：舒緩的樣子。
7. 矜：驕傲自大。

沒發生變亂時，是容易治理的；已經發生變亂，也是容易治理的。有發生變亂的徵兆，但還沒有形成變亂的事實，這叫做即將變亂。即將變亂是最難治理的。不能因為有變亂的徵兆，就緊急處理，也不能因為變亂尚未形成，就放鬆警戒。今天至和元年秋天，外面的情勢就像是器物偏離傾斜，可是還沒有落到地上。只有張益州能鎮定坐著，面不改色，慢慢站起來把器物扶正。扶正後又慢慢地坐下，完全沒有驕傲自大的神色。

文章背景小常識

仔細閱讀蘇洵相關流傳的文章，我們會發現，他的作品裡中，抒情的散文較少，更多的是帶有政治觀點，懷有革新或主張的議論文字。例如《論衡》中他提出了一整套針對朝廷用人、作養人才、軍事、吏治、民生等各方面的想法和建議，從歷史經驗中汲取教訓，鑑古知今，總結觀點。且因為他早年屢試不第，喜好遊俠，時常在外遊蕩，對於社會民生有著貼近而深刻的認識，因此他撰寫的文字，絕非場面文章，而是切中時弊的見解。

本文中所寫的主角張方平，字安道，號樂全居士。宋仁宗至和元年（西元一〇五四年）的秋天，四川盛傳敵國南詔將要進犯，戍守邊彊的將士人人自危，平民百姓也人心惶惶，一時間軍民動搖。消息傳到京城，朝廷欲選派兼具文治武功的將帥，前去安撫軍民，於是張方平就在大家的推薦下，動身前往蜀地。

張方平到任後，為安定民心，沒有積極籌備糧食或向各地調派軍隊，反而命令駐軍各回防地，同時傳令各郡縣官員和百姓，若有敵寇來襲，他自有辦法對付，不用擔心。百姓見父母官泰然自若的態度，逐漸定下心來，遂安居樂業，不久，益州便恢復了往日的平靜。第二年正月，感激張方平的百姓們商量要在淨眾寺裡，安放他的畫像。蘇洵建議眾人，「張公本人不願意，而且他的功勞將會記載在史冊上，不用畫像了。」但眾人卻認為畫像若能讓天下人看到，可留下更深的印象，有更大的意義，於是蘇洵便寫下了〈張益州畫像記〉一文。除了讚揚張方平治理蜀地的功勞，更從他面對動亂時以靜制動的態度，治理當地的想法與策略，點出張方平的治亂之道和治理態度。

名句的故事

蘇洵認為天下將亂之際，是最難治理的，既不能操之過急，亦不可過於放鬆懈怠，因為過與不及都將使社會陷入更大的不安，然其間的嚴、寬拿捏，在在考驗著統治者的智慧。

張方平到益州擔任太守後，面對惶惶不安的社會，及可能來犯的外侮，他不以「治亂世，用重典」的方式，積極籌備糧食、調派各地軍隊，來強行鎮壓；也不姑息養奸，坐等敵寇來襲，反而雙管齊下，對內安撫民心，使百姓安居樂業；對外展現解決問題的魄力，遏止了動亂的發生，也鞏固了社會的秩序與安定。

《三國演義》喬玄曾說：「天下將亂，非命世之才不能濟也。」透過蘇洵的描寫，我們看到了張方平的政治才能，也知道了統治者在面對天下將亂時，可能的處理方法。

歷久彌新說名句

「有亂之萌」意即災禍變亂都有徵兆的，只要能洞察先機，就能夠防患未然，不要等到問題出現，才悔不當初。

但可惜不是每個統治者都能夠察覺到徵兆，就像《三國演義》第三十一回中的袁紹一樣。袁紹有數個兒子，幼子袁尚容貌秀美，再加上妻子偏心幼子的緣故，想要廢長子袁譚，改立幼子袁尚為後嗣。他召來群臣共同商議，臣子郭圖聽說後力阻，勸說：「廢長立幼，此亂萌也。」但袁紹執意不聽，他死後，兩兒子果然因繼承問題，彼此爭執不下，互相猜忌、內鬥，最後袁譚死於曹操之手，袁尚也因為內訌分列，導致勢力衰弱、部下反叛，在逃亡途中為人所殺。

假如袁紹起心動念之初，能夠仔細思量改長立幼的決策，會造成無窮後患，年少的袁尚沒有統帥部屬的能力，而憤怒的長子袁譚心有不甘，必定會回頭報復，兄弟鬩牆的惡夢就在眼前；或者在臣子勸諫後，袁紹能正視實際問題，做出調整，就不會發生兄弟內訌、江山易主的憾事了。

東晉葛洪《抱朴子》說：「至人上士乃施藥於未病之前，不追修於既敗之後。」意即不能等到生病了，才想要醫治，而是在發現徵兆前，便要好好保養身體。上位者不能等到亂事生成了，才後悔當初沒能正視亂源，在做任何決策前，都要仔細思量，才能使國家長治久安。

民無常性，惟上所待

名句的誕生

且公嘗為我言：「民無常性[1]，惟[2]上[3]所待[4]。人皆曰蜀人多變，於是待之以待盜賊之意，而繩[5]之以繩盜賊之法，重足[6]屏息[7]之民，而以碪斧[8]令。於是民始忍以其父母妻子之所仰賴[9]之身，而棄之於盜賊，故每每大亂。夫約[10]之以禮，驅[11]之以法，惟蜀人為易。」

～北宋．蘇洵〈張益州畫像記〉

完全讀懂名句

1. 常性：本性。
2. 惟：僅、只。
3. 上：此指地方官吏。
4. 所待：對待他們的方法。
5. 繩：約束、制裁。
6. 重足：重，音ㄔㄨㄥˊ。雙腳並攏站立，不敢隨意亂動，形容非常害怕、恐懼的樣子。
7. 屏息：抑住呼吸。
8. 碪斧：碪，音ㄓㄣ。砧板和斧鉞，古代斬刑所用的工具，此引申為嚴酷的刑罰。
9. 仰賴：依靠、依託。
10. 約：約束。
11. 驅：使他人服從。

張方平曾經跟我說：「百姓沒有恆常不變的性格，端看地方官長的怎樣對待他們。人們都說蜀人經常鬧事，於是就拿對待盜賊的方法，來對付他們，用制裁盜賊的法律，來約束他們。對那些原本就嚇得不敢亂動、不敢呼吸的百姓，都要使用嚴酷的刑罰來命令管制，人們忍無可忍時，就會拋下父母、妻兒，淪為盜賊，社會就會因此大亂。如果用禮法來約束，用法令來使他們服從，蜀人是最容易治理的。」

名句的故事

最早用「重足」一詞，來形容非常害怕、恐懼的樣子，是在西漢時期。當時有一個人名叫汲黯，因受地方推薦，進宮服侍太子，太子即位後，就是今日的漢武帝。因汲黯常在群臣面前直諫武帝，因此被調去管理東海郡（今山東省）。汲黯崇尚道家無為而治，凡事只看大原則、不苛求小細節的治理方式，沒多久東海郡就被治理得非常好。武帝聽說後，便把汲黯調回朝廷，位列九卿。

汲黯調回朝廷後，發現張湯因審理陳皇后巫蠱等事件有功，補任廷尉史，但他身為朝廷的司法官，既不用心發揚先帝的功業，也不能降低民眾的犯罪意念，反而一味揣摸武帝的喜好，來引用法令條文審理或赦免罪犯，因為漢武帝的裁決一如張湯所說，所以天下盛傳「天下事皆決湯」。汲黯對此憂心不已，多次上奏表示，若依湯法，天下人將「重足而立，側目而視」，可惜卻無功而返。

雖然汲黯並沒有成功勸阻武帝，但他上奏形容人因害怕恐懼的樣子「重足而立，側目而視」，卻相當傳神，故流傳至今。

歷久彌新說名句

《莊子．馬蹄》中說：「民有常性，織而衣，耕而食。」意思是說穿衣吃飯是百姓的本能和天性。但蘇洵〈張益州畫像記〉中所說：「民無常性，惟上所待。」卻是說百姓的性格，取決於地方官員對待他們的態度。

就字面上來看，「民有常性」、「民無常性」完全不同，但仔細推敲兩句話，可發現蘇洵是在「民有常性」的基礎上，說「民無常性」。他認為地方官員若能順著百姓的本能和天性去治理，人民就能安居樂業，而不會無所適從，反之就容易產生混亂。

秦朝末年，因為暴政壓迫，刑罰嚴苛，民不聊生。原本要去漁陽防守的陳勝、吳廣等人，在走到蘄縣大澤鄉（安徽宿縣西南）時，因滂沱大雨延誤行程。這雖然是天災，但按秦朝律法「失期當斬」，在死亡的威脅下，陳勝吳廣帶領著同行的農民們「斬木為兵，揭竿而起」，發出「伐無道，誅暴秦」的口號，起而造反，隨後各地響應。

雖然陳勝、吳廣最後並沒有成功推翻秦朝，但細看他們之所以起事，實在是被暴政逼得不得不為。

《呂氏春秋》中說：「治川者決之使導，治民者宣之使言。」意思是說治理河川要使川水能夠疏通（避免水害），而治理人民要使他們的言論可以得到宣洩。這句話隱含的意思是為政者當不懼批評，力求民隱，傾聽人民的聲音。這句話暗合了「民無常性，惟上所待」之意。

可以賞，可以無賞，賞之過乎仁；可以罰，可以無罰，罰之過乎義

名句的誕生

書曰：「罪疑惟輕，功疑惟重；與其殺不辜，甯[1]之不經。」嗚呼！盡之矣。可以賞，可以無賞，賞之過乎仁；可以罰，可以無罰，罰之過乎義。

～北宋．蘇軾〈刑賞忠厚之至論〉

完全讀懂名句

1.甯：寧可。

《尚書》說：「當罪刑判定可疑難定時，寧可從寬處理；對於功勞獎勵有疑惑時，寧可重重獎賞。與其錯殺無辜的人，寧可犯下執法散漫疏漏的錯失。」嗚呼！這句話完全表達了刑賞忠厚的真意。可以賞也可以不賞時，賞就過分仁厚了；可以罰也可以不罰時，罰就超出義法了。

文章背景小常識

本文是蘇軾二十一歲時，於宋仁宗嘉祐二年（西元一〇五七年）於禮部進士科考中的應試文章。

〈刑賞忠厚之至論〉是當年的策論考題，風格開放，富於現實治國意義與論辯性，可由考生自由闡述見解。蘇軾分析刑與賞如何才能達致忠厚極致，先引述《尚書》、《禮記》等六經典籍指出「愛民之深，憂民之切，而待天下以君子長者之道」的儒家仁政精神，繼而分論何以仁厚可以施與有餘，但義法卻必須謹慎合於法度：仁的寬容精神是待人待民之本，而

義則是規範人民行為的邊界尺度。法律罰則不宜訂得太過嚴苛，否則便不近人情，傷了原本愛民親民的宗旨。最後引述《春秋》，回扣獎賞可過、刑罰不可過的仁政之道。結構端嚴，旁徵博引，行文既具氣勢又極為簡鍊。

相傳當初考官歐陽脩讀到這篇文章，誤以為是學生曾鞏之作，雖然激賞，但為了避嫌不敢將此篇評為第一，而改列第二。後來歐陽脩得知作者為蘇軾，曾嘆道：「讀軾書不覺汗出，快哉！老夫當避此人，放出一頭地。」充分展現對這位才華洋溢、聰敏犀利的後輩的抬愛之心。

名句的故事

蘇軾於〈刑賞忠厚之至論〉首段便開宗明義指出「愛民之深，憂民之切，而待天下以君子長者之道」的核心價值，認為理想的執政態度為「憂而不傷，威而不怒，慈愛而能斷，惻然有哀憐無辜之心」，執政者應胸懷治國之憂慮卻不過分哀傷，應有威儀而不至惱怒，仁慈又能明智果斷，並具有惻隱憐憫之心。基本上這樣仁民愛物的主張與合乎中道的執政典範，並不超出過往儒家既有的仁政思想。

有了上述立論之根本，蘇軾繼而論述如何具體實施賞罰，並根據六經典籍，旁徵博引。其先舉出皋陶與堯對論的事例，再引述《尚書》寧可輕判也不願錯誣，寧可重賞也不願苛待人民的觀念，進一步申述賞罰如何「忠厚之至」又不失彈性。當面臨「可以賞，可以無賞」、「可以罰，可以無罰」等遊走邊界、模稜兩可的情況，上述準則更是重要依據。當可賞可不賞時，賞賜對於受賞者就是額外多餘的福利，若執意從優撫卹，則「賞之過乎仁」，顯得過度寬厚了。而當懲罰可有可無時，意即受罰者並非犯下非處置不可的錯失，若仍決意處罰，則「罰之過乎義」，恪遵法規更甚於人情。「賞之過乎仁」與「罰之過乎義」皆是過度的行為表現。

歷久彌新說名句

《尚書》除了表明重賞輕罰思想的「罪疑惟輕，功疑惟重；與其殺不辜，甯之不經」，也有諸多討論賞罰的相關篇章。如《尚書．多方》：「罔不明德慎罰，亦克用勸。」（沒有人不是以光顯品德、慎重刑罰，力勸人民向善）強調了執政者應務行德政與審慎懲治兩個面向。賞罰必須建立於「明德」基礎，從執政者帶頭開始顯揚美善端敬的德性，旨在勸誡勉勵人民，給予改過自新的教化可能。

再如《尚書．呂刑》：「刑罰世輕世重，惟齊非齊，有倫有要。」（刑罰之所以有時輕有時重，是為了要使不守法的人趨於守法，審判過程一定要講道理而且必須公正）刑罰的施用於不同時期、地點，輕重程度各有差異，應因時制宜，依照需求制立罰則，才可能有區別、有綱紀地合理執法，從而達到安定社會的目的。

《尚書．康誥》曾講述一則酌情懲戒的案例，當人犯下小罪，但並非過失而是屢屢故意為之，即使是小錯仍須嚴格處死：「人有小罪，非眚，乃惟終自作不典，式爾，有厥罪小，乃不可不殺。」但若有人犯下大罪，可既無前科也屬無心之失，則可按法律定罪，但罪不致死：「乃有大罪，非終，乃惟眚災，適爾，既道極厥辜，時乃不可殺。」前者犯小錯卻須誅殺、後者犯大罪卻可寬赦，這是因為犯人動機、犯案態度與素日表現有所不同，判案時既要根據律令，又不失彈性。《尚書》對賞罰的探討，對中國法治觀念有相當深遠的影響。

過乎仁，不失為君子；過乎義，則流而入於忍人

名句的誕生

過乎仁，不失為君子；過乎義，則流而入於忍人。故仁可過也，義不可過也。

～北宋．蘇軾〈刑賞忠厚之至論〉

完全讀懂名句

過於仁厚，仍不失為君子；超出義法，就流於過分苛刻殘忍的人了。所以仁厚的施用尚可超出原有的尺度，但義法是不可超過的。

名句的故事

對於上一句「賞之過乎仁」、「罰之過乎義」的得失，蘇軾緊接著點出精要的利弊分析：執政者應重賞重仁，而不該過度執法重罰。獎賞過度是出於仁愛心腸，仍不失為君子的表現，然而懲罰過重容易流於殘忍苛刻，甚至錯判無辜，則不可不慎。道德仁愛與法律正義彼此相輔相成，缺一不可。

商鞅於《商君書》中指出，僅憑個人的仁義，頂多只能讓自身遵行美德，卻不能使旁人信服仿效，因此規範、制衡眾人言行的法律便是推行理想施政不可或缺的輔助：「仁者能仁於人，不能使人仁；義者能愛人，而不能使人愛，是以知仁義之不足以治天下也，聖人有必信之性，又有使天下不得不信之法也。」（講求仁慈的人能夠對他人仁慈，但未必能使別人仁慈；講求道義的人能夠博愛他人，但未必能使別人相愛。因此懂得仁愛與道義的人，不一定能夠治理天下。而聖人有能夠讓天下人相信

的品德，也具有讓天下人不得不相信他的辦法）仁德為君子之本的道理，但為何過度執法也將招致弊端？

《史記．酷吏列傳》或可作為「過乎義，則流而入於忍人」的參照。司馬遷列舉張湯、杜周、趙禹、尹齊等十位西漢早期以嚴刑峻法知名的酷吏，於論贊中特別評述「張湯死後，網密，多詆嚴，官事寖以秏廢。九卿碌碌奉其官，救過不贍，何暇論繩墨之外乎」！意思是自從張湯死後，國家言論監控嚴密，百官動輒得咎，供職平庸無能，光是使自己不出錯就左支右絀，更不用想著要開拓法律規章以外的建樹了。酷吏執法苛刻又不近人情，百官裝聾作啞，不敢大刀闊斧改革與建言，間接導致朝政建設停擺，對國家與個人都是摧殘。

歷久彌新說名句

《誠齋詩話》、《芥隱筆記》等古書皆載錄了關於〈刑賞忠厚之至論〉的考後軼事。據說蘇軾於試卷中列舉堯與皐陶論法，皐陶三次主張殺之，堯則三次主張宥之，是故天下人畏懼皐陶，而喜愛堯的仁厚。歐陽脩、梅堯臣兩位主考官雖欣賞蘇軾文才，對這段出處卻有所懷疑。事後蘇軾登門拜謝，歐陽脩趁機詢問，蘇軾回答這段典故出自《三國志．孔融傳》，但歐陽脩並沒有找到證據。

蘇軾簡述一小段傳文作為回答，「曹操滅袁紹，以紹子袁熙妻甄宓賜子曹丕。孔融云：即周武王伐紂以妲己賜周公。操驚，問出於何典，融答：以今度之，想當然爾。」意思是當年曹操殲滅袁紹，將美人甄宓賜予長子，孔融以周武王討伐商紂王，事成將妲己賜給周公加以比附。曹操不知孔融說法出自何處，孔融則回答自己是以現況推度過去，是主觀杜撰。蘇軾引述這段文章，曲折地表明這段典故實是自己於考場急中生智自創得來。而歐陽脩聽完這段自白也不以為忤，驚嘆蘇軾「可謂善讀書，善用書，他日文章必獨步天下」，也可見其寬厚愛才之心。

古者賞不以爵祿，刑不以刀鋸

名句的誕生

古者賞不以爵祿，刑不以刀鋸。賞之以爵祿，是賞之道行於爵祿之所加，而不行於爵祿之所不加也。行以刀鋸，是刑之威施於刀鋸之所及，而不施於刀鋸之所不及也。

～北宋．蘇軾〈刑賞忠厚之至論〉

完全讀懂名句

古代的人獎賞他人時不使用爵位與利祿，處罰時則不使用刀鋸等刑具。以爵位利祿加以封賞，只對受賞者有作用，而無法影響沒有受封領賞的人；以刀鋸加以威嚇處罰，只對受刑者有作用，而無法影響不需受酷刑的人。

名句的故事

一般來說，爵祿與刀鋸是賞罰最常見的措施，但蘇軾指出這都是執行端的次要考量，也各有影響力的極限，看似方便，但需審慎為之。譬如爵位利祿是物質面的封賞，只能獎勵受賞者，而無法旁及爵祿無法照顧的層次。至於酷刑能以威勢震懾人民，但只能懲治犯罪個體，對少數人施加痛苦，既無法使人民心服，也無法從根本挽救社會治安、解決犯罪問題。

況且，爵祿與酷刑的施行必定受到次數、精力、資源等種種限制，但是天下值得嘉獎的善舉與必須懲戒的惡行卻難以勝數，僅靠這些有限的手段必定賞也賞不完，罰也罰不盡，從而導致賞罰的不公與失信。若能於有疑惑時，追本溯源施以仁愛之心待人，則不僅可重申待人治世的核心價值，也可有餘裕思量如何賞罰，再考慮是否動用爵祿與刀鋸。

孔子於《論語．為政篇》中曾說：「導之以政，齊之以刑，民免而無恥。」強調政令與刑罰，只能使百姓免於最基本的犯罪。若要人民「有恥且格」，則需教化人心，施以道德薰陶。古代聖王不倚靠爵祿刀鋸，依舊能憑仁道維持治世的原因，正是能夠掌握「以君子長者之道待天下，使天下相率而歸」的根本道理。

歷久彌新說名句

在酷吏官威與嚴刑峻法之下，百姓惶惶度日，無端受害的憾事所在多有。

晚清小說《老殘遊記》曾這樣評述贓官與清官之別：「贓官可恨，人人知之；清官尤可恨，人多不知。蓋贓官自知有病，不敢公然為非；清官則自以為不要錢，何所不可，剛愎自用，小則殺人，大則誤國。」贓官可惡但尚有自知之明，而清官自認沒有弱點，反而挾權為所欲為。

《老殘遊記》中講述兩名山東清官毓賢、剛毅，看似剛正廉明，實則主觀斷案，動輒以酷刑將無辜百姓屈打成招，營造出斷案神速、紀律嚴明的假象。當老殘向路人打聽：「聽說他隨便見著什麼人，只要不順他的眼，他就把他用站籠站死。或者說話說的不得法，犯到他手裡，也是一個死。有這話嗎？」而這名被問的路人反應相當耐人尋味，除了連聲否認之外，「一面答話，那臉就漸漸發青，眼眶子就漸漸發紅」。老殘因而斷定這位市井小民「必有一番負屈含冤的苦，不敢說出來的光景」，本身就是有冤無處訴的苦主之一。

酷吏挾威權與酷刑仗勢凌人，使百姓明明無辜，卻不敢為自己申辯，這正是濫用刑罰、「清官」可恨的理由。

立法貴嚴，而責人貴寬

名句的誕生

《春秋》之義：立法貴嚴，而責人貴寬。因其褒貶義，以制賞罰，亦忠厚之至也。

～北宋．蘇軾〈刑賞忠厚之至論〉

完全讀懂名句

《春秋》的義理是：立法旨在嚴密，而實施責罰時則貴在人道寬厚。依照《春秋》褒賞和責罰的精神來制定賞罰法規，也算是忠厚的極致了。

名句的故事

於文章最末段，蘇軾引用了兩則經典重申重視仁政的理念。第一則引用出自《詩經．小雅．巧言》：「君子如祉，亂庶遄已。君子如怒，亂庶遄沮。」君子若能歡喜容納諫言，災亂便可迅速平息；若怒斥讒言，同樣能停止禍害。

第二則引用則概要點出《春秋》嚴明立法，但執法以人道為本的寬宏精神，若能依循六經早已揭示的仁政傳統，即可達致「忠厚」境界。

值得注意的是，《詩經．小雅．巧言》本是臣子諷刺君王誤信讒言，抒發鬱憤之作，本文所引用的是全詩第二段。在原作中，詩人先呼號上天不察，「昊天泰幠，予慎無辜」（蒼天是如此的震怒，但我真的沒有犯錯啊），繼而悲痛君王未能明鑑，控訴小人「蛇蛇碩言」（滿口欺騙世人的大話）、「巧口如簧」（將巧妙的謊言說得如同笙樂一般的動聽）的醜態。然而在〈刑賞忠厚之至論〉中，蘇軾的重點並不是分析這首詩，而是主動藉由這首名詩對「君子如何止亂」的抒發，發揮自我創見。

君子並無趨吉避凶的異術，重點在於能夠審視心境喜怒，「無失乎仁」，於此又與第二則《春秋》制法嚴謹卻不失「仁」的理念彼此統貫。從讀書人耳熟能詳的經典中擷取與自我情思相連結的辭章，納入自身文脈以說服他人，這似乎是種接近《左傳》賦詩言志傳統，較為古典的引詩法。兩處引用皆緊扣「仁可過、義不可過」的思想核心，再次加強呼應儒家仁政的根本理念，是相當畫龍點睛的結尾。

歷久彌新說名句

《孟子》闡述了諸多儒家仁民愛物的政治思想。

孟子反覆強調「仁者無敵」、「行仁政而王，莫之能禦」。於《孟子．離婁章句上》中說：「惟仁者宜在高位。不仁而在高位，是播其惡於眾也。」只有品德高尚寬厚的仁者才適合掌握統治者的權位，若非仁者執政，則可能向群眾散播、製造罪惡；《孟子．盡心章句上》云：「親親而仁民，仁民而愛物。」統治者親愛身邊有血緣關係的至親，這是人的惻隱天性，將這份本根於內心的親厚之情推己及人，擴展至愛護百姓、珍視萬物的普世層次，就是治國之本。

《史記．扁鵲倉公列傳》曾記載漢文帝聽取民女緹縈陳詞，廢除肉刑一事。緹縈的父親淳于意遭人告發，被判處毀傷臉面或砍去肢體的肉刑。緹縈尾隨父親的囚車上京陳情，認為「刑者不可復續，雖欲改過自新，其路莫由」，受過刑的人肢體無法復原，即使想改過自新，也留下永久的殘疾印記，無法正常回歸社會。漢文帝時聽聞緹縈的說辭，對受刑人的痛苦羞辱深感憐憫，同年便廢止了肉刑這種古老殘忍的刑法。漢文帝聽取陳情，體恤百姓的德政，可說是仁民愛物的典範。

慮天下者，常圖其所難，而忽其所易；備其所可畏，而遺其所不疑

名句的誕生

慮天下者，常圖[1]其所難，而忽其所易；備[2]其所可畏，而遺其所不疑。

～明．方孝孺〈深慮論〉

完全讀懂名句

1.圖：圖謀、謀畫。
2.備：防範。

為天下憂慮的人，往往只圖謀他們認為困難的，而忽略他們認為容易的；防範他們認為可怕的，而遺漏了他們不曾起疑的。

文章背景小常識

方孝孺（西元一三五七～一四〇二年），字希直，明代著名文學家，人稱正學先生，平生以明王道、致太平為己任，曾拜宋濂為師。方孝孺讀書甚多，工於文章，有韓愈之風，世稱為「小韓子」，每一篇作品完成，海內爭相傳誦。

明太祖朱元璋為鞏固政權，大封宗室為藩王駐守各地，太孫惠帝繼位後難以約束，於是有削藩之意。朱元璋第四子燕王朱棣起兵反叛，戰爭持續三年，最後燕王攻下南京即位，是為明成祖。事稱「靖難之變」。當時方孝孺是品德學識均名聞天下的大儒，燕王命他起草登基詔書，希望借用方孝孺的聲望來招攬人心，但方孝孺雖受脅迫仍堅決不從，寫上「燕賊篡位」執筆於地，大罵：「死即死耳，詔不可草。」燕王怒殺方孝孺，滅其族。

對於燕王殺方孝孺一族，流傳至今的說法是方家被滅了十族，除九族之外，將其門生歸入第十族一併誅殺，遇害者八百餘人，因此事而囚禁或流放充軍者數以千計。然《明史》中未見方孝孺被誅十族的說法，近代考證的結果發現，最早記載「誅十族」的是明代祝枝山，他幼時聽長輩說過這件事，於是記錄在《野史》中，至清代廣為流傳。

而與方孝孺同期的景清，忠心護主，下場則更可嘆。他在燕王即位後詐降並密謀行刺，但是事跡敗露被殺。燕王先是滅景清九族，再屠殺景清家鄉，村里成為廢墟，稱作「瓜蔓抄」。

名句的故事

早期社會用油燈照明，有時照明的燈光會被燈碗本身遮蔽，因此在碗底下形成一塊雖然離光源很近，燈光卻照不到的區域，稱之為「燈下黑」，後引申用來指人們對於發身在身旁的事件反而不能察覺，也可用以指越危險的地方越安全。一般人若對於身旁輕易可見之事有所輕忽，或許對自身沒有太大危害，然而若是為天下謀略統治者如此，則恐怕使得國家動盪不安。

赤壁之戰後，劉備令關羽鎮守荊州，但關羽卻出兵攻打曹操，以至於孫權派呂蒙趁虛而入，因一時大意而失去荊州。英國國王理查三世與亨利．都鐸戰於波斯沃平原，即便一開始是理查三世的兵力強盛佔有優勢，但後來因屬下陣前倒戈導致了戰爭的失敗。然而據說在這場戰役之前，理查三世命馬夫為自己的戰馬釘上馬蹄鐵，釘到第四個馬掌時，卻發現少了一根釘子。馬夫不以為意，但這個不牢靠的馬蹄鐵卻在戰場上脫落，讓戰馬將理查三世翻倒在地，使整個江山拱手送人。

方孝孺說：「慮天下者，常圖其所難，而忽其所易；備其所可畏，而遺其所不疑。」就像英文諺語中有一句：「The devil is in the details.」意思是：魔鬼就藏在細節裡。一件事最困難的部分，通常是可能被忽略的小細節，因為它往往會導致嚴重的後果。因為即便是一根小鐵釘，有時也支撐著整個社稷。

歷久彌新說名句

對任何事物都抱持著懷疑，是科學求證的態度，而北宋的張載也這樣認為，他在《經學理窟》說：「於不疑處有疑，方是進矣。」在一般人沒有疑問的地方也存疑，才會有進步。因為有了懷疑才能不斷思考辨證，這才是面對學問的基本態度。同時，張載《經學理窟》也說：「可疑而不疑者不曾學，學則須疑。」應當提出疑問而不提問，不算是研究學問。正因為有許多人「於不疑處有疑」，才能顛覆習慣而有所創新，如「地圓說」、「日心說」的提出，都大大挑戰了當時的主流觀念，即便當下難為人接受，而卻讓後人對宇宙的認識跨出了更大一步。

張載這句「於不疑處有疑」後來為胡適所用，卻更加圓融。胡適說：「學問要於不疑處有疑，待人要於有疑處不疑。」若不這樣，必會導致視朋友如仇，而將世界看作荊天棘地。

在《列子》裡有一段「亡斧臆隣」的故事：有人丟掉了一把斧頭，懷疑是鄰居的兒子偷的，於是他不斷觀察鄰居之子，看他的言行舉止、態度動作，沒有一樣不像是偷斧頭的樣子。然而後來此人找回了斧頭，再看鄰人之子，則態度動作，一點都不像偷斧頭的人。可見疑心則生暗鬼，遇事時不應帶著自己主觀的猜測妄下定論。如《幽夢影》中一句：「律己宜帶秋氣，處事宜帶春氣。」意即「嚴以律己，寬以待人」。永遠將溫暖的氣息吹向他人，給世界帶來明媚的春光。

智可以謀人，而不可以謀天

名句的誕生

蓋[1]智可以謀人，而不可以謀天。良醫之子，多死於病；良巫之子，多死於鬼；豈工[2]於活人[3]而拙於謀子[4]也哉？乃工於謀人而拙於謀天也。

～明．方孝孺〈深慮論〉

完全讀懂名句

1. 蓋：發語詞。
2. 工：擅長。
3. 活人：救活人的性命。
4. 謀子：為孩子謀畫，在此指的是救活孩子的性命。

人的智慧只可以謀畫人間事，卻不能夠預測天意。優秀醫生的孩子，大多死於疾病；高明巫師的孩子，大多死於鬼魅。難道他們善於救活別人，卻不善於救活自己的孩子嗎？這是因為他們善於謀畫人事，而不善於預測天意啊！

名句的故事

在〈深慮論〉前半部分，方孝孺曾經提到「慮之所能及者，人事之宜然；而出於智力之所不及者，天道也。」超出人的智力所不能達到的範圍，那正是天意。而在〈深慮論〉後半再度提及「智可以謀人，而不可以謀天」，人即便具有再高的智慧，卻無法預測天意。

羅貫中《三國演義》第一百零三回，諸葛亮第六次出祁山，同時也是最後一次北伐，與司馬懿的魏軍在渭南僵持很久。司馬懿堅守不出，情勢對蜀軍不利，諸葛亮為快速解決戰事，發現上方谷（又名葫蘆谷）處於兩山之間，入口狹窄，於是在此積柴薪、埋地雷，絞盡腦汁籌畫了計謀，打算火燒司馬懿。司馬懿果然中計，在上方谷內遭受猛烈的火攻，無處可逃，以為必死無疑，沒想到在這時候突然狂風大作，天降大雨，將諸葛亮的地雷淋溼，大火澆滅，於是司馬懿趁著這個機會殺出重圍，免於一死。諸葛亮見狀，喟然長嘆：「謀事在人，成事在天。不可強也！」不久之後，積勞成疾的諸葛亮便病死於五丈原，蜀軍不得不撤兵，讓人唏噓不已。

俗話說「人算不如天算」，眾人認為最為謀臣，甚至能知天文通地理的諸葛亮，是方孝孺所認為「有出人之智，負蓋世之才，其於治亂存亡之幾，思之詳而備之審矣」的人，這樣的人超出常人的智慧與才華，且對於在危亂之際救亡圖存的徵兆，思考得夠周詳、而防備得夠周密，卻也無法預測天意。先有「人謀」，才有「天成」，人所能盡的最大努力，是「人謀」，而外在環境條件等人無法控制的，就是「天」；「天」對於人的影響卻是巨大的，那才是決定一件事情成敗與否的關鍵。

歷久彌新說名句

最早的時候巫與醫不分，他們的工作通常都是為人治病，無論是透過藥石針灸，或者符咒巫蠱。到了周朝後期，巫與醫才漸漸分開，巫主接神去邪，醫主療病。而方孝孺在此用「良醫之子，多死於病；良巫之子，多死於鬼」以說明，即便家有良醫良巫，也有他們無能為力的時候，那都是「天」的意志。

方孝孺另有一篇〈越巫〉，說的是驅鬼的巫師最後因「鬼」而死的故事。一位越巫假稱自己擅長驅鬼治病，靠著僥倖來得到病人的財物，卻總是向人誇耀說：「我善治鬼，鬼莫敢我抗。」有人厭惡他的虛偽，決定惡作劇，他們埋伏在越巫回家路旁的樹上，相距一里路左右，當越巫經過樹下，便用沙石丟他。

越巫以為真的遇鬼，拿出驅鬼的號角邊吹邊跑，卻無法阻止接連而來的砂石攻擊，到最後「角不能成音，走愈急。復至前，復如初，手慄氣懾不能角，角墜振其鈴，既而鈴墜，唯大叫以行」。號角吹不成音調，越跑越急，甚至到雙手發抖拿不住號角，改換銅鈴，銅鈴也震掉了，只好大聲喊叫，邊喊邊跑。越巫到後來恐懼得連林間的樹葉聲、風聲，都以為是鬼聲；等他好不容易回到家，卻已經嚇破膽，臉色發青而死。越巫到死都不知道，自己遇到的是人而不是鬼。

方孝孺以此故事諷刺世上各種欺世盜名的人，認為他們不僅害人，最後也將害了自己。故事中的越巫不是因真正的鬼而死，乃由於自己沒有真才實學，靠著詐術招搖撞騙，最後終於自受其禍，也是一種「天」所給的教訓。

上下一體，所以為泰

名句的誕生

《易》之〈泰〉曰：「上下交而其志同[1]。」其〈否〉曰：「上下不交而天下無邦。」蓋[2]上之情達於下，下之情達於上，上下一體，所以為泰。上之情壅閼[3]而不得下達，下之情壅閼而不得上聞[4]，上下間隔，雖有國如無國矣，所以為否也。交則泰，不交則否[5]，自古皆然，而不交之弊，未有如近世之甚也。

～明．王鏊〈親政篇〉

完全讀懂名句

1. 同：齊一。
2. 蓋：實在是。
3. 壅閼：阻塞不通。
4. 聞：聽到。
5. 否：不好的、惡劣的。

《周易．泰卦．彖傳》說：「上下交好，志向就能一致。」〈否．彖傳〉則說：「上下無法交通，天下就不會有國家了。」這是說，如果君王的想法能夠傳達給臣屬，臣屬的意見能夠讓君王聽聞到，那麼上下交通，成為一個整體，這樣的情況就可以稱為「泰」。如果君王的想法遭遇阻礙、無法下傳，臣屬的意見也同樣因為傳達受阻而無法使君王得知，那麼君臣之間就會相互阻隔。雖然名義上是一個國家，但其實等於沒有國家一樣，這就是「否」了。溝通順暢就會良好，上下阻隔則是惡劣，自古以來都是如此，然而阻塞不通所造成的弊病，卻沒有像現在這樣厲害的了。

文章背景小常識

王鏊（西元一四五〇～一五二四年），字濟之，明成化年間進士，後於弘治、正德間官至武英殿大學士。根據《明史》記載，王鏊於正德年間對抗當時掌權宦官劉瑾，甚至多次鼎力援助諸多遭受劉瑾迫害的臣僚，包括崔璿、韓文等人，但終究無法改變朝政紊亂的現實，只好於正德四年（西元一五〇九年）三次上疏請歸。其後，王鏊在家鄉閒居長達十四年的光陰，直到明世宗嘉靖登基，王鏊立刻上表〈講學親政疏〉，表達他對朝政的看法，最終於嘉靖三年過世。

根據記載，〈親政篇〉是王鏊於嘉靖元年上表明世宗的奏疏〈講學親政疏〉中的一篇，文中主要論點認為，君臣應該保持溝通的順暢，上位者的想法與下位者的意見如果不能順暢的表達出來，就會造成朝政的紊亂。這樣的觀點出自於王鏊的切身體驗。王鏊認為君臣之間溝通不順的弊病，在「近世」達到了頂峰，此處所說的「近世」，實際上就是王鏊擔任宰輔的明武宗朝廷。

武宗正德年間，太監劉瑾專政，《明史》直言：「時中外大權悉歸瑾。」這種情況自武宗即位之初便開始，劉瑾的權力不僅在於統管皇室的事務，更擴及到京師和各省的行政中。在這種情況下，王鏊所屬的文臣體系所遭遇的壓力也益發嚴重，特別是在明代裁撤掉中書省以後，宰相制度已經消失，文臣的權力依賴於皇帝的對待，一旦文臣與皇帝之間產生阻礙，君臣之間自然無法獲得良好的溝通，最終成為了王鏊所批判的對象。

〈親政篇〉作為一篇奏疏，透過題目，可以清楚知道王鏊對於世宗嘉靖的期許，希望新即位的嘉靖帝記取前朝教訓，對於國家政務能夠親力親為，並且適當聽取文臣們的意見，避免過往阻礙不通的情況再度出現，特別是要避免宦官的專政。作為一篇具有政論價值的奏疏，王鏊從《周易》卦象論述泰、否的意義，將君臣溝通視為國家治理的重要關鍵。然而，歷史往往以相反的面貌出現，在短暫的中興後，嘉靖帝甚至有長達二十年的時間都未曾上朝。

名句的故事

《周易》「泰」卦說：「天地交而萬物通也，上下交而其志同也。」這句話在宋人楊萬里《誠齋易傳》的解釋中，認為前者意謂「天地之極治」，後者則是「天下人物之極治」。因此，從《周易》的解釋出發，古人往往將天地、上下的關係相互連結，並且用以象徵人間君臣的關係，只有當君臣上下彼此能夠溝通意見，產生對話，那麼人事才有可能達到「極治」的狀態。

《周易》的這句話作為王鏊〈親政篇〉全文最重要的期許，顯示出王鏊對於世宗重整世風，並且改善君臣關係的殷殷期盼。上情下達、下情上通，實際上就是長久以來中國文人與君王對於良好政治的想像，例如《晉書》中便記載晉武帝於泰始四年詔令天下刺史，對他們表達國家治理之道在於能夠「下情上通」，特別是古代王者之所以每年都要「巡狩方岳」，並且在平時透過官吏報告述職來掌握民情，都是同樣的道理，所以晉武帝認為官吏們應當致力於溝通理解，並且不時將民情上達給君王知曉，才能夠作到「心無壅隔，下情上通」的理想境界。

司馬光也曾經上詔宋英宗，認為只有「人君降心以接臣，人臣竭忠以事君」，才有可能達到「上下交而其志同」的理想境界。特別是司馬光提出了宋代先帝時常召來侍從近臣「從容講論萬事」，或者是對於進見的文武朝臣，皆能夠「親加訪問」，以求達到「下情上通，無所壅蔽」的程度。由此可見，對於君王、文臣而言，彼此之間的溝通與意見的交流，確實是理想政治的美好圖像。

歷久彌新說名句

王鏊的希望最終落空，嘉靖帝長達二十年不曾上朝，就此埋下了明代政治的隱憂，文臣、宦官之間的黨爭，某一程度也肇因於此。待到滿清建都北京後，開創清代盛世的康熙帝反倒汲取了歷史教訓，特別在乎「君臣一體」的政治理念。

在康熙十七年的聖諭中，康熙帝便說到：「唐太宗之聽言納諫，君臣上下，如家人父子，情誼浹洽……明朝末世，君臣隔越，以致四方疾苦，生民利弊，無由上聞。」在這道聖諭中，康熙帝推崇了唐太宗君臣間的情感，甚至將之形容為家人父子，對比於明朝末年的言路阻絕，朝廷百官皆無法向皇帝表達意見，康熙帝從歷史教訓中做出了自己的判斷與學習對象，也說明了「君臣一體」的政治理想，確實源遠流長。

乾隆帝也同樣深受「上下一體」概念的影響，在〈上下交而志同論〉一文中，同樣援引了《周易》的看法，指出「上下交而萬民化」、「上下一心，君臣相得則治，反之則亂」的想法，這也可以說是脫胎於此一儒家理念。

王鏊的政治理想雖然在嘉靖以後未能得到實現，但在清代三帝的盛世中，反倒獲得了實踐。

亂政積弊

亂政亟行，所以敗也

名句的誕生

「……不軌不物，謂之亂政。亂政亟[1]行，所以敗也。故春蒐、夏苗、秋獮、冬狩[2]，皆於農隙[3]以講事也。……」

～春秋．左丘明《左傳．臧僖伯諫觀魚》

完全讀懂名句

1. 亟：屢次
2. 春蒐、夏苗、秋獮、冬狩：蒐、苗、獮、狩，是不同季節的狩獵。
3. 農隙：農暇之時。

「……做事沒有規範法度，就是亂政。亂政屢屢出現，國家就會敗亡。因此，春蒐、夏苗、秋獮、冬狩這四項的狩獵活動，應該在農暇之時進行。……」

名句的故事

在〈臧僖伯諫觀魚〉一文中，臧僖伯勸諫魯隱公，身為國君，必須以國家大事為優先考量，因此除了祭祀與兵戎，還要守法度，讓人民可以效法遵行。如果沒有法度軌則，就是亂政。「亂政亟行，所以敗也」，屢屢出現亂政，國家難免會衰敗。

接著，臧僖伯舉出實際例證，他說春夏秋冬的狩獵活動，都是在農暇時進行，以免影響百姓生活，而打獵也是有規矩的。春天是萬物生長的季節，打獵時不能捕殺懷孕的野獸；夏天時作物生長茂密，打獵要專門捕捉對莊稼有害的動物；秋天家禽都已經成長，打獵時要追捕會偷吃禽類的野獸；冬天則沒有禁忌，任何動物都可以抓，以維持生態平衡。

此外，國家的軍事演練也有制度的，每三年大演習一次，整頓軍隊後至宗廟祭祖，接著按照身分、等級給予犒賞。祭祀時也是處處謹慎，鳥獸的肉、皮革、羽毛、骨角不能用於祭祀禮儀的，就不要去射殺。至於山林河川沼澤之物，都其他官吏管轄，君主不用過問。

臧僖伯在勸諫隱公的同時，也點出了春秋時期的禮制，所以清代余誠在《重訂古文釋義新編》提到本篇時說：「〈鄭伯克段於鄢〉『失教』、『鄭志』，從敘事中寫出；此篇『非禮』，即從諫詞中寫出。」臧僖伯重視君王要遵守的禮，認為一但失去規矩法度，就是亂政，君主要是過於率性而為，國家就會敗亡。

歷久彌新說名句

「亂政亟行，所以敗也」一語說得雖重，但卻發人深省。畢竟國家政策與人民是息息相關的，在上位的人如果無法體察民情，恣意妄為，底下的百姓往往苦不堪言。

談到亂政，《禮記．檀弓》中有一則故事。有一次孔子經過泰山，見一名婦人在墓塚前哭得十分哀戚。孔子派子路上前去關心，子路問：「妳似乎很傷心啊，發生什麼事嗎？」婦人回答：「以前我的公公被老虎咬死，後來我的丈夫又被老虎咬死，現在連我兒子又遭到同樣的下場。」孔子忍不住問：「那麼妳為什麼不離開這裡呢？」婦人哀傷的說：「到處都有暴政啊！」孔子回頭對學生嘆息，「你們要記得啊，苛政比猛虎還要可怕。」這就是「苛政猛於虎」一詞的由來。

唐代的柳宗元撰寫〈捕蛇者說〉，與《禮記》故事有異曲同工之妙。文中講到永州一地有一種毒蛇，毒性極強，但卻是極佳的藥引，朝廷下令徵召能捕捉之人，一年兩次去捉蛇，即可免除他的賦稅。

一名蔣姓的捕蛇者告訴柳宗元，他家三代從事捕蛇，祖父與父親都被毒蛇咬到而去世，他也在鬼門關走過好幾回。柳宗元問他，為什麼不離開此地換個工作呢？捕蛇人說，只要一年辛苦兩次，便可以換來其他日子的平靜，但是其他人每天為沉重賦稅而煩惱，與他人相較，捕蛇還算是好的了。

文末柳宗元不禁感嘆，「孔子曰：『苛政猛於虎也！』吾嘗疑乎是，今以蔣氏觀之，猶信。嗚呼！孰知賦斂之毒，有甚於是蛇者乎！」

《漢書．宣帝紀》：「《詩》不云乎？『民之失德，乾餱以愆』，勿行苛政。」（《詩經》中不是說過嗎？「人們一旦喪失了美德，表現在行為上，便會以薄劣的食物相待。」切勿實行苛政！）以及《晉書．武帝紀》：「除其苛政，示之簡易。」都是告誡主政者，苛政虐待百姓，若要得到民心，勿行苛政。

國家之敗，由官邪也；官之失德，寵賂章也

名句的誕生

「……國家之敗，由官邪[1]也；官之失德，寵賂章[2]也。郜鼎在廟，章孰甚焉？武王克商，遷九鼎[3]於雒邑，義士[4]猶或非之，而況將昭違亂之賂器於大廟，其若之何？」

～春秋．左丘明《左傳．臧哀伯諫納郜鼎》

完全讀懂名句

1.官邪：邪，不正當的。官邪，指官吏不正當、偏邪的行為。

2.寵賂章：章，彰顯。寵賂章，指寵臣明目張膽的賄賂。

3.鼎：相傳上古時代，禹曾鑄鼎作為傳授帝位的寶器，這裡是指傳國的重器。

4.義士：有節操、品行高潔的正人君子。

「……國家的衰敗，導源於官員不正當的行為。官吏之所以會失去德行，是因為仗恃著君王的恩寵，而公然行賄。將郜鼎放置於太廟，有比這個更明顯的賄賂嗎？周武王滅商，將九鼎搬到雒邑，當時品德高潔之士還認為此舉不當，更何況現在把明目張膽作亂而得到的賄賂器具，放在太廟裡，這怎麼可以呢？」

文章背景小常識

〈臧哀伯諫納郜鼎〉一文，選自《左傳》魯桓公二年。臧哀伯是魯國的大夫，也是前文〈臧僖伯諫觀魚〉中，臧僖伯的兒子，父子兩人在魯國朝堂上均以敢言直諫聞名。

整件事情的導火線，是宋國的太宰華父督

引起的。某天，華父督在大街上巧遇大司馬孔父嘉的妻子，見對方年輕貌美，華父督產生覬覦之心，於是設計構陷孔父嘉，殺害對方之後，便將孔父嘉的妻子佔為己有。宋殤公對此事不滿，華父督乾脆發動政變，除掉宋殤公，另立穆公子馮為君，就是宋莊公。

宋莊公的君位來路不正，為了取得支持，以賄賂的手法討好其他國君。於是魯桓公聯合齊僖公、陳桓公、鄭莊公，承認宋莊公的地位，而魯國也因此得到了宋國的賄賂，就是郜鼎。

然而郜鼎是宋國滅郜國得來的。郜國是姬姓之國，與魯國同宗，宋滅郜一事已經於禮不合，魯桓公不但不出兵討伐宋，反而接受賄賂，還將郜鼎放進魯國太廟，實在是荒誕至極。臧哀伯忍無可忍，出面勸諫。只是魯桓王依然故我，未將臧哀伯一番言詞聽進去。

名句的故事

魯桓公接受宋國來路不明的大鼎，大夫臧哀伯提出諫言，開宗明義說道：「君人者，將昭德塞違，以臨照百官。」身為國君，應該要彰耀德行，防堵違紀之事，才能作為百官的表率。一開始就明白點出「昭德塞違」與「君臣」之間的關係，為後文「國家之敗，由官邪也；官之失德，寵賂章也」預留伏筆。

宋莊公之所以能夠坐上君位，全因為華父督發動政變除去殤公。他自知有愧，所以對其他國家行賄，希望獲得支持。而另一方面，魯桓公雖是原本就是太子，但魯惠公過世時年紀尚幼，由庶出的兄長魯隱公暫時攝政。

魯隱公並無篡位之心，但桓公受到羽父的挑撥，找藉口殺了兄長。桓公以弟殺兄，已是魯國的亂臣賊子，又接受宋國賄賂的郜鼎，將它放置於太廟內，更是不倫不類。《史記．魯周公世家》就說：「（桓公）二年，以宋之賂鼎入於太廟，君子譏之。」

臧哀伯告訴魯桓公，「國家之敗，由官邪也；官之失德，寵賂章也。」國家之所以敗亡，是因為官員邪佞；而官員會失去美德，是由於受到過度的寵愛與賄賂。表面上指責官員，其實也暗示著桓公的失德。

宋人呂祖謙在《評選古文正宗》說：「桓公親為弒逆而不懼，豈懼取一亂人之一鼎乎？」真德秀也說：「桓公本以弒立，故不復知宋君弒立之惡。」桓公本就操守有虧，對於臧哀伯的諫言自然是當成馬耳東風。後來他因發現妻子桓姜與哥哥齊襄公私通，被桓姜與齊襄公合謀殺死。立身行事不遵循正道，落到這種下場也是罪有應得。

歷久彌新說名句

「國家之敗，由官邪也。官之失德，寵賂章也」一句，可以做為歷代君主為政的警語。縱容貪官汙吏的結果，往往造成民不聊生；政治敗壞，最後極易導致官逼民反、國家敗亡。

相反的，如果君主清廉自持，政通人和，國運自然蒸蒸日上。南朝梁武帝（西元四六四～五四九年），勤於政務，政績良好，是南朝的明君。他勤懇聽取意見，致力改進。相傳梁武帝為了做到下情上達，在門口設立「謗木函」和「肺石函」，老百姓想要給予朝廷建議，便將信件投入謗木函；官員有功未獲得應有的封賞，或是知道賢才良相要舉薦，就將信件投入肺石函。梁武帝派人專門管理這兩函，用心傾聽民意，使得當時朝野風氣一片清朗。

另外梁武帝也很重視官員的節操。他十分在意地方長官的操守，下令凡是公正廉明的官員，只要能將地方治理得好，都有機會轉任朝廷官吏，因此在位前期，政治清明，地方安樂。

那麼要如何使政治清明呢？這又回到本文的精神：上行下效，親為表率。《論語．顏淵篇》也曾講到，季康子問政於孔子曰：「如殺無道，以就有道，何如？」季康子的意思是，殺掉無道之人，成就有道，這樣處理朝政好嗎？孔子回答：「子為政，焉用殺？子欲善，而民善矣。君子之德風，小人之德草。草上之風，必偃。」意思是您何必以殺伐主政呢？在上位者有德政，自會影響百姓，產生上行下效的作用啊。

一鼓作氣，再而衰，三而竭

名句的誕生

對曰：「夫戰，勇氣也。一鼓作氣，再而衰，三而竭。彼竭我盈[1]，故克之。夫大國，難測[2]也，懼有伏[3]焉。吾視其轍[4]亂，望其旗靡[5]，故逐之。」

～春秋．左丘明《左傳．曹劌論戰》

完全讀懂名句

1.彼竭我盈：對方士氣衰竭，我軍士氣旺盛。
2.測：估量。
3.伏：埋伏。
4.轍：車前橫木。
5.靡：傾倒。

曹劌回答道：「打仗靠的是士兵的勇氣。第一次擊鼓士氣最為高昂，第二次擊鼓士氣有些衰退，第三次擊鼓士氣就會衰竭。當對方士氣衰竭，我軍士氣旺盛，就能將他們擊敗。不過大國的底細是難以測量的，我擔心會有埋伏。等到觀察他們車輪軌跡混亂，旌旗散亂一地，才敢趁勝追擊。」

文章背景小常識

本篇文章是記述春秋時代的一次小戰爭，《春秋》上僅僅十三個字：「十年春，王正月，公敗齊師于長勺。」《左傳》則詳述始末。

這次戰爭起因是由於齊桓公為了報從前的仇恨而發動。當年齊襄公暴虐無道，懷疑兩個弟弟公子小白與公子糾想篡位，想要除掉他們。於是公子糾與管仲逃至魯國，鮑叔牙與公子小白逃往莒國。

後來，齊襄公被公孫無知所殺，而公孫無知在位不久也遭毒手。齊國大臣便決議，公子小白和公子糾哪一位先回國，就立為國君。最後公子小白順利回到齊國即位，是為齊桓公。但是在回國的過程中，公子糾的手下管仲曾在小白回國的半路上埋伏，用箭射中公子小白，幸虧射中的是帶鉤，公子小白裝死才逃過一劫，順利回到齊國即位。

齊桓公對於先前魯國幫助公子糾一事耿耿於懷，派兵攻打魯莊公，脅迫他殺掉公子糾。齊桓公二年，也就是魯莊公十年時，齊桓公再次出兵攻魯，也就是本文的「長勺之戰」。

曹劌是春秋時代魯國人。在文章中，曹劌詢問魯莊公憑藉什麼迎戰齊國？魯莊公從自己有小惠小信開始，直說到忠於人民之心，才獲得曹劌的認同，顯示出得民心者能得天下的道理。而當兩軍在長勺對峙時，曹劌在戰場上步步為營，待齊國三通鼓後，魯國才擂鼓進軍，又確認對方是戰敗慌亂逃跑，才趁勝追擊，可見戰場上兵不厭詐，與謹慎防備的風格。

名句的故事

魯莊公十年的春天，齊桓公出兵侵略魯國，曹劌主動前往覲見莊公。他的同鄉認為國家大事自有人會處理，不需他要強出頭。曹劌說「肉食者鄙，未能遠謀」，認為在上位者見識淺薄，沒有遠慮，表現出他在國家遭遇大事時，不置身事外，主動請纓的勇敢和責任心。

曹劌見到魯莊公便直問打算如何應戰？莊公表示他平時衣服飲食，從不獨享，都會分給他人。曹劌說這只是小惠，無法令全民順從。

莊公又說，祭拜時他總是畢恭畢敬，神明必會保佑。曹劌卻反駁道，這是小信，神明不會降下福祉。

最後莊公說，無論大小興訟的案件，雖然不一定每件都明察，但必是盡心盡力。曹劌這才點頭，覺得身為君王，忠於職守，能夠得到民心的支持，可以出戰。

而當兩軍在長勺相會時，曹劌與莊公共乘一輛馬車。兩軍對峙，莊公準備擊鼓下令進攻時，曹劌阻止他，等到齊軍三通鼓都擊畢，曹劌才讓魯軍擊鼓。魯軍氣勢如虹，一舉擊退齊軍，莊公打算趁勝追擊，曹劌卻下車仔細觀察敵人的車軌旗幟，確認齊軍不是詐敗，才讓魯軍追擊，最後大獲全勝。

魯莊公後來詢問曹劌如此行事的原因，曹劌說：「夫戰，勇氣也。一鼓作氣，再而衰，三而竭。」行軍打仗靠的是士兵的勇氣。當第一次擊鼓，士氣最為高昂；第二次擊鼓，士氣有些衰退；第三次擊鼓，士氣就會衰竭。當對方士氣衰竭，我軍士氣旺盛，就能將他們擊敗。這番話後即為成語「一鼓作氣」的由來，用來比喻行事時要趁著初起時的勇氣去做，才容易成功。

歷久彌新說名句

行軍打仗必須謹慎小心，切不可輕敵。在本篇名句中講到「一鼓作氣，再而衰，三而竭」，雖然主要是指行事要趁興頭上趕緊完成，也是打鐵趁熱的道理。然而進一步來看，曹劌運用的是一種「避其鋒芒」的作戰心理，趁對手鬆懈疏於防備，一舉將之攻滅。

西晉有名的經學家杜預（西元二二二年～二八四年），自幼飽讀詩書、手不釋卷，潛心研究《春秋》與《左傳》。杜預博學多聞，同時也是一位軍事奇才，據《晉書》的記載，杜預「身不跨馬，射不穿箚」，說他不會騎馬、不懂射箭，但卻勇敢睿智，洞見機先，所以「每任大事，輒居將率之列」。晉國原本負責攻打孫吳的將軍羊祜過世後，晉武帝便任命杜預為鎮南大將軍，改派他出兵殲滅吳國。

杜預抵達荊州後，立即派兵襲擊西陵，並使用反間計，讓東吳陣前換將。接著逆江而上，佔領多座城池，再派部將率領八百精兵，偷襲要塞之地樂鄉，同時大張旗鼓、放火燒巴山，讓吳國臣民大為惶恐。吳國南方各州郡，紛紛投降。

杜預打算繼續攻戰，卻遭到反對，有人認

為孫吳不是那麼容易被平定，加上夏天將至，水患會引發瘟疫，不如等到冬天再出兵。杜預以春秋時代樂毅率領驗國攻打齊國為例，說明一鼓作氣、趁勝追擊的重要。晉武帝接受杜預的建議，同意持續攻打，果然還不到冬天，就滅掉吳國，取得統一。

鬼神非人實親，惟德是依

名句的誕生

對曰：「臣聞之，鬼神非人實親，惟德是依。故《周書》曰：『皇天無親，惟德是輔[1]。』又曰：『黍稷[2]非馨，明德惟馨。』又曰：『民不易物，惟德繄[3]物。』如是，則非德民不和、神不享矣。神所馮依，將在德矣。……」

～春秋．左丘明《左傳．宮之奇諫假道》

完全讀懂名句

1. 輔：扶持、幫助。
2. 黍稷：黃米與小米，古代祭祀用的穀物。
3. 繄：動詞，是。

（宮之奇）回答說：「臣聽說，鬼神不會特別親近誰，只會依從有德性的人。所以《周書》說：『上天沒有私心，只幫助有德的人。』又說：『不是祭祀的穀物發出馨香，而是美德散發出芳香。』還說：『人民不必費心變換祭品，鬼神只享用有德之人的祭物。』這樣說來，沒有德行，人民就不會和睦，鬼神也不會來享用祭品了。因此神明所憑藉的，就是德啊！……」

文章背景小常識

春秋時期晉獻公野心勃勃，亟欲開將擴土。當時南方兩個小國——虞國、虢國，成了他覬覦的對象。魯僖公二年時，晉獻公為了不繞路而能順利攻打虢國，便向虞國借道，當時宮之奇大力反對，但虞公不聽，晉獻公如願借路成功，虞公甚至還出兵協助晉國，讓晉國食髓知味。

三年後，僖公五年，「晉侯復假道於虞以伐虢」。晉獻公故技重施，再次向虞國提出借路的請求。這一次宮之奇依舊反對，勸諫虞公虞、虢兩國是「輔車相依，脣亡齒寒」，絕對不能讓晉國得逞，以免虢國被滅，虞國遭殃。

然而虞公老神在在，認為晉國與自己同宗，絕不會加害自己。他還告訴宮之奇，平常有豐盛的祭祀，神鬼必會保佑他。對此，唐代孔穎達在《左傳正義》中提到：「虞公貪璧、馬之寶，拒絕忠諫。」意思是說虞公有可能受到晉國璧玉、馬匹的賄賂，所以聽不進宮之奇的諫言。

宮之奇兩次勸告無效，失望之餘便帶著族人離開虞國。果不其然，晉國滅掉虢國後，在回程的路上，順便將虞國也滅了。有人將當初晉國賄賂虞公的馬匹進奉給晉獻公，獻公則笑著說：「馬則吾馬，齒亦老矣。」（馬還是我的馬，只是已經老了）

名句的故事

〈宮之奇諫假道〉中，描述晉國向虞國借路攻打虢國，虞國大夫宮之奇勸諫虞公萬萬不可，但虞公不聽。對此，清代林紓在《左傳擷華》就評論說：「此一篇是愚智之互鏡。」虞公的愚昧對比宮之奇的深謀遠慮，差距如此之大，而虞公的愚蠢導致國家最終被滅的下場。

為了勸醒虞公，宮之奇分三階段向他諫言。首先以「輔車相依，脣亡齒寒」（輔是頰骨的意思，車是牙床。整句意思是：頰骨和牙床互相依靠，嘴唇如果沒有了，牙齒就會感覺到寒冷，比喻關係密切，互相依存）說明虞國和虢國之間關係密切、互相依附；接著從宗族親疏方面，向虞公分析厲害。晉、虞、虢三國同宗，虞虢兩國血緣較親，晉國已經對虢國伸出狼爪，虞國又怎麼可能倖免呢？

最後，宮之奇提出「鬼神非人實親，惟德是依」，反駁虞公自認受鬼神保佑的謬論。清人吳楚材、吳調侯就說：「宮之奇三番諫諍，前段論勢，中段論情，後段論理，層次井井，激昂盡致。」

其中「鬼神非人實親，惟德是依」一句，說鬼神不會特別親近什麼人，只會依從有德行之人。可見「德」的重要性。

德，是指行為能遵守規範。《論語．述而》說：「德之不脩，學之不講，聞義不能徙，不善不能改，是吾憂也。」意思是不肯反省修正自己的德性，不願講習討論學問，聽到符合義理該做的事，不能立刻去做，有了過失不去改，是孔子最擔憂的事。為人如此，而君主用德，更是擴及恩惠、福澤。然而想要佈德於天下之難，《孟子．公孫丑上》說：「且以文王之德，百年而後崩，猶未洽於天下……」意思是說，即使德行深厚的文王，活到了百歲才死，但他美好的教化也還不能完整施行於天下。然而得行的好壞經常是評判人的標準，因此君子注重修養才德。當德行兼備時，臣民自然會支持，因此鬼神是否保佑，其實也不是那麼重要了。

歷久彌新說名句

對於鬼神的崇敬，從古至今，有增無減。儘管孔子曾說「敬鬼神而遠之」，但他也讚美大禹「菲飲食，而致孝乎鬼神；惡衣服，而致美乎黻冕；卑宮室，而盡力乎溝洫」。大禹飲食簡單，但對鬼神的祭祀恭敬謹慎；不穿華麗的衣服，但在祭典時卻會依照禮制穿上冠冕；不居住在氣派的宮殿中，反而努力修築渠道，改善百姓生活。從孔子的話語中可以知道，大禹對於鬼神雖然重視，但是更看重自身的修為、對百姓的關愛，與本文中所言「鬼神非人實親，惟德是依」不謀而合。

據《史記．賈誼列傳》記載，漢代著名學者賈誼，自幼飽讀詩書，他曾在河南太守吳廷尉門下做事，令河南一地治平。後來，漢文帝在某次祭祀後召見他。「上因感鬼神事，而問鬼神之本。賈生因具道所以然之狀。至夜半，文帝前席」，司馬遷描述漢文帝感應到鬼神之事，而向賈誼請教。賈誼繪聲繪影，知無不言，言無不盡，兩人深談至半夜，漢文帝聽得專注，頻頻將座席靠近賈誼。這段史事，唐代李商隱借古諷今，賦〈賈生〉詩曰：「宣室求賢訪逐臣，賈生才調更無倫。可憐夜半虛前席，不問蒼生問鬼神。」最末一句「不問蒼生問鬼神」，諷刺君王雖然得到賢臣，卻不問如何治理國家，關懷黎民百姓的大事，反而問起鬼神了。

因此，崇敬鬼神雖是人之常情，若是過於迷信而致走火入魔，終究不是件好事。

君子不重傷，不禽二毛。古之為軍也，不以阻隘也

名句的誕生

公曰：「君子不重傷[1]，不禽二毛[2]。古之為軍也，不以阻隘[3]也。寡人雖亡國之餘，不鼓[4]不成列。」

～春秋．左丘明《左傳．子魚論戰》

完全讀懂名句

1.重傷：傷害已經受傷的敵人。
2.二毛：頭髮斑白的人，指年長者。
3.不以阻隘：不制敵於險隘之地。
4.鼓：擊鼓進攻。

宋襄公說：「君子作戰，不傷害已經受傷的人，不俘虜頭髮花白的年長者。古人作戰，不在險惡之處制敵。我雖然是殷商亡國的後代，但絕不會去攻打還未列陣的敵人。」

文章背景小常識

〈子魚論戰〉一文選自《左傳》魯僖公二十二年（西元前六三八年）。春秋霸主齊桓公過世後，齊國發生內亂，宋襄公出兵幫助公子昭登上王位，是為齊孝公。就在宋國分身乏術之時，南方的楚國藉機擴張勢力，直入中原。此舉引發宋襄公不滿，希望能奪回控制權。

魯僖公二十一年春天時，宋襄公率先提議秋天在宋國舉行諸侯同盟大會，後來齊國和魯國藉故缺席。宋襄公不聽目夷的勸說，輕車簡從與會。會中與楚成王的盟主之爭，屢屢佔不到上風，後來一言不合反而遭到楚國襲擊擄走。最後，魯國與齊國從中斡旋，宋襄公才被

釋放。

隔年，宋襄公為報被擄仇，想攻打楚國，然而楚國兵強馬壯，宋國只是小國，實在毫無勝算，於是宋襄公藉故出兵討伐依附楚國的鄭國。宋國大司馬公孫固深知國力不如楚，力勸未果。鄭國向楚國求援，楚國於是出兵救鄭。宋楚兩國激戰於泓水。開戰時，宋襄公自以為是，可以進攻卻不進攻，最後戰敗負傷，第二年不幸逝世。

此次戰役以宋國大敗收場。宋襄公雖想繼承齊桓公霸主之位，但過於剛愎自用、見識短淺，以至於兵潰身死，一敗塗地。

名句的故事

宋襄公即位之後，想要效法齊桓公，成為一代霸主，因此東征西討，集會同盟，希望爭取其他諸國支持，只是宋國國力積弱，往往徒勞無功。因此當宋襄公決意出兵與楚國一較高下時，大司馬公孫固以「天之棄商久矣」暗示襄公，想要讓他打退堂鼓，可惜襄公不聽。楚國的壯盛，已經無法撼動，宋襄公的開戰是以臂擋車，不自量力。當兩軍戰於泓水時，宋軍擺開陣式，此時楚軍尚未全部渡河，大司馬建議，趁對方還未準備好，應該展開進攻，但宋襄公不肯；等到楚軍全過了河，還沒排好陣式，大司馬又勸開戰，襄公依舊不同意。直到楚國準備就緒，雙方開打，宋軍果然被打得潰不成軍。

宋人都責怪襄公，然而他卻說：「君子不重傷，不禽二毛。古之為軍也，不以阻隘也。」宋襄公振振有詞的辯解，君子打仗時不會傷害已經受傷的人，也不會俘虜白髮蒼蒼的年長者，更不會依靠關隘險峻取勝。宋襄公的「三不」政策，在子魚聽來簡直迂腐可笑。他批評襄公不懂戰爭，不知用兵。打仗時無論是傷者或是年長者，都是敵人，既然開戰就是要贏，一時的婦人之仁，反而害了自己。

在泓水之戰中，宋襄公中箭落馬，隔年因傷去世。儘管他汲汲營營於霸主之位，卻因為想法迂腐，不知變通，最終沒有好下場。

歷久彌新說名句

宋襄公在戰爭中堅持「君子不重傷，不禽二毛。古之為軍也，不以阻隘也」，聽起來似乎迂腐，但也有古仁人之風，因此歷來評價兩極。

司馬遷在《史記．宋微子世家》中說：「襄公之時，修行仁義，欲為盟主。其大夫正考父美之，故追道契、湯、高宗，殷所以興，作《商頌》。襄公　敗於泓，而君子或以為多，傷中國闕禮義，褒之也，宋襄之有禮讓也。」宋襄公在春秋時期以仁義聞名，他努力向齊桓公看齊，希望能成為諸國盟主。泓水一役，他的「三不」堅持，成為君子讚美的對象。

古之伐國確實有不趁人之危的準則，但周衰之後，禮壞樂崩，已無人遵守。宋襄公能堅持君子之戰實屬不易。《公羊傳》就說：「君子大其不鼓不成列，臨大事而不忘大禮，有君而無臣，以為雖文王之戰亦不過此也。」褒揚宋襄公在戰時仍行禮守義。

然而，世易時移，春秋戰國諸侯爭霸、群雄並起，宋襄公的仁義思維已經不合時宜。《孫子兵法．謀攻篇》就指出：「君之所以患軍者三：不知軍之不可以進，而謂之進；不知軍之不可以退，而謂之退，是謂縻軍；不知軍中之事，而同軍中之政，則軍士惑矣。」軍隊講求紀律嚴明，聽從主帥指揮，最忌諱的是君王干涉，不該進攻卻下令進攻，不該退兵卻命令退兵，不清楚軍中事務卻硬要干預，只會讓士兵困惑，不知聽誰指令。孫子還說，最糟糕的情況就是「不知彼不知己」，敵我不知，又怎麼可能會有打勝的時候？然而宋襄公偏偏犯了這幾項大忌，真是不敗也難。

因人之力而敝之，不仁；失其所與，不知；以亂易整，不武

名句的誕生

子犯請擊之，公曰：「不可，微夫人之力不及此。因人之力而敝[1]之，不仁；失其所與[2]，不知；以亂易整[3]，不武。吾其還也。」亦去之。

～春秋．左丘明《左傳．燭之武退秦師》

完全讀懂名句

1.敝：攻打。

2.失其所與：與，親近。失其所與，失去親近的盟國。

3.以亂易整：易，取代。以亂易整，以紛亂取代團結。

子犯請求攻打秦國，晉文公說：「不可以這麼做。沒有秦穆公的協助，我不可能有今天這樣的地位。受人幫助卻回過頭攻打對方，是不仁的的行為；失去親近的盟國，是不智的行為；以紛亂代替和平，是不武的行為。我們還是回去吧！」因此晉國也退兵了。

文章背景小常識

〈燭之武退秦師〉一文，講述鄭國大夫燭之武，以三寸不爛之舌，成功讓秦穆公退兵，保住鄭國安全。

魯僖公三十年（西元前六三〇年），秦晉兩國聯合攻打鄭國，主要是因為鄭國曾經兩次得罪晉文公。第一次是晉文公當年仍是公子重耳時，在外流亡十九年，先後路經狄、衛、齊、曹、宋、鄭、楚、秦等國，當時衛文公、

曹共公、鄭文公對他不友善，後來都一一遭到報復。

第二次是晉楚兩國爭奪霸權，北方的晉國聯合宋、齊、秦，南方的楚國集合陳、蔡、鄭，兩軍戰於城濮。由於鄭國於此役幫助楚國，新仇舊恨，致使晉文公慫恿秦穆公一同出兵攻打鄭國。

秦穆公亦是野心勃勃，想要向外擴張，因而答應晉文公一同出兵攻打鄭國。秦、晉兩國素來交好，秦穆公為了完成霸業，曾主動向晉國示好，晉獻公便將女兒伯姬嫁給秦穆公，這也是成語「秦晉之好」的由來。後來公子重耳流亡至秦，秦穆公將女兒懷嬴許配給他，並協助他回到晉國登上王位，成為晉文公。這也是為什麼文末當子犯知道秦國退兵，要求晉文公攻擊秦國時，文公回答不可的原因。

名句的故事

當秦、晉兩國兵臨城下之際，佚之狐向鄭文公推薦讓燭之武到秦營當說客，說服秦穆公退兵。當晚，燭之武直奔秦營見秦王，向他分析利害關係，著眼點在「利」與「害」。

燭之武劈頭便說：「若亡鄭而有益於君，敢以煩執事。」如果鄭亡國對秦有利，就請您出兵吧。以此點醒秦王，晉國與鄭國相鄰，鄭國遭滅，只是讓晉國增加土地，對秦國一點好處也沒有。從「好處」作為開場白，攻心為上，立刻吸引了秦王的注意和反思。

接著他說明若是放鄭國一條生路，必有益於秦。鄭國得以保存，可以成為秦國東道的接應，使臣往來若有需要，及時給予協助。再來，燭之武挑撥秦、晉之間的情誼，提到當年晉惠公曾答應贈送秦國城池，但回去之後立刻忘得一乾二淨，可見晉國背信忘義。最後，燭之武警告晉國居心叵測、貪得無厭，等晉國滅掉其它國家，遲早會西向侵略秦國。一連串剖析下來，利害分明，果然說服了秦穆公。

晉國大夫子犯知道秦國退兵後大為不滿，要求攻打秦國。但晉文公很冷靜，認為回過頭攻打秦國是不仁、不智、不武的行為，如果真的這麼做了，不僅是兩敗俱傷，也師出無名，只好黯然退去，而鄭國也得以保全。

歷久彌新說名句

在〈燭之武退秦師〉文章的結尾，晉文公以「因人之力而敝之，不仁；失其所與，不知；以亂易整，不武」，回應子犯想要攻打秦國的念頭，反映出晉文公的氣量和自我要求的標準。春秋戰國時代，眾多諸侯國勢力紛起，然而許多君主徒有上位者的身分，但言行不正，行事卑鄙，甚至趨於下流。作為一代霸主，透過一席話，晉文公將自身格局展露無疑。

講到上位者的格局，宋朝可說是中國歷史上武功積弱的朝代，宋真宗景德元年（西元一〇〇四年），遼國大舉入侵，直逼黃河沿邊的澶州，距離京城汴京幾步之遙。宋真宗畏戰，打算遷都金陵，逃往南方。

此時，宰相畢士安向宋真宗推薦寇準為相，他說：「寇準為人正直，行事果決，必能助大宋度過此一難關。」寇準上任後，堅持主戰，力勸真宗御駕親征。宋真宗登上澶州北城門樓以示督戰，「諸軍皆呼萬歲，聲聞數十里，氣勢百倍」，士兵見到皇帝親來，無不振奮不已，氣勢如虹。宋朝大將張環在此役中射殺遼國大將，遼國心生畏懼，與宋朝簽訂「澶淵之盟」，每年輸予宋朝歲幣，宋遼互為兄弟，自此宋遼相安無事百餘年。

在當時一片主張議和的聲浪中，寇準其實也可以選擇順真宗的意思，隨波逐流，偏安南方。但他獨排眾議，支持開戰，還說服宋真宗親至前線，是選擇了最難的一條路。他堅持不屈，展現出承擔的態度，可見其政治家的眼光和格局。在戰爭中，無論是何等身分，都需要清晰的頭腦與敏銳的觀察力，燭之武的不凡見識，晉文公的胸懷謀略，甚至是寇準的果斷任事，在在都影響國家命運的走向。

夫兵戢而時動，動則威，觀則玩，玩則無震

名句的誕生

祭公謀父[1]諫曰：「不可。先王耀德不觀兵。夫兵戢[2]而時動，動則威[3]，觀則玩[4]，玩則無震[5]。……」

～春秋．左丘明《國語．祭公諫征犬戎》

完全讀懂名句

1. 祭公謀父：祭，音ㄓㄞˋ。姬姓，祭氏，是西周時期，周穆王朝中的卿士。
2. 戢：指將兵器收聚而藏。
3. 威：震懾。
4. 玩：輕慢。
5. 震：恐懼、害怕。

祭公謀父勸諫穆王說：「不可以這樣做。先王向來以彰顯德行服人，而不是以武力使人屈服。一國的軍隊應該重在養精蓄銳，伺機而動，這樣一旦軍隊出動，才能顯現出震懾敵人的威勢。如果時常動用軍隊以炫耀武力，就會流於草率出兵，如果輕慢軍事，就無法讓敵人感到畏懼。……」

文章背景小常識

本句出自《國語．周語上》。《古文觀止》的編者依其內容，題為〈祭公諫征犬戎〉。

穆王，名滿，是周昭王之子，西周的第五位天子。根據司馬遷《史記．周本紀》記載，穆王即位時已經五十歲，在位五十五年，是一位長壽的天子，在位期也是西周幾位天子中最長的。周朝自武王伐紂建立政權後，再歷經成

王、康王、昭王，勢力不斷擴張，到了穆王時，國力可算強盛。穆王主要的武功是向西北方征討犬戎。

由於穆王在位的時間久，古書中對於穆王事蹟存在不少傳說。如汲縣戰國墓中出土的《穆天子傳》，就說穆王喜歡遊歷，曾經駕八駿之乘，奔馳九萬里遠，西行至崑崙之丘，觀黃帝之宮，設宴於瑤池，與西王母詩歌相和。《穆天子傳》的傳說，與穆王西征犬戎的歷史事實有一定關聯。

穆王將征討犬戎的時候，周朝的卿士祭公謀父不希望天子太過頻繁的出師征討，因此勸諫穆王應該以德化為主，不以武力服人。但穆王並不採納祭公謀父的勸諫。而此役的結果，穆王僅僅「得四白狼、四白鹿以歸」，似乎算不上獲得豐碩的戰果，但卻導致了「自是荒服者不至」的結局。周朝按照距離王城的距離，由近至遠依序將疆土分為甸服、侯服、賓服、要服、荒服五服。其中戎、狄處在最遠的荒服，穆王興起此役，反而使得處於荒服的戎、狄諸侯，不再臣服於周天子。

名句的故事

犬戎是周朝時期的遊牧民族，他們居住在西部邊境，長久以來是周朝的心頭大患。《後漢書》中記載：「昔高辛氏有犬戎之寇，帝患其侵暴，而征伐不剋。」高辛氏是帝嚳，也就是堯的父親，可見在上古時代，犬戎一族便時常侵擾中原地區。

後來，犬戎日益壯大，周穆王時深感壓力，於是決定出兵討伐。祭公大力勸阻，這段文字就是本篇〈祭公諫征犬戎〉。

祭公開門見山的告訴穆王，「先王耀德不觀兵。夫兵戢而時動，動則威，觀則玩，玩則無震。」祭公認為古代先王是以德服人，不是以力服人，窮兵黷武只有在不得已之時才會發動，而且平日裡必須養精蓄銳，一旦展現出武力，一定要能夠震懾住外患，若是時常炫耀武功，反而流於輕慢，無法令人信服。祭公接著提醒穆王，先王總是勉勵人民修己以德，所以國家興盛，百姓安居；加上先王對服裝、祭祀、朝拜都有制度，天子更要修養德行，若下臣不從指揮，才能攻打他們。話鋒一轉，祭公指出，犬戎向來按照禮制觀見，現在卻以他們無禮之由出兵攻打，師出無名，不會獲得認同。

然而周穆王不聽勸諫，執意出兵，最後只抓回四匹白狼、四頭白鹿，可說顏面盡失，而犬戎等邊境民族，也不願意再來觀見周天子，周穆王丟了面子也失了裡子。

歷久彌新說名句

「以德服人」極為不易，因此受人敬佩。孔子說：「為政以德，譬如北辰，居其所而眾星共之。」在上位者如果以德行施政，就會獲得百姓愛戴；孟子也說：「以力服人者，非心服也；以德服人者，心中悅而誠服也。」用武力逼迫人就範，不是真心服從，用德行感化，不但受教者愉快，更是真誠的接受。

佛典中有個長壽王的故事，就是說明用寬容的心，感化仇敵。古印度有一個波羅奈國，國王梵豫王生性殘暴，喜歡發動戰爭侵略其他國家，鄰國的國君長壽王眼見百姓因為連年戰事，無法安居樂業，心中極為不忍，於是便將國家讓給梵豫王，希望能平息戰爭。

長壽王讓出國位後，隱姓埋名，以美妙的音樂娛樂大眾。然而好景不長，長壽王被人認出身分而遭到梵豫王逮捕，他的兒子長生太子化妝成樵夫前來探望，長壽王再三告誡他不可以報仇。不久後長壽王就過世了。

長生太子秉承父親遺志，到處以音樂感化人心，由於他的演奏技巧很好，得到梵豫王的賞識。梵豫王對長生太子相當信任，甚至將配刀交給他保管。有一次，兩人一同外出，梵豫王太過疲倦倒在一旁沉沉睡去，長生太子拿起刀想要為父報仇，卻想起父親諄諄教誨，只得頹然將刀放下。就在此時，梵豫王忽然驚醒，原來他夢見長生太子想要取他性命。長生太子將事情經過一五一十告訴梵豫王，梵豫王大為慚愧，不但將國土還給長生太子，兩國之間和平相處，再無兵戎。

長壽王父子以德服人，讓梵豫王幡然悔悟，《中阿含經》就說：「若以諍止諍，畢竟不得止。」彼此爭執只會冤冤相報，不如修己治人，以德行影響周遭人事物。

防民之口，甚於防川

名句的誕生

厲王虐，國人謗王。召公告曰：「民不堪命矣！」王怒，得衛巫，使監謗者，以告，則殺之。國人莫敢言，道路以目。王喜，告召公曰：「吾能弭謗矣，乃不敢言。」召公曰：「是障之也，防[1]民之口，甚於防川[2]。川壅而潰，傷人必多，民亦如之。……」

～春秋．左丘明《國語．召公諫厲王止謗》

完全讀懂名句

1. 防：堵住。
2. 甚於防川：意指比堵住河川更危險。

周厲王為政暴虐，國都中的百姓私下批評厲王的暴政。召公進言厲王說：「人民已經無法再忍受您暴虐的政令了！」厲王很生氣，找來一位衛國的巫師，暗中監視批評者，而被巫師告發的人皆處以極刑。從此之後，百姓不敢再批評，在路上遇到熟人，也僅以眼神互相示意而已。厲王知道後很高興，對召公說：「我已經平息了批評的言論，再沒人敢多說什麼了。」召公說：「這只是勉強堵住人民的嘴啊。堵住人民的嘴，比堵住河川的水更加危險。河川水壅塞後潰堤，使很多人受害。現在堵住人民的嘴，也會有相同的危險。……」

文章背景小常識

周厲王，名胡，是周夷王之子，西周的第十位天子，在位三十七年，以暴虐無道、貪圖利益著稱。當時好利的榮國國君榮夷公親近厲王，得到厲王的信任。周朝大夫芮良夫曾勸諫厲王，「榮公好專利而不知大難。」意思是說榮夷公的行事以利為主導，不顧百姓的生活安適與否，遲早會導致禍亂發生。他勸厲王遠離榮夷公，但厲王不聽，反而任用榮夷公為卿士，參與朝政。

榮夷公向厲王建議增加稅收，以維持奢靡的生活，厲王毫不猶豫的答應了。臣子們大力反對，但厲王不為所動，還將稅收一事交付榮夷公全權負責。《詩經．碩鼠》就寫到：「碩鼠碩鼠，無食我黍！三歲貫女，莫我肯顧。」用大老鼠比喻在上位者的貪得無厭，賦稅繁重，不顧人民死活。

在厲王的專斷之下，百姓生活痛苦，紛紛批評厲王的政令，卿士召公虎挺身勸諫，要君王重視人民的感受，不可一意孤行，否則會像防堵川水一樣，產生對於國家危害。但厲王還是不與理會。三年之後，人民再也無法忍受厲王的暴政，起身反抗，驅逐厲王，厲王於是出奔到彘地。

周厲王至今已經數千年，但我們仍能從歷史古物中，依稀看見他的身影。臺北的故宮博物院裡，現存一口「㝬鐘」（舊名「宗周鐘」），「㝬」讀音同「胡」，就是周厲王的名字「胡」。上面的銘文記載了厲王親征南方諸小國的事蹟，是極有歷史價值的珍貴文物。

名句的故事

「防民之口，甚於防川」，這句千古名言，至今仍然時常被人拿來運用。召公指出，治河與管理人民道理相同，治理河川要用疏濬的方式，治理人民要讓他們盡情發言，所以天子處理政務，都會鼓勵臣民多多發言，表達意見，從而瞭解百姓需求。最後召王苦口婆心的勸告：「夫民慮之於心而宣之於口，成而行之，胡可壅也？」人民心中考慮後，自然會從嘴巴說出來，如此天經地義之事，怎麼可以遏阻呢？只可惜厲王不聽勸說，三年後，百姓不堪暴政，將厲王趕下天子之位。

後來李斯在〈諫逐客書〉中也曾運用類似

的方式，將人民或國家比喻成河流。他勸諫秦王：「泰山不攘土壤，故能成其大。河海不則細流，故能就其深。王者不卻眾庶，故能明其德。」泰山的高大是因為由細小的土壤慢慢累積；大海之所以深廣是因為容納百川；能成為一代明君就是因為重用各種人才。由此可知，唯有寬闊的雅量，才能成就一番事業。

歷久彌新說名句

儒家思想中，非常重視對國君的勸諫，孟子曾說：「君有過則諫，反覆之而不聽，則去。」反覆勸諫而不聽，那麼就辭職離開吧！

春秋時代齊國君主齊景公，《史記》中描述他是個貪圖享樂的人，但另一方面，他也是個肯聽從勸諫的人，所以在位五十八年，齊國國政穩定安樂。據說，齊景公嗜酒如命，有一次連續喝了七天七夜，大臣弦章憂心不已，勸告景公說：「請大王停止喝酒，如果做不到，就賜死我吧！」景公一聽非同小可，便將煩惱告訴晏嬰，「弦章要我戒酒，要是我答應他，將來就嚐不到美酒的滋味；不答應他的話，他又一心求死，真是兩難啊！」晏嬰趁機告訴景公：「大王真是宅心仁厚，弦章遇到您這樣的君王，實在是三生有幸。要是像夏桀、紂王的君主，早就小命不保了。」景公聽了晏嬰這一番溢美之詞大為高興，立刻把酒戒掉。

此外，明朝皇帝明成祖，也是一個勤政愛民、廣納意見的君王。歷代的皇帝都有早朝，聽取各部會的報告，但由於早上的會議事務繁多，無法仔細詢問了解，明成祖加設「晚朝」，藉由晚朝的機會，更密切的與六部大臣更溝通。他鼓勵官員暢所欲言，不要有所忌諱。永樂五年時，浙江一名掌管孔廟祭祀的生員上書，提出幾個對地方改革的建議，明成祖大為誇讚，並將此上書交給朝中大臣傳遞觀看，做為楷模。明成祖也時常告訴臣子，要是他有過失，儘管直言進諫。因而《明史・成祖本紀》給予他極高的評價，說他：「即位以後，躬行節儉，水旱朝告夕振，無有壅蔽。知人善任，表裡洞達，雄武之略，同符高祖。」

夫飢寒並至，而能無為非者寡矣

名句的誕生

農事傷，則飢之本也；女紅害，則寒之原也。夫飢寒並至，而能無為非者寡矣。

～西漢．漢景帝〈景帝令兩千石修職詔〉

完全讀懂名句

妨害農業生產，是人民飢餓的原因；妨礙女紅，是受凍的根源。當飢餓、寒冷等問題同時發生，能在煎熬中忍耐，不為非作歹的人，可說少之又少。

文章背景小常識

本文為漢景帝去世前一年，因為糧食歉收而頒布的詔令。漢景帝指出，人民在飢寒交迫時，難免為了生存鋌而走險，而政府應該為人民做的，一是鞏固以農立國，自給自足的務實經濟方針；二是從皇帝、皇后帶頭示範純樸簡靜的生活，不以奢侈浮誇的享受淆亂原本與民休息的政策；三是檢討糧食歉收事件是否有人為因素，若有官員中飽私囊、助紂為虐，則需嚴格治罪。全文僅兩百餘字，精簡扼要傳達了以農為本、與民休養生息的治國方針。

漢景帝繼承了父親漢文帝尊崇黃老，無為而治的寬厚仁政，治國十六年間曾多次減輕賦稅徭役，鼓勵農桑生產，也曾大赦天下，遣散後宮年長宮人。司馬遷於《史記．孝景本紀》評論：「漢興，孝文施大德，天下懷安，至孝景，不復憂異姓。」指出文帝主張寬仁安民，景帝除了繼續延續這套治國思維，並任命周亞夫平定七國之亂，從而解決了晁錯削藩意圖解決的諸侯問題，奠定中央集權的穩固基礎。

在文、景兩朝，人民休養生息，社會清明安和。《漢書·食貨志》曾記載文景之治時期社會富裕、米粟豐饒的盛景：「京師之錢累巨萬，貫朽而不可校。太倉之粟陳陳相因，充溢露積於外，至腐敗不可食。」真可說是明君治世的代表。

名句的故事

這篇詔書的一開始，漢景帝便精要闡述以淳厚治國的方針：一切器物衣飾的華麗雕繪不僅無助於治國，反而會妨礙農耕、製衣等基本生存勞務。當飢寒交迫煎熬時，人民為了生存胡作非為，這是人情之常，能不為惡的人實在少之又少。因此當國家面臨糧食欠收時，皇帝更應親身示範簡樸清靜、自給自足的生活。

「朕親耕，后親桑，以奉宗廟粢盛祭服，為天下先。」皇帝親自耕田，皇后親自養蠶，為宗廟祭祀親自準備膳餚與吉服。除此之外，景帝也主張「不受獻，減太官，省繇賦」，不接受獻禮，減少膳食排場，減輕人民勞役稅賦。為的是使百姓有充足餘裕休養生息，不必因皇室高官的過分要求滋擾民生，最終達致「強毋攘弱，眾毋暴寡，老耆以壽終，幼孤得遂長」，一個不恃強淩弱、扶老攜幼，眾人安寧和樂的理想社會。

然而在詔書末段，景帝也展現了寬厚之外的犀利嚴謹，表示將追究失職官員的責任。他懷疑有奸人從中得利：「縣丞，長吏也，奸法與盜盜，甚無謂也！」縣丞是地方官之首，若貪婪玩法，與盜賊串謀偷取國家與百姓的權益，則實在有失職守，特地要求丞相查辦是否有「不事官職耗亂者」，並將詔書昭告天下。這份詔書充分展現景帝苦民所苦，於仁厚之外又不失果斷鐵腕的作風。

歷久彌新說名句

「飢寒並至，而能無為非者寡矣」，點出人民受苦時走投無路、不惜為了最基本的生存違逆法律與道德良知的不得已。在古典文學作品中，也有為數眾多、直書人民苦難的寫實詩歌。中唐詩人白居易《秦中吟》的十首諷喻詩，即揭露了當時一系列社會弊病與民不聊生的慘狀，如〈輕肥〉：「食飽心自若，酒酣氣益振。是歲江南旱，衢州人食人！」高官富豪享盡水陸八珍，飲食奢靡講究，當他們酒足飯飽、意氣風發時，社會卻因乾旱導致飢荒，衢州發生人吃人的慘案。

而〈傷宅〉一詩指出權貴驕奢淫逸，大興土木，極力刻畫豪宅亭臺樓閣的複雜雕鏤。而「廚有臭敗肉，庫有貫朽錢」更顯現出嚴重的資源過剩與浪費，這樣巨量的財富，實應發揮更高的社會關懷，理應援助貧困挨餓的人民，詩人不禁憤怒質問：「豈無窮賤者，忍不救饑寒？」

至於〈買花〉詩中「上張幄幕庇，旁織笆籬護。水灑復泥封，移來色如故」，則描寫暮春時節京城人人瘋迷牡丹，除了漫天喊價，又對牡丹百般呵護。權貴者賞愛牡丹，卻無能也不願理解農夫「一叢深色花，十戶中人賦」的喟嘆。小小一束深紅牡丹，竟然要價十戶中等人家整整一年的稅賦！買花看似個人風雅的小嗜好，卻暴露了巨大的貧富落差與社會不平等。

上述詩歌皆以權貴的縱情享受對照貧民的忍飢挨餓，揭露權力者的耽溺自利，與社會強烈的失衡與剝削感。

民貧則奸邪生

名句的誕生

民貧則奸邪[1]生。貧生於不足[2]，不足生於不農[3]，不農則不地著[4]；不地著則離鄉輕家[5]。民如鳥獸[6]，雖有高城深池，嚴法重刑，猶不能禁也。

～西漢．鼂錯〈論貴粟疏[7]〉

完全讀懂名句

1.奸邪：奸詐邪惡之事。

2.不足：不富足。

3.不農：沒有從事農務。

4.不著地：無法定居於一地。

5.離鄉輕家：離開故鄉，忽略家庭。

6.民如鳥獸：人民如鳥獸般，居無定所。

7.疏：是臣子向皇帝陳述意見的文體之一，也稱「奏疏」或「奏議」。

百姓生活貧困，就會有奸佞邪惡的事情發生。貧困是因為不富足，不富足是因為沒有從事農業，不務農就不會在一個地方定居下來；如果人民無法定居，就會離開家鄉，忽略家庭，如同鳥獸般四處奔散，居無定所。如此，即使一國有高大的城牆、深險的護城河、嚴厲的法令和殘酷的刑罰，還是無法禁止奸佞邪惡等不法的事情發生。

文章背景小常識

鼂錯（西元前二〇〇年～前一五四年），潁川（今河南禹縣）人。初跟張恢學習申不害、商鞅的法家學說，在西漢文帝時曾經擔任太子劉啟的老師，被太子（即後來的西漢景帝）尊為「智囊」。鼂錯曾經針對當時匈奴不斷騷擾西漢邊境的情況，極力主張移民戍邊。認為把內地居民移到邊疆，可以一方面進行軍事訓練以鞏固邊防，又可以節約朝廷的開支，並改變國家貧苦而百姓不安的狀況。

在漢景帝時，鼂錯主張「削藩」，將分封的土地歸中央直接管轄。但執行過程中，因操之過急，引起了諸侯不滿，終於釀成了「七國之亂」，吳王劉濞等以「誅鼂錯，清君側」為名，威逼景帝。景帝迫於無奈，腰斬鼂錯於西安東市，當時的鼂錯才四十六歲。

〈論貴粟疏〉作於西漢文帝在位時，漢文帝除了奉行漢高祖劉邦施行的「與民休息」政策之外，更近一步促進商業的發展，但也因為商業發展而導致穀賤傷農，大地主、大商人兼併與侵奪農民的土地，大批農民流離失所。針對這一問題，鼂錯上了這篇奏疏，論述了「貴粟」（重視糧食）的重要性，提出重農抑商、入粟於官、拜爵除罪等一系列主張。

名句的故事

「民貧則奸邪生」的概念，早在春秋時期的管子已有類似的想法。《管子．牧民》：「倉廩實則知禮節，衣食足則知榮辱。」糧食足夠了，才能和百姓談禮節，穿暖吃飽了，才能教導人民知道什麼叫作羞恥。當上位者如果連百姓飽食這種最低需求都無法做到，即使做再多未來規畫與夢想藍圖，都是多餘的。這同樣與《論語》裡孔子與冉有到衛國的一段對話相似。

孔子到衛國，讚嘆著說：「此地人很多啊！」冉有問道：「人口這麼多，該怎麼辦才好呢？」孔子說：「先讓他們富裕起來。」冉有又問：「富裕之後又該怎麼辦呢。」孔子說：「教育他們。」

從孔子與冉有的對話中可以看出，管理一國家之人民，最先決的條件，是讓民眾基本生活得到保障，然後再執行教育。

漢朝開國之初，經濟蕭條，百廢待舉。漢

高祖劉邦實行與民休息政策，減輕租賦和徭役，抑制富商，限制商人對農民的兼併。至文帝時，漢朝經濟得到一定恢復，但由於採取不干預的自由放任經濟政策，使得商人的政治經濟勢力不斷膨脹。因此，先有賈誼在〈論積貯疏〉中指出富商乃是破壞社會經濟之主力，強力主張重農抑商。後有鼂錯力斥商賈囤積大量商品，等待高價出賣，牟取暴利，甚至藉其財力干擾政治。此即為鼂錯作〈論貴粟疏〉的時代背景。

歷久彌新說名句

鼂錯在這篇文章中說的「民貧則奸邪生」，主要是針對西漢文帝、景帝時代，社會上所存在的嚴重經濟問題。因為有錢的大地主、商人們，不斷的兼併土地、聚斂財物，導致農民流離失所、生活困頓。即使是生活在現代的我們，也可以想見當時的百姓因為貧困，日子幾乎過不下去所衍生出來的社會經濟、治安等問題！

俗話說：「無商不通貨財。」司馬遷在《史記》的〈貨殖列傳〉也曾感嘆，「用貧求富，農不如工，工不如商。」古人很清楚，商人在追求財富上的職業優勢，但是在以農立國的環境裡，農業是國家的根本，是最主要的生產力，而買低賣高、賺取價差、囤積財貨的商人，總是被歸類在無益於國家生計、戕害百姓生活的「壞人」角色，甚至就像〈論貴粟疏〉的敘述一樣，變成「民貧則奸邪生」的始作俑者！

然而歷史的發展證明，商人並非萬惡淵藪，更不是拖垮國家經濟的主因，不過「民貧則奸邪生」卻一直是古今中外的歷史事實。秦代末年政府逼迫貧苦的農民去防守邊疆，逼得陳勝和吳廣等人揭竿起義；而被《三國演義》稱為「黃巾賊」的暴民，則是一群因生活困頓、流離失所的無助百姓……治民就像治水一樣，只有人民生活安定，也才有社會安定可言。

女無美惡，入宮見妒；士無賢不肖，入朝見嫉

名句的誕生

故女無[1]美惡，入宮見妒[2]；士無賢不肖，入朝見嫉。昔司馬喜[3]臏腳[4]於宋，卒相[5]中山[6]；范雎[7]拉脅折齒[8]於魏，卒為應侯[9]。

～西漢．鄒陽〈獄中上梁王書〉

完全讀懂名句

1. 無：不論。
2. 見妒：受到嫉妒。
3. 司馬喜：戰國時期衛國人。《戰國策．中山策》記載他三次任中山國相。名字有作「司馬憙」，又作「司馬憙」，中山銘文作「司馬賈」。
4. 臏腳：臏：古代刑罰之一，指剔除膝蓋骨。臏腳即是砍斷腳的刑罰。
5. 相：擔任宰相。
6. 中山：中山國，戰國時期的一個諸侯國。
7. 范雎：雎，音ㄐㄩ。戰國時代的著名策士，出身於魏國，擅長辯論，以遠交近攻的策略遊說秦國，秦昭王拜他為相。
8. 拉脅折齒：肋骨和牙齒都被打斷。
9. 應侯：范雎入秦擔任秦昭襄王宰相，封地在應城（今河南魯山之東），所以又稱為「應侯」。

所以女子不論美醜，只要進入宮中就會受到妒恨；士人不論賢能與否，一旦進入朝中就會遭人嫉妒。從前司馬喜在宋國被斬斷腳，後來卻做了中山國的宰相；范雎在魏國被打斷肋骨與牙齒，到秦國卻被封為應侯。

文章背景小常識

鄒陽是西漢齊人。西漢文帝時，為吳王劉濞的門客，以文采辯論著名於世。吳王心懷陰謀想要叛亂，鄒陽上書諫止，吳王不聽，因此鄒陽與枚乘、嚴忌等人離吳去梁，後為西漢景帝的胞弟梁孝王門客。

梁孝王劉武是文帝竇皇后的小兒子，漢景帝的同母弟，有嗣位之意。鄒陽力勸梁孝王，認為此事不可行，羊勝、公孫詭卻藉機以讒言害鄒陽，鄒陽因而被捕下獄。他在獄中上書，慷慨陳述了自己自始至終的所作所為。梁王見書，立即釋放了他。後來漢景帝聽從大臣爰盎進言，立七歲的劉徹為太子。羊勝、公孫詭為梁王獻謀，派人刺殺爰盎。景帝追查兇手，梁王不得不下令讓羊勝、公孫詭兩人自殺謝罪，於是改奉鄒陽為上客。鄒陽替梁王求救於景帝寵妃王美人的兄長王長君，請其為梁王說情，果然起了效果，梁王得以保全。

〈獄中上梁孝王書〉是鄒陽為自己辯誣的文章。當時鄒陽處於非常窘困的境地：一方面梁孝王聽信羊勝、公孫詭等的讒言將他判罪，使其入獄，若鄒陽直說自己無罪，等於直斥梁王昏聵，處境將更為不利；另一方面，若不說明事實，又無法澄清自己的冤情。幸而此事最終如鄒陽所願，說服梁王，從死牢裡走了出來。

名句的故事

鄒陽在〈獄中上梁王書〉中，引了戰國時期的司馬喜與范睢為例。

司馬喜初仕宋國，不知犯下何罪被打斷膝蓋，不得志離開了宋國，來到中山國。中山國大臣季辛與司馬喜不和，司馬喜知道季辛和爰騫有仇，暗中派人殺死爰騫，嫁禍給季辛。中山國君認為是季辛所為，便將季辛誅滅，又拜司馬喜成為相並被封為藍諸君。

范睢原本是魏國公族，在魏國卻不受用，後投到魏大夫須賈門下為賓客。在某一次隨須賈出使齊國時，被懷疑通齊賣魏，因此在歸國後遭鞭笞，幾乎致死，又被下令扔進茅廁。僥倖逃生後，他隨秦國使者王稽偷偷到了秦國。范睢見秦昭襄王之後，提出了遠交近攻的策略，主張將韓、魏作為秦國兼併的主要目標，同時與齊國等保持良好關係。後來又提醒昭襄王，秦國的王權太弱，需要加強王權，這個提議再次贏得昭襄王的信任，將他封於應（今河南寶豐西南），號為應侯。

鄒陽透過司馬喜與范睢的例子，說明他們所承擔的罪名，或許不見得是真的犯罪，而是冤屈，有才之人如能好好利用，終究可為國君立下了不可抹滅的功勞。

歷久彌新說名句

雖然〈獄中上梁王書〉中舉出的例子司馬喜和范睢，最後都分別獲得宰相和侯爵的殊榮，不過他們的遭遇說明了人性嫉妒的可怕！真實的歷史中，並非所有受到嫉妒的人，都能如這兩個人一樣幸運。而嫉妒之心人皆有之，即使是備受秦始皇重用的李斯，仍然嫉妒同窗好友韓非的才能，向秦王進讒言，將他害死在獄中；武將龐涓也嫉妒師出同門的孫臏，施以毒計導致他終身殘疾。

吳起雖然是歷史上難得的軍事家，但年輕的時候性格魯莽偏激，行事風格激烈獨斷，讓他總是招受同僚的非議，只好不斷投奔其他國家，最後輾轉來到楚國，受君王重用。但他因為積極的變法革新而得罪楚國貴族，不僅招來怨恨，更埋下了殺身之禍，所以當楚悼王過世，貴族們發動兵變，即使吳起跑到楚悼王的停屍處，趴在楚悼王的屍身上，希望藉此保命，仍身中數箭而亡，死後的的屍身，還被處以車裂肢解之刑。吳起的故事，完全印證了「士無賢不肖，入朝見嫉」的道理。

真正能入宮被人嫉妒的一定是美女，能上朝被人嫉妒的一定是賢士。南懷瑾先生很喜歡提的一幅對聯是這麼說的：「能受天磨真鐵漢，不遭人嫉是庸才。」遭嫉才是賢才，耐磨才是鐵漢！

偏聽生姦，獨任成亂

名句的誕生

故偏聽[1]生奸，獨任[2]成亂。昔魯聽季孫[3]之說逐孔子，宋信子冉之計囚墨翟[4]。夫以孔墨之辯[5]，不能自免於讒諛[6]，而二國以危。

～西漢．鄒陽〈獄中上梁王書〉

完全讀懂名句

1. 偏聽：只聽信一方的話，不能持平地聽各方的話。
2. 獨任：獨斷而行。
3. 季孫：名斯，即季桓子，春秋時期魯國大夫。
4. 墨翟：墨翟為歷史上知名人物墨子。是宋國君主宋襄公的哥哥目夷的後代。目夷生前是宋襄公的大司馬，後來目夷的後代因故從貴族降為平民，後簡略為墨姓，為墨家學派的創始人。
5. 辯：口才。
6. 讒諛：誹謗或挑撥離間的話。

所以只聽信一方的話會讓奸佞之人有機可乘，太過獨斷不與人商量會造成禍患混亂。從前魯國聽信了季孫的壞話趕走了孔子，宋國採用了子冉的詭計囚禁了墨翟。憑孔子、墨翟的口才，還免不了受到誹謗、挑撥離間之語的中傷，導致魯、宋兩國則陷於危險的境地。

名句的故事

「偏聽生姦，獨任成亂」引用了季孫斯與孔子、子冉（有版本作「子罕」）與墨子的例子，說明就算是再光明磊落、善於辯論的人都不能免除讒言之災。

季桓子，即季孫斯，春秋時魯國卿大夫。春秋末年，他的父親季孫意如死後，季氏家臣陽虎囚禁季孫斯，並且掌握了魯國的政權長達三年之久。在一次叛變失敗後，陽虎逃走，季孫斯想利用孔子幫助三桓（季孫氏、叔孫氏、孟孫氏）打擊當權的家臣，但是孔子卻主張提升魯國君王的實力，利用三桓與其家臣的矛盾，讓季孫氏、叔孫氏同意各自拆掉了自己的城邑。但孟孫氏被家臣所煽動而反對毀城邑，導致孔子計畫受挫，最後的結果，反倒是季孫氏逼孔子離開魯國，列國周遊。

墨子在一次外交行動上，阻止了楚國攻打宋國。回到魯國後，宋國使者隨即到了魯國，原來是宋國的國君請墨子到宋國參政。墨子和宋君本是同宗，而且宋國一向接受他的主張，於是欣然前往，希望能在宋國實踐自己的學說。墨子到了宋國後被國君拜為大夫，參與管理朝政。宋昭公末年，宋國政局混亂，墨子遊說群臣，希望改變目前宋國爭權奪利、互相殘殺的局面，卻沒想到最後被季孫斯設計，而成了階下囚。

歷久彌新說名句

〈獄中上梁王書〉說的「偏聽」與「獨任」等行徑，在人身上往往是同時並存、相互共生，成為一種負面性的「相輔相成」。特別是在意識到危及政權等大事上，人們總有「寧可錯殺一百，不可放過一人」的錯誤觀念，正是這種獨斷獨行的偏激心態，讓掌握生殺大權的古代君王，總是在盛怒之下，聽信讒言，早已有了先入為主的既定想法，因而做出影響客觀判斷的決定。這也是為什麼歷代錯殺忠良的例子比比皆是的原因。

以秦始皇為例，他不滿朝堂上的大臣與自己意見相左、又憎恨民間毀謗他的儒生術士，就如司馬遷《史記》中說的「始皇為人，天性剛戾自用」，於是接受李斯等人的建議，以蠻橫的方式處理問題，因此還背負了焚書坑儒的千古罵名。

即使是雄材大略的漢武帝，當他聽聞遠在關外征戰的李陵，在戰事失敗後歸降匈奴，便片面認為李陵與匈奴勾結，氣得誅殺他的家人，就連為李陵伸冤的司馬遷也跟著遭殃。漢武帝的舉措致使原本心懷漢室，想以投降作為幌子摸清匈奴虛實的李陵，憤恨到與武帝誓不兩立。

同樣的情況還發生在明朝，明末大將袁崇煥戎馬半生，戍衛邊疆，然而崇禎皇帝猜疑，又聽信讒言，懷疑袁崇煥通敵，竟將他凌遲處死，造成千古冤案。

眾口鑠金，積毀銷骨也

名句的誕生

眾口鑠金[1]，積毀銷骨[2]也。秦用戎人由余[3]而霸中國[4]，齊用越人子臧而強威、宣[5]。此二國豈係於俗，牽於世，繫[6]奇偏之浮辭哉？

～西漢．鄒陽〈獄中上梁王書〉

完全讀懂名句

1. 眾口鑠金：鑠：熔化。與論力量大，連金屬都能熔化。比喻眾口一詞可以混淆是非。
2. 積毀銷骨：積：聚。毀：譭謗。銷：熔化。指不斷的譭謗能使人毀滅。
3. 戎人由余：由余，祖先本是晉國人，春秋早年逃亡到西戎，後為秦穆公所用。
4. 霸中國：在中原稱霸。
5. 強威、宣：威，指齊威王。宣，指齊宣王。強，強大。
6. 繫：拘泥。

眾人一詞的言論，足以使金子熔化，積年累月的誹謗可以銷蝕骨骸。秦國任用了戎人由余而稱霸於中原，齊國用了越人子臧而威王、宣王兩代強盛一時。這兩個國家難道受到世俗看法的束縛，為世人所牽制，被少數偏頗不實的言辭所左右嗎？

名句的故事

「眾口鑠金」這句話最早來自於《國語．周語下》中的「眾心成城，眾口鑠金」。

春秋末年時，周景王想要鑄造一口極大的

鐘。單穆公和樂師州鳩知道了這件事，勸阻他打消鑄鐘的念頭。州鳩提醒景王，鑄造大鐘，如果人民都十分贊成，那才叫和諧；但如今勞民傷財，人民對當政者十分怨恨，這種情形怎麼能叫做和諧呢？而且人民所厭惡的，很少有不成功的；人民所贊同的，很少有不失敗的。州鳩認為這就是俗話所說「眾心成城，眾口鑠金」的道理啊！然而周景王不聽勸告，終究是打造了大鐘。

鄒陽的這段話，除了提到周景王以外，還有由余、子臧的故事。

由余的祖先原為晉國人，因避亂逃到西戎。後來由余奉命出使秦國，便留在了秦國，被秦穆公任為上卿（即宰相），為秦穆公出謀畫策，幫助秦國攻伐西戎，一舉攻下了十二個戎國，稱霸西戎，使秦位列春秋五霸。至於另一個人物越人子臧，史書上未見記載，只能從歷史上得知，齊國之強盛，從齊威王開始。

鄒陽引用這些故事，是想說明一個聖賢的君王，會聽取各種意見，只要能為己所用，即使是胡人、越人，又有什麼關係，由余和子臧就是最好的例子。

歷久彌新說名句

荀子說：「流言止於智者。」具有智慧的人，會去思考並判斷聽到的話是否屬實，如果只是沒有根據的謠言，就不會讓它再繼續散播下去了，這也是俗話所說的「謠言止於智者」。因為語言是人與人之間溝通、交換訊息的工具，一旦被濫用、被誤用，反而成為混淆視聽、製造紛亂、對彼此的情感與信任最具殺傷力的破壞者！所以真正聰明的人，會懂得「三人成虎」、「曾參殺人」的可怕性，讓傷害、抵毀他人的流言蜚語，在傳到自己耳邊之後停止。《禮記》說：「久不相見，聞流言不信。」也是相同的道理。

「眾口鑠金，積毀銷骨」的傷害性太大了，而鄒陽〈獄中上梁王書〉強調，作為掌管天下的君王，更要多方面思考、多聽取不同的意見，用更為宏觀的角度來檢視全局，避免偏聽盡信。試想，當初宋高宗如果能再仔細審視秦檜等人的言論，或許岳飛尚有率領著南宋精兵，與敵人血戰沙場的機會，而不是被迫退師回朝，下獄而死，徒留「十年之力，廢於一旦」的遺憾！

合則胡越為兄弟，不合則骨肉為讎敵

名句的誕生

故意合則胡越為兄弟，由余、子臧是矣；不合則骨肉為讎敵，朱[1]、象[2]、管、蔡[3]是矣。今人主誠能用齊、秦之明[4]，後宋、魯之聽[5]，則五霸[6]不足侔[7]，而三王[8]易為也。

～西漢．鄒陽〈獄中上梁王書〉

完全讀懂名句

1.朱：丹朱，是中國古代君主帝堯十子中的長子。傳說丹朱頑劣，堯發明圍棋以教育丹朱，陶冶其性情。並無骨肉為讎敵的事。

2.象：虞舜的異母弟，受封於有庳（今湖南道縣北），性情傲狠。曾與父親一起謀害舜。

3.管、蔡：管叔，蔡叔，皆周武王之弟。武王死後，他的兒子成王年幼，由周公攝政。管叔、蔡叔與紂王之子武庚一起叛亂，周公東征，誅武庚、管叔，放逐蔡叔。

4.齊、秦之明：指秦國任用了戎人由余而稱霸於中原，齊國用了越人子臧而威王、宣王兩代強盛一時。

5.宋、魯之聽：指魯國聽信了季孫的謬語趕走了孔子，宋國採用了子冉的詭計囚禁了墨翟。

6.五霸：即春秋五霸，指齊桓公、晉文公、秦穆公、宋襄公、楚莊王。

7.侔：音「謀」，匹敵的意思。

8.三王：指夏禹、商湯、周文王。

所以心意相合，就是胡人越人也可以視為兄弟，由余、子臧就是例子；心意不合就是親骨肉也可以成為仇敵，丹朱、象、管叔、蔡叔就是例子。今日的君主要是真能採取齊國、秦國的明智立場，置宋國、魯國的偏聽、偏信於腦後，那麼即使是五霸也難以匹敵，就算是三王那樣輝煌的盛世，也能夠容易達成的啊。

名句的故事

鄒陽在此段文句中，想表達出聖明的君王之所以能成就聖明，是因為有所醒悟，不自以為自己永遠是對的。如晉文公親近往日的仇人，終於稱霸於諸侯；齊桓公任用過去的敵對者，從而成就一匡天下的霸業。聖明的君主統治世俗，要有主見，不可被阿諛奉承的話牽著走，不因眾說紛紜而改變主張。

若是要讓天下有遠大氣度的人才，受到權勢之人的囚禁，受到顯貴之人的脅迫，而破壞自我的操守，來侍奉進讒阿諛的小人，求得親近君主的機會，那麼，士人只有隱伏老死在山洞草澤之中罷了，哪會有竭盡忠信投奔君主的人呢！

有時候人才即為非常之人，就看君主敢不敢唯才是舉，不拘一格的任用。對此，草莽出身的漢高祖劉邦有很好的詮釋。

陳平原本是項羽的謀士，曾深受重用，轉投到漢營之後，求見劉邦，兩人縱論天下大事，十分投契。劉邦並不以他曾為項羽的下屬而猜忌，反而非常高興能夠得到這樣的人才，按照陳平在項羽麾下的官職拜為都尉，讓他留在身邊作參謀，並監護三軍。後來成為劉邦一統天下的大功臣。人無完人，金無足赤，作為上位者應當知人而善用，善於發現人才，尋找人才，瞭解他，並把他放到合適的位置。君主對待臣下不要總是究其缺點，應取其長，加以放在合適的位置就能起到巨大作用，所謂用人之長，天下無不用之人；用人之短，天下無可用之人。

歷久彌新說名句

〈獄中上梁王書〉這句話是在強調，當彼此心意相合、理念相同時，就是有志一同、甚至可以同舟共濟的共患難夥伴；相反的，就如孔子所說的「道不同，不相為謀」，即使是血濃於水的親人，也會漸行漸遠、甚至形同陌路。

一旦利益糾葛，導致血濃於水的親人形同陌路時，難免上演「不合則骨肉為讎敵」的慘劇。西漢時的「七國之亂」，是劉姓宗室之間的一場叛亂，以吳王劉濞為中心的七個同姓諸侯，因為不滿國家削減他們的權力，所以興兵引起內亂；西晉發生的「八王之亂」，是西晉司馬氏一族，為了爭奪權力而展開的內戰，八個同姓諸侯互相殘殺，竟歷時十六年之久；而明代的「靖難之變」也是因為明太祖的第四子燕王朱棣，為了竄奪權位起兵反叛。

漢文帝是帶領國家進入社會安定、百姓富裕的明君，也願意用寬恕包容的態度對待外族和諸侯，可惜卻容不下自己的親兄弟：被封為淮南厲王的劉長。劉長是漢文帝最小的弟弟，兩人在孩提時代的關係也最親密，但是當漢文帝即位之後，劉長仗恃著自己的身分而傲慢驕縱，一再違法亂紀。漢文帝最初念及手足親情，時常寬容赦免他的過失，不料最後劉長竟然聯合匈奴，想要圖謀叛變，東窗事發以後，漢文帝把他流放邊疆，心情鬱悶的劉長在押送的過程中絕食身亡。當時民間流傳一首「一尺布，尚可縫；一斗粟，尚可舂。兄弟二人，不能相容」的歌謠，為了國君和自己最親的兄弟不能相容的故事而嘆息。

禍亂之作，將以開聖人也

名句的誕生

「臣聞齊有無知之禍，而桓公以興；晉有驪姬之難，而文公用伯。近世趙王不終，諸呂[1]作亂，而孝文為太宗。由是觀之，禍亂之作，將以開聖人也。……」

～西漢．路溫舒〈尚德緩刑書〉

完全讀懂名句

1. 諸呂：漢高祖死後的期間，呂太后積極扶植呂氏一族力量，封呂氏親族為王。

「我聽說齊國有了公孫無知殺死襄公的禍事，桓公卻因此興起；晉國發生了驪姬進讒那樣的災難，文公反而因此在諸侯中稱霸。近世趙王不得善終，呂氏家族為亂，而孝文帝卻反被尊為太宗皇帝。由此看來，因為有禍亂的產生，才造就聖人的開創機會。……」

文章背景小常識

〈尚德緩刑書〉是一篇勸諫皇帝的奏章。路溫舒撰文勸誡宣帝減省法制、放寬刑罰、崇尚德政，針對司法改革的提出建議，希望朝廷改變以往重刑罰、重用治獄官吏的政策。

文章從春秋時期的齊桓公、晉文公成就霸業說起，又從反面指出秦朝的過失，揭露了漢朝獄吏的危害，最後歸結到「掃亡秦之失，尊文武之德」，想要說服宣帝改善自武帝以來的嚴刑峻法、冤獄四起的情況。

路溫舒認為秦朝滅亡的原因，主要是法密政苛、重用獄吏。而漢承襲了秦朝這一弊政，因此必須改革。另外，他也反對刑訊逼供，認為用刑逼迫罪犯編造假供，給獄吏枉法定罪大開方便之門。他更提出廢除誹謗罪，讓百姓能夠有申訴之道。

路溫舒提出的主張，後來得到宣帝的重視，下詔在廷尉下設置「廷平」一職，負責審理冤獄。

名句的故事

路溫舒的〈尚德緩刑書〉中，在開頭列舉了「無知之禍」、「驪姬之難」、「趙王不終，諸呂作亂」之例，藉此證明國家動盪並非危機，而是轉機，如能加以改革，可能更為興盛。

無知之禍發生在魯莊公八年（西元前六八六年）。連稱與管至父兩人知道公孫無知怨恨齊襄公，便慫恿公孫無知發動叛亂。後來，公孫無知果然用計殺害了齊襄公後自立為國君。

公孫無知對待齊國大夫雍廩很暴虐，因此雍廩深為怨恨。即位的第二年（西元前六八五年）春天，公孫無知到雍林遊玩，雍廩趁機襲擊並殺死了他。公孫無知死後，齊僖公之子、公孫無知的堂兄弟公子小白返回齊國即位，是為齊桓公。桓公重用管仲，使齊國再度強盛，成為春秋五霸之一。

「驪姬之難」中的驪姬，是驪戎國君之女，後被晉獻公擄去，以美色獲得專寵。她與優施通姦，合謀排擠太子申生，想改立自己所生的兒子奚齊為太子。後來驪姬果然害死申生，逼使公子重耳、夷吾兩人逃亡國外。獻公死後，驪姬與其子都被殺，晉國遭遇一連串的紛爭與波折，最後重耳返國即位，在趙衰、狐偃、魏武子、介之推等臣下的輔佐下，成為春秋五霸之一。雖然在位只有九年之時間，但奠定晉國接下來將近百年的霸權。

「趙王不終」中的趙王，指的是劉邦之子趙王劉如意。趙王是劉邦寵妃戚夫人所生的兒子，從小受劉邦寵愛。戚夫人因此生出非分之想，想立如意為太子。在戚夫人的慫恿下，劉邦企圖廢呂后的兒子劉盈，改立如意，但此事未成。劉邦去世後，劉盈繼位，是為漢惠帝。

隔年呂后趁惠帝出外打獵，將劉如意殺死，當時趙王年僅十歲。

惠帝死後，呂后專政，大封呂氏家族，呂家的外戚氣焰高張，甚至掌握了兵權。呂后死後，諸呂想要造反，於是大臣們商議誅殺，迎接劉恆繼位，就是後來開創文景之治的漢文帝。

歷久彌新說名句

「禍亂之作，將以開聖人」，是古今中外的歷史規律，更是改朝換代時的必經過程。夏代在末期出現暴虐無道的桀，夏桀對政事不聞不問，個性又殘忍狠毒，每天沉溺在飲酒作樂的荒淫生活中，導致內政不修、外患不斷，百姓生靈塗炭。在一片民不聊生、哀鴻遍野中，武湯出現了！武湯起兵討伐了夏桀、結束了維持四百多年的夏代。商湯在中國建立了煥然一新的政權，可惜傳到末代，又有生活驕奢、殘忍暴虐的商紂王帝辛。商紂王沉浸在妲己的美色之中，後來又持續發動討伐東南部族的戰爭，把國家弄得國困民乏，因此又出現周武王的革命而建立了西周，讓百姓重回安穩的生活……

所以俗話說「亂世出英雄」。國家在遭逢君王昏庸、外敵環伺的各種禍亂時，伴隨而來的就是民間社會的動盪紛亂，導致百姓無以為生、民心思變，所以就連孟子都主張：毀壞義理、不行仁道的君王，是眾叛親離的「獨夫」，世人討伐「獨夫」是理所當然的事情，若能拔除獨夫，消弭禍亂，就有可能開創新局。

聖人和英雄們穩定混亂世道、開創嶄新局面的過程，往往都是一項「革命」，革命或許可以不需武力、不用流血，卻必須符合社會的要求與百姓的期待，所以《易傳》說：「天地革而四時成，湯武革命，順乎天而應乎人。」如今的生活中或許沒有太多、太嚴重的禍亂值得去煩惱，不過逆境不僅限於國家，經常也發生在個人身上。若是能在個人逆境中積極地尋找機會，在面對困境時，嘗試突破自我，也不失為「禍亂之作，將以開聖人」的一種表現方式。

正言者謂之誹謗，遏過者謂之妖言

名句的誕生

正言[1]者謂之誹謗，遏過[2]者謂之妖言，故盛服先王[3]不用於世，忠良切言皆鬱於胸；譽諛之聲[4]日滿於耳，虛美薰心，實禍蔽塞，此乃秦之所以亡天下也。

～西漢．路溫舒〈尚德緩刑書〉

完全讀懂名句

1. 正言：正直的言論。
2. 遏過：防止過失。
3. 盛服先王：竭力服膺先王的人，此指儒者。先王：指夏禹、商湯、周文王等行仁義道德的帝王。有版本或作「盛服先生」，所指同為儒者。
4. 譽諛之聲：奉承阿諛的言論。

正直的言論被認為是誹謗，阻攔犯錯誤的話被說成是妖言，所以那些衣冠整齊的儒生在當時不被重用，忠良懇切的言辭都鬱積在胸中；稱讚阿諛的言語天天不絕於耳，虛偽的讚美迷住了心竅，而實際上所存在的禍患都被遮蔽、掩蓋住了，這就是秦朝失去天下的原因。

名句的故事

路溫舒此段文字，舉秦代為例子。秦朝有很多失誤的地方，其中負責審案的官吏違法判案的問題直到漢代都還存在。按照輕罪重刑原則，秦律可以被稱為苛政嚴刑。起初，人民尚可承受此，但隨著秦始皇統一天下後，徭役越來越重、刑罰越來越苛，韓、趙、魏、楚、燕、齊的遺民不能接受此等苛法，而關中秦民也希望能緩和徭役，因此埋下了秦朝動盪不安的後果。

秦皇二十六年（西元前二二一年）初併天下，丞相王綰等提出「封諸侯，建藩衛」的建議。朝中大臣都贊同這個建議，唯獨李斯提出異議。李斯認為不應該再沿襲周朝的封建制，而應當設立新的郡縣制度。秦始皇讚賞李斯的看法，於是確立了郡縣制的政府體制。

接著，李斯又提出了「以吏為師」的建議，百姓向掌握國家法令的官吏學習，把思想統一於國家法令。為了使法律、法令能在更廣的範圍、更深的層次得到貫徹和施行。秦朝鼓勵並要求全國的官與百姓學習法條、知曉法條，規定為官者必須通曉法條，民眾學習法條則應「以吏為師」。李斯認為光有統一的政治制度還不夠，必須統一人心、統一思想，但這種作法卻造成了嚴重的後果，即秦皇三十五年（西元前二一二年）的「坑儒」事件。也正是焚書和坑儒事件，導致李斯與秦始皇成為千古罪人，自漢初以後，受到嚴厲的抨擊和批判。

歷久彌新說名句

《韓非子》說：「夫良藥苦於口，而智者勸而飲之，知其入而已己疾也；忠言拂於耳，而明主聽之，知其可以致功也。」意思是效果良好的藥物，雖然苦澀到難以入口，但是聰明有智慧的人，仍舊會督促自己勉強喝下去，因為他知道那藥物雖然苦，卻對眼前的疾病很有效用；忠心正直的言論雖然聽了會令人難受，但是英明的君主依然會聽從，因為他知道這些話語，能夠讓自己成就功業。

司馬遷《史記》記載，劉邦在攻入咸陽之後，發現華麗的秦朝宮室中，寶物、美女不計其數，想要長住其中，盡情享樂，即使與他一起打天下的部將樊噲苦言相勸，他也不願聽從。後來，張良以「良藥苦口利於病，忠言逆耳利於行」來提醒劉邦，讓他明白樊噲是為大局著想、為前途而擔憂。大夢初醒的劉邦，於是封閉府庫，離開秦宮。

唐代的魏徵，算是歷史上難得有善終的耿介忠臣，史書記載他「有志膽，每犯顏進諫，雖逢帝甚怒，神色不徙」。以諫諍聞名的魏徵，即使唐太宗氣到天威震怒，依然面無懼色、態度堅定。幸好唐太宗每一次都能在最後關頭控制住脾氣、漸漸息怒，檢討反思。後來魏徵病逝，太宗對群臣痛哭說：「以銅為鏡，可以正衣冠。以古為鏡，可以知興替。以人為鏡，可以明得失。朕當常保此三鏡，以防己過。今魏徵殂逝，朕遂亡一鏡矣！」魏徵直言敢諫，唐太宗又能虛心接受，他們君臣相得的事蹟，成為後人傳誦不已的千古佳話。

棰楚之下，何求而不得

一般人在安適的時候就會顯得快樂，痛苦的時候就想要求死。在木棍荊杖鞭打的痛苦下，有什麼想要的答案會得不到？當被囚禁的人忍受不了疼痛，就會說假話以認罪；審案的官吏利用這種情況，故意說出某項罪名，指點罪犯應該招認這樣的罪狀；又擔心案子報上去後會被駁退回來，於是違法羅織罪狀，套上既定的罪名。

名句的誕生

夫人情安則樂生，痛則思死，棰楚[1]之下，何求而不得？故囚人不勝痛，則飾詞以視之；吏治者利其然，則指道以明之；上奏畏卻[2]，則鍛練[3]而周[4]內[5]之。

～西漢．路溫舒〈尚德緩刑書〉

完全讀懂名句

1. 棰楚：古代刑具。棰，木棍。楚：荊條。棰楚，此指鞭打。
2. 卻：批駁退回。
3. 鍛練：比喻酷吏枉法，多方編造罪名。
4. 周：周密。
5. 內：同「納」，歸納。

名句的故事

以刑訊來逼供，逼使囚人造假承認罪名，這樣的作法一旦成為常態，司法就無法公正。審案的官吏苛刻嚴峻的對待嫌犯，無辜者就有可能遭到殘害，而真兇反而逃脫法律約束。司法一旦偏頗，制度無存，一切事情都馬馬虎虎，遲早動搖國家基礎，可說是一切大害的開始。

從秦始皇開始，刑罰就非常嚴苛，一人犯法，罪及三族；一家犯法，鄰里連坐。從湖北出土的「睡虎地秦簡（雲夢秦簡）」中可以看出，秦代刑法內容涉及農業、倉庫、貨幣、貿易、徭役、置吏、軍爵、手工業等方面，為了避免誤判，制訂極為詳細，卻不知上有政策，下有對策。秦二世即位後，律法變本加厲，更加殘暴，以「殺人眾者為忠臣」，用判罪刑多寡來分辨官吏優劣，在這樣扭曲的標準下，各級官吏成為殘酷的劊子手。然而，嚴格的法律並沒有使秦代的社會穩定、百姓生活安定，相反的卻使得各階層的人們，特別是一般百姓受害，無辜被殺、冤獄橫生，社會不寧。

可見法律只是政治的工具，但不是決定政治清濁的根源。法律制定越多，越細、越嚴苛，社會卻未必因此而越來越安定。

歷久彌新說名句

〈尚德緩刑書〉中的「棰楚之下，何求而不得」，露骨的表達了審案官吏在訊問罪犯時的冷血殘酷，其所使用的刑求方式，更足以讓我們想像到當時罪犯在面對訊問時，遭受到的各種恐怖對待。

西漢成帝時，有個官員名叫尹賞，以手段凶殘聞名。當時長安有許多無業、遊蕩的少年結黨作亂，當街搶劫、殺害文武官員。成帝於是任用尹賞擔任長安令。尹賞上任後，修建監獄，命人向下挖掘出深有數丈的大洞，名為「虎穴」，接著讓地方官員舉報長安城中那些惡劣的少年子弟，並針對沒有本地戶籍的商販、工匠進行審核，一口氣逮捕數百人。

尹賞逐一審查，釋放與他有深交的朋友家子弟、舊日官吏或善良人家的孩子，其他的一概認定都是盜匪，將他們投入虎穴中，以大石蓋住穴口。

數日後，穴底的人死去。尹賞命人將屍骨取出掩埋，在木柱上寫下姓名。等一百天後屍首盡腐，才讓死者家屬們將屍體掘出取回。一時間家屬悲痛哀嚎，景象悽慘。雖然尹賞在數月內就平定了長安的混亂，然而到底他所殺的人們之中到底有多少是真正的惡徒，又有多少人是受牽連的無辜者，很難斷定。他們求生不得，遭尹賞以殘酷冷血的手段處死，可見當時法令凶殘、獄政黑暗，委實令人不寒而慄。

天下之患，莫深於獄

名句的誕生

「畫地為獄[1]議不入[2]；刻木為吏期不對[3]。」此皆疾[4]吏之風，悲痛之辭也。故天下之患，莫深於獄；敗法亂正，離親塞道，莫甚乎治獄之吏，此所謂一尚存[5]者也。

～西漢．路溫舒〈尚德緩刑書〉

完全讀懂名句

1. 畫地為獄：在地上畫個範圍，當成禁錮的監獄。
2. 議不入：指百姓相互交談，希望不要被關進去。
3. 刻木為吏期不對：期，希望。不對，不要遭遇到。這句話的意思是即使是用塊木頭刻成官吏的樣子，但百姓也希望不要面對它。
4. 疾：痛恨。
5. 一尚存：指秦朝十種過失中，至今仍存的一種苛政。

「即使是在地上畫個範圍，當成禁錮百姓的監獄，百姓們也不願意被關；即使用塊木頭刻成官吏的樣子，百姓們也希望能不要面對它。」這反映出社會上痛恨獄吏的風氣，是多麼悲痛的言語。天下的禍害，沒有什麼比得上不肖法官違法判案；敗壞法紀，擾亂正道，使親人分離，道義不明，能作出這種傷天害理的事，沒有誰比不當判案的官吏更厲害的。這就是我所說的秦朝的十種過失，至今仍然存在的一種。

名句的故事

秦始皇三十四年（前二一三年），始皇採納丞相李斯的建議，焚燬除秦國以外的列國史書，除博士（掌管全國古今史事以及書籍典章的人）之外，如私藏百家之書、私議百家學說者，都受到懲罰。只有醫藥、卜筮、種樹等與政治無關的實用性書籍可以保存。而想學習法律的人，以吏為師，在實踐中掌握。這一套控制思想、實行「以法為教，以吏為師」的政令，讓獄吏掌握了極大的權力。

「畫地為獄議不入，刻木為吏期不對」這句話，引用的是商周期間的法治狀況。只要在地上畫一個圈圈，就可以約束、禁錮犯了法的人，圈外則用木頭刻成官吏的樣子，代表這「地牢」還是有「木吏」在監看，當時民風純樸，習於守法，民眾不敢反抗或脫逃。整句話的意思，傳達出老百姓威懼嚴刑峻罰，就算是地上劃的圈圈、木頭刻的獄吏，也會讓老百姓害怕，何況是被關進真正的監牢或碰上真正的獄吏。

秦代的獄吏把苛刻當作嚴明，利用權勢讓百姓的輿論無所出，使執法者，執法嚴厲的獲得公平之名；執法持平者，反而自己有被誣失職的後患。獄吏們求得自身安全的辦法就在於置人於死地，一句「自安之道在人之死」，千萬人的人頭就這樣滾滾落地了，所以說「天下之患，莫深於獄」。

審案的官吏苛刻嚴峻地對待犯人，殘害人沒有止境，辦一切事情都馬馬虎虎，不顧國家遭到禍患，這是世上的大害。

歷久彌新說名句

〈尚德緩刑書〉感嘆「天下之患，莫深於獄」，也是在替無助的百姓發出不平之鳴。

元代關漢卿的雜劇《竇娥冤》，內容取材自「東海孝婦」的民間故事，主要是在述說命運多舛的貧苦寡婦竇娥，因被誣陷殺人，判處斬刑。臨刑前為表冤屈，立誓死後血濺白練不沾地，六月降雪三尺、當地大旱三年，結果發誓全部應驗……竇娥冤的悲劇故事可能是虛構的劇情，不過確有淵源。

戰國時期諸子百家爭鳴，齊國的鄒衍精通陰陽五行之道，為了推廣自身學說，周遊各國。後來他在燕國得到任用，忠心侍奉燕昭王。然而昭王過世後，惠王即位，燕惠王對於先王的舊臣並不信任，又聽信旁人的讒言，將鄒衍下獄。《淮南子》中說：「鄒衍事燕惠王盡忠，左右贊之；王繫之，仰天而哭。夏五月，天為之下霜。」鄒衍委屈，痛哭流涕，雖然是五月夏季，竟然天上降霜。後來雖然鄒衍的冤情得到昭雪，但五月飛霜的故事不脛而走。《竇娥冤》的六月雪，可能就脫胎於鄒衍的五月霜。後來「六月飛霜」、「六月飛雪」等成語，都用來形容冤獄。

在君主專權、高壓統治的古代，想要防止冤案和冤獄的發生，似乎只能依靠官吏的自由心證以及他們與生俱來的道德感與正義感了！一旦不幸碰上敗壞法紀、草菅人命的貪官汙吏，或者只求仕途平安、一心謹遵國君旨意的愚忠無能之輩，生死難料。也難怪百姓會對官府失去信任，留下「生不入官門，死不入地獄」的民間俗諺。

烏鳶之卵不毀，而後鳳凰集；誹謗之罪不誅，而後良言進

名句的誕生

臣聞烏鳶[1]之卵不毀，而後鳳凰集；誹謗之罪不誅，而後良言進。故古人有言：「山藪[2]藏疾[3]，川澤納汙，瑾瑜[4]匿惡，國君含詬[5]。」

～西漢．路溫舒〈尚德緩刑書〉

完全讀懂名句

1. 烏鳶：鷙鳥，形狀如鷹，是一種貪食的惡鳥。
2. 山藪：山深林密的地方。
3. 藏疾：隱藏有害之物。
4. 瑾瑜：美玉名。此泛指美玉。
5. 含詬：容忍辱罵。

我聽說鷙鳥下的蛋沒有遭到毀壞，然後鳳凰才會停留在樹上；犯了誹謗罪的人不會受到懲罰，然後才有人向朝廷說出有益的話。所以古人有種說法：「山林水澤隱藏著毒害人的東西，河流湖泊容納汙穢的東西，美玉隱藏著瑕斑，國君能容忍辱罵。」

名句的故事

「誹謗之罪不誅，而後良言進」的概念最早見於《左傳．宣公十五年》：「諺曰：『高下在心，川澤納汙，山藪藏疾，瑾瑜匿瑕』，國君含垢，天之道也。」意思是遇事能屈能伸，心中有數，不要太計較、太分明，默默放在心中就好，河流和沼澤會容納汙泥，叢山和草叢中也會藏著禍患，美玉多少隱匿著瑕疵，

當君王就必須忍受一些恥辱，這是自然規律。人世間沒有所謂的絕對，有好就有壞。為人做事時，千萬不能求全責備，要善於發現別人身上的優點。古語說，「水至清則無魚，人至察則無徒」水過於清澈養不住魚兒，人太過苛責計較，最後連朋友都沒有了。

〈尚德緩刑書〉說的「誹謗之罪不誅」，目的是希望統治者能虛心接納批評自己的相關言論，而不是變成唯我獨尊的一言堂，如此才能真正聽到發自內心的聲音、得到真正有利於自己的建議。這其實就是一種包容的修養工夫，就像李斯〈諫逐客書〉說的「泰山不讓土壤，故能成其大；河海不擇細流，故能就其深。」雖然他的目的是希望君王能廣納人才，不過選擇人才是如此，聽取各種不同建議時，當然也該如此。

歷久彌新說名句

言論自由在現代人眼中，是一件再平常不過的事，不過對古人而言卻是一種「奢侈的享受」，他們面對君王或上級官員時，說話要謹慎小心；寫文章要注意避諱的問題，以免禍從口出，招來不必要的責罰。

春秋時代鄭國的子產，當他擔任宰相之後，盡量開放社會輿論，自己也能做到從善如流、虛心採納旁人的諫言，因此不但建構了一個和諧的社會，更把原本內亂頻生的鄭國，帶向國富民強、百姓安居樂業的盛世。唐太宗則是歷史上少有的能廣開言路、虛心納諫的國君，他和以直諫聞名的魏徵之間的君臣相處模式，更是後人津津樂道的故事。

可見「誹謗之罪不誅」才能「良言進」；廣納百川，才能匯成大海。就連後世褒貶不一的明太祖朱元璋，都曾經對大臣們說：「治國之道，必先通言路。言猶水也，欲其長流。水塞則眾流障遏，言塞則上下壅蔽。」

窮理以定賞罰，本情以正褒貶

名句的誕生

蓋聖人之制[1]，窮理以定賞罰，本情[2]以正褒貶，統於一而已矣。向使[3]刺讞[4]其誠偽，考正其曲直，原始[5]而求其端[6]，則刑、禮之用，判然離矣。

～唐．柳宗元〈駁復讎議〉

完全讀懂名句

1.制：制定原則、規定行為守則，這裡是指聖人制定的禮法。

2.情：事情，事實的真相。

3.向使：假使、假如。

4.刺讞：讞，音ㄧㄢˋ。刺讞是指審理、調查之後，予以定罪。

5.原始：原，考究、推求；始，本始、起始。原始是指，推求最初的根源。

6.端：原因。

7.判然離矣：判然，明白地、顯然的；離，分別、區別。判然離矣，是指能夠明白地分辨清楚。

因為聖人制定的禮法，是研究事物的道理之後才決定賞罰的標準，是根據事情的真相來確定獎懲的方式，並且把這兩者統一起來，成為一個標準罷了。假使審查定罪的時候，能夠判別案情的真偽，能夠清楚考察它的是非曲直，並且調查發生的事情而探求它的原因，那麼刑法和禮制的運用，就能明顯區分開來了。

文章背景小常識

柳宗元（西元七七三年～八一九年），字子厚，河東（今山西永濟縣）人，是唐代文學家、政治家，與韓愈齊名，世稱「韓柳」，兩人都是中唐古文運動的領導人物，是「唐宋八大家」之一，著有《柳河東集》。

〈駁復讎議〉是針對唐代陳子昂〈復讎議狀〉所寫的文章。「議」又稱「駁議」，是一種辯駁、辯論的文體，陳子昂〈復讎議狀〉提到當時著名的犯罪案例：徐元慶為父報仇而殺縣尉的事件，這項案例在《新唐書》中也有記載。大致上是說武則天時代的徐元慶，因為父親遭到縣尉殺害，所以改名換姓、在驛站充當僕役，最後親手殺死官吏、為父報仇，然後立即到官府投案自首。

當時朝廷中的許多人，都認為徐元慶的行為是孝順的表現，不應該被治罪，但是陳子昂不同意，於是寫了〈復讎議狀〉，說明徐元慶殺了人，依法必須處死，不過為父報仇是禮；殺人償命是法，所以主張先將徐元慶處死之後，再表彰他的行為。陳子昂的建議受到時人的讚揚，認為是兩全之策。不過，柳宗元反駁了這個觀點，他認為陳子昂的說法根本自相矛盾，因為犯罪的行為如果必須被處死，就不應該予以褒揚；如果行為值得表揚，就不該判處死刑。因此寫下〈駁復讎議〉這篇文章，利用嚴謹的邏輯推理，來論證當時陳子昂在判案上的錯誤。

名句的故事

柳宗元認為，窮理以定賞罰是所謂的刑也就是法；本情以正褒貶是所謂的禮。在他的觀念中，禮、刑（法）的本質和功能相同，所以〈駁復讎議〉也說「臣聞禮之大本，以防亂也」、「刑之大本，亦以防亂也」。意思是禮和刑的用途，都是用來防止暴亂，藉以維持社會的和諧與穩定。

柳宗元更進一步說明，既然兩者的本質和功能相同，只是基本和末端的區別而已，那麼運用在同一件事情上的時候，就可以相互結合，也必定會有統一的結果，所以他才會說：「統於一而已矣。」

這個意思是說，按照儒家的制度設計，當我們判斷一件事情時，不論是用刑法的「窮理以定賞罰」角度，或者是禮教的「本情以正褒貶」，都會得到相同的結果。因為刑法和禮教，並非兩個截然不同的對立面，它們是互補的、是一體的兩面，所以絕對不可能出現符合刑卻不合於禮，或者合於禮卻不符合刑的矛盾情況。

歷久彌新說名句

〈駁復讎議〉透過「禮教」和「刑法」的辯證關係，說明兩者之間具有一致性，絕對不會互相矛盾。也就是只要同時把握住「基本的禮教」與「末端的刑法」來審理案件，就不會像陳子昂一樣，既違禮又悖法，出現判決不公、賞罰不明的窘境了！

值得注意的是，雖然柳宗元認為禮教與刑法有緊密的聯繫，但兩者之間還是有一點小小的區別，在使用上會稍有不同。因為禮屬於道德方面，刑屬於法律方面，所以禮是用來推求事情的原由，也就是柳宗元說的「本情」；法是用來判斷事情是否合理，也就是柳宗元說的「窮理」。

不過，也正是如此微小的差異，讓古今中外、各朝歷代的判案人員左右為難。如果不要用太嚴苛的眼光，其實陳子昂對於徐元慶「殺人以為父報仇」的判決是一個例子，而歷史上似乎也早有類似的案例。

《韓詩外傳》中記載，楚國人石奢，為人秉公正直，所以楚昭王派他執掌刑法。有一次石奢追捕殺人犯，到後來居然發現兇手竟是他的父親！他在親情與法令之間兩難，最後選擇放過父親，自己回到朝廷自殺請罪。因為石奢認為，自己無法在忠君和孝順之間作選擇，而且縱放犯人也必須承擔罪責，因此決定以死謝罪。

許多聽聞到這件事的人都很贊美石奢，但是放過了父親，是否違反了「刑」呢？不知道柳宗元復生，會怎樣評論這件事？

禍常發於所忽之中，而亂常起於不足疑之事

名句的誕生

然而禍常發於所忽之中，而亂常起於不足[1]疑之事。豈其慮之未周歟[2]？蓋[3]慮之所能及者，人事[4]之宜然；而出於智力之所不及者，天道[5]也。

～明．方孝孺〈深慮論〉

完全讀懂名句

1.不足：不值得。
2.歟：句末疑問語助詞。
3.蓋：發語詞。
4.人事：指人的智力。
5.天道：指天的意志。

然而災禍常常發生他們所忽略的事當中，變亂常常在不值得疑慮的事中產生。難道是他們考慮得不夠周到嗎？人的思慮所能想到的，都是人事發展會出現的情況；而超出人的智力所不能達到的範圍，那就是天道啊！

名句的故事

方孝孺有一篇〈指喻〉，講述拇指上一個小疹子的故事。

方孝孺形容鄭仲辨：「其容闐（音ㄊㄧㄢˊ，盛、滿）然，其色渥（音ㄨㄛˋ，紅潤）然，其氣充然，未嘗有疾也。」他的身體強壯，臉色紅潤，精神充沛，體健神旺，不曾生病，因此他對於手指上長的一個小疹子不以為意。

後來疹子大了些，他拿給朋友看，人們嘲笑他，認為沒什麼要緊的，然而疹子越長越

大，從拇指到身體四肢沒有不痛的，鄭仲辨終於因害怕而就醫。

醫生說，這是一種奇特的疾病，發病在拇指上，其實是全身都有病，若不趕快醫治，將會有生命危險！鄭仲辨如果在病發之初就醫治，只需要用艾草治療，一天就能恢復，但拖到病情嚴重，需要湯藥內服外敷，花了兩個月的時間才治好，三個月後才恢復原本的精神。

藉著這個故事，方孝孺其實想要說的也是：「天下之事，常發於至微，而終為大患；始以為不足治，而終至於不可為。」天下的事往往從最小的地方發作，而最後成為重大的禍患；一開始認為不需要注意，到最後不可收拾。然而方孝孺認為，眾人都能理解並注意到的地方，即便狀況危急，卻不需要憂慮；只有那些「萌於不必憂之地，而寓於不可見之初，眾人笑而忽之者」，那才最值得畏懼。鄭仲辨起初對手指上的一個小疹子不以為意，最後才發現其實是重病的徵兆；當事情發生在不必憂慮的地方，隱藏在看不見的預兆，被大家嘲笑輕忽的，才是可怕。

星星之火可以燎原，在所忽之中、不足疑之處的隱憂，最需要預防。《周易．既濟》說：「君子以思患而豫防之。」《樂府詩集．君子行》也提到：「君子防未然。」在事情還沒演變成禍患之前，事先注意並預防，才是長治久安之道。

歷久彌新說名句

臺灣有一句俗諺：「好天也著積雨來糧。」意思是在風調雨順收成好的時節，提早預備天災時的糧食。而《後漢書．肅宗孝章帝紀》裡曾說：「節用儲蓄，以備凶災。」《漢書．霍光傳》中「曲突徙薪」的成語故事，講述的也都是同樣的意思，都要人防患未然。

霍光跟隨漢武帝數十年，武帝死後他又受命輔助漢昭帝，權重一時，是國家重要的謀臣。徐福見霍氏家族專權擅政，認為霍氏必亡。說：「夫奢則不遜，不遜必侮上。侮上者，逆道也，在人之右（古人認為右尊左卑），眾必害之。」徐福認為凡是奢侈的人必定不謙遜，不謙遜則必定犯上。犯上的人，違逆了世間的正道，又居於尊貴的地位，眾人必定厭惡他們。於是三次上書漢宣帝，希望宣帝抑制他們的氣勢，不要使霍氏滅亡。

霍光死後隔年，他的家人謀反，受人告發，宣帝誅霍家九族，並獎賞告發的人，卻把當初上書的徐福給遺忘了。

有人為徐福打抱不平，上書宣帝，說「曲突徙薪無恩澤，焦頭爛額為上客」，意在提醒宣帝，如果當初就採納徐福的建議，根本不會有今日的謀反，也不需要現在大加賞賜，怎麼會今天論功行賞時，提出建議的人沒有功勞，反而因救火而焦頭爛額的人被奉為上客？希望宣帝「貴徙薪曲突之策，使居焦髮灼爛之右」，讓提出預警的徐福也得到獎賞，甚至排在剷除霍光有功的人之上。畢竟能事先提出防範措施的，功勞應當比事後補救的人要高，因為他們深慮且有遠謀。

人事慨嘆

舉世混濁，清士乃見

名句的誕生

子曰：「道不同不相為謀。」亦各從其志也。故曰：「富貴如可求，雖執鞭[1]之士，吾亦為之。如不可求，從吾所好。」「歲寒[2]，然後知松柏之後凋。」舉世混濁，清士乃見。豈以其重若彼，其輕若此哉？

～西漢．司馬遷《史記．伯夷列傳》

完全讀懂名句

1.執鞭：持鞭駕車。

2.歲寒：一年中最寒冷的季節。

孔子說：「立場、觀點不同，就無法相互商議共事。」於是各自遵從自己的意志去行事。所以孔子又說：「富貴如果可以求得的，那麼即使做的是持鞭駕車的馬伕，我也願意去做。富貴如果不是勉強而能求得的，那麼還是去做自己愛好的事。」「到了最寒冷的時候，才會知曉松柏是最後凋謝的。」當全世界都混濁不堪時，清高的人才會被顯現出來。不就是因為他們那樣重視品德，而又這樣的輕視名利嗎？

名句的故事

作為《史記》七十列傳首篇，司馬遷在〈伯夷列傳〉中夾敘夾議。列傳中述及伯夷、叔齊兄弟兩人，因彼此謙讓王位，互不承受，遂先後離走，並計畫一同投靠西伯昌。然而恰逢西伯昌逝世，其子（後來的周武王）正載著父親神主，準備東征伐紂。伯夷、叔齊以「父死不葬，爰及干戈，可謂孝乎？以臣弒君，可謂仁乎」勸諫武王未果。後武王平殷，天下宗周，伯夷與叔齊決定不食周粟，遂隱居於首陽山上，以野菜為食，最後餓死。

司馬遷在這個故事的最後提出疑問：「人之善惡究竟有無報應？」他反覆舉出許多例子，除了仁德高潔的伯夷、叔齊最後竟然餓死之外，孔子所推崇好學的顏淵，也貧困早夭。然而濫殺無辜的盜蹠，卻能享盡天年，這種種實例，難道能與天道報酬相應嗎？其實同樣的疑問，後世陶淵明在〈飲酒詩其二〉前半也道：「積善云有報，夷叔在西山。善惡苟不應，何事空立言？」說什麼善有善報，看看伯夷、叔齊餓死西山的例子，你還會這麼想嗎？如果善惡沒有報應，那麼古人為何還要用這樣的空言，勉勵人們為善呢？

司馬遷不僅發問，也以自己的看法回應了這個艱難的問題。他說當舉世混濁的時候，那其中的清士，才會因與眾不同而被重視。他們因為「道不同，不相為謀」，所以在混濁當道時堅為清流。回顧伯夷、叔齊之餓死首陽山，在世俗眼光中或許是善無善報的結果，然而孔子謂其「求仁得仁，又何怨乎」，他們最終乃實現的是自己追求仁德的心願。正如〈飲酒詩其二〉後半吟詠著：「九十行帶索，饑寒況當年。不賴固窮節，百世當誰傳？」若不是依憑如此固窮不移的節操，美事又如何留傳千古呢？

歷久彌新說名句

宋濂的〈李疑傳〉中，也曾引用「舉世混濁，清士乃見」這句話。話說吏部官員范景淳得了疾病後，無人安置他。他來到以俠義熱心聞名的李疑家門口，請求收留。李疑請他入屋，細心安置起居，並吩咐外人不得相擾。

李疑早晚執其手詢問病況，一如侍奉自己的至親。當范景淳因不能起身而弄髒被褥枕席，臭味穢氣使人無法靠近時，仍每日為他洗滌，全無嫌惡。范景淳感念於心，要李疑取回他遺留在旅店裡裝有金銀的行囊，作為報答。

李疑說：「苦難中互助乃人之常情，還說什麼回報呢？」范景淳告訴李疑，「您若不去取回，最後恐怕也會被他人得去。」於是李疑與鄰人一同前往取回，並當眾打開行囊，計數封存。

景淳死後，李疑自費為他殯葬，並召喚范景淳的兩子前來，按照帳冊所登記的數目將囊中金銀全部歸還。兩人欲以米穀反饋，他推辭不受，還送他倆路費返家。

另外，耿子廉至京師做生意，其妻隨行而即將生產，眾人卻視之為不祥而排拒，耿妻只得臥在草叢中哀號。李疑路過問其故後，便返家請妻子前往邀請耿婦一同歸家，順利產下一男。李疑囑妻子盡心事奉，就像先前事奉范景淳一般，滿月了才讓產婦辭別離去，並不收取任何報酬。

李疑是個外表並不出色的士子，可是其行事卻有上古見義勇為之遺風。宋濂便以「舉世混濁，清士乃現」為評，謂當時流風習俗注重外表並唯利是圖，因此要特地記載其事以勸世人。

高材多戚戚之窮，盛位無赫赫之光

名句的誕生

其故在下之人負其能[1]，不肯諂其上[2]；上之人負其位，不肯顧其下[3]。故高材[4]多戚戚之窮[5]，盛位無赫赫之光[6]。是二人者[7]之所為，皆過也。

～唐．韓愈〈與于襄陽書〉

完全讀懂名句

1. 負其能：負，仗恃、憑仗，與下文「負其位」的「負」意思相同。能，才能、能力。
2. 諂其上：諂，諂媚、討好的意思。指討好比自己地位高的人。
3. 顧其下：顧，眷顧、關懷的意思。指照顧比自己地位低的人。
4. 高材：也作「高才」。指出眾的才能。
5. 戚戚之窮：戚戚，憂傷。窮，窮阨困頓。
6. 赫赫之光：赫赫，顯赫、盛大的樣子。本來是指陽光清晰、明亮的意思，後來可以比喻享有很高的威望和聲勢。
7. 二人者：指文章中的兩類人士，不肯討好在上位者的高材，以及不肯眷顧下屬的權臣顯貴。

其中的原因，是在下位的人士，總是仗勢著自己的才能，不肯去討好比他地位高的人；在上位的人士，總是仗勢著自己的權位，不肯去眷顧、關心比他地位低的人。所以有才能的人，往往處在使人極度憂愁的窮阨困頓；而有權位的人，也往往無法得到顯赫的聲譽。因此，這兩類人士的作為，其實都有過失。

文章背景小常識

這是韓愈寫給于襄陽的一封書信，內容主要是請求于襄陽能幫忙引薦自己。于襄陽的本名是于頔（音ㄉㄧˊ），因為曾經擔任過襄陽大都督，所以稱「于襄陽」。

唐德宗貞元十四年（西元七九八年），于襄陽以工部尚書的身分，被任命為山南東道節度使，而韓愈則是在貞元十七年（西元八〇一年），被任命為四門博士，正式在京師做官。古代的大都督是一品武官職務。都督是軍隊的指揮官，而大都督則是最高的軍事統帥、高級將領；工部尚書是工部的最高長官，也被稱為大司空，等級相當於今日的內政部長、交通部長；而節度使是唐代鎮守在重要關口的武將，責任重大、當然也位高權重，是地方上最高的軍事領袖。

由此可見，于襄陽深得君王的器重和信賴，總是擔任不可或缺的重要職位。反觀韓愈的「署理國子臨四門博士」一職，主要是在管教七品以上的官員子弟、或比較有才幹的的庶人子弟。雖然這是韓愈第一次在京師做官，但是對他來說，管理學校教育方面的「博士」一職，地位不高、職務清閒，實在很難施展抱負。因此，不滿足現況的韓愈，寫了這封「自我推薦信」，希望得到于襄陽的賞識，並能幫助自己在仕途上，多找一些出路。

名句的故事

成語「赫赫之光」的典故，最早出自漢代揚雄的《法言》：「赫赫乎日之光，群目之用也；渾渾乎聖人之道，群心之用也。」是用來形容聖賢人士的名聲，像陽光一樣的清晰明亮、耀眼奪目，受到世人的矚目與崇敬。韓愈引用這個典故來說明擁有權位的人，不肯「彎下身子」去關懷、眷顧地位較低的人，所以無法留下顯赫的名聲。

韓愈認為，身處上位的人，「無赫赫之光」而不能留名後世，是一種錯誤，但是淪為「高材多戚戚之窮」的人，在韓愈眼中，也不過是五十步笑百步而已！這些高材因為不肯低頭去尋求權位較高者的幫助，所以往往有志難伸，只能空有一身的學識、品格、理想和抱負，卻無法真正發揮，總是默默在不為人知的某個角落，表露無盡的憂愁和悲嘆。

這兩種人士在國家、社會上的位階雖然不相同，但是卻犯了一樣的錯誤：自恃甚高。尤其是擁有學識與能力的高材，韓愈對他們的批評，可以說是推翻了以往我們對傳統儒家的認知，因為就連孔子都曾說：「沽之哉！沽之哉！我待賈者也。」認為有才學的人必須「待價而沽」，意思就是等待一個良好的機會和境遇，進而被有眼光的人發掘、為世所用。這大概就是歷史上會有這麼多「遷客騷人」的原因吧！

歷久彌新說名句

〈與于襄陽書〉中韓愈的毛遂自薦，可以說是現代求職者的最佳範本，對於新手上路、如何在職場求職，也具有參考作用。雖然文中的「高材」、「盛位」分別比喻世間的兩種人士，但其實也是在暗指韓愈自己和于襄陽，他表明自己不想要一輩子「戚戚之窮」，因此主動爭取機會、為自己尋找一展長才的出路。

而身處上位的人，也必須學習周公、劉備、唐太宗等人的精神。

周公聽說有賢才來拜訪他，絲毫不怠慢，趕緊把吃到一半的飯，從口中先吐出來、去迎接拜訪者；《三國演義》中的劉備，為了取得賢才孔明，不惜三顧茅廬。唐太宗李世民在選擇人才時不拘一格，網羅了大批幹練的文臣武將、策士謀臣，擔任帝王之後，又時常親自接見上書進諫的人。這些也許是真實歷史、也許是小說故事誇大的情節，但都說明上位者必須求才若渴、禮賢下士，不能計較遠近親疏，更不能只在乎個人恩怨和私利，這些人當然也因此做到了韓愈所說的留下「赫赫之光」。

人必有子，子必有親，親親相讎，其亂誰救？

名句的誕生

且其議[1]曰：「人必有子，子必有親，親親相讎[2]，其亂誰救？」是惑於禮[3]也甚矣！

～唐·柳宗元〈駁復讎議〉

完全讀懂名句

1. 其議：議，奏議、議狀。指陳子昂寫的議狀〈復讎議狀〉。
2. 相讎：讎，通「仇」字，報仇、復仇的意思。指相互仇殺。
3. 禮：禮法、禮教的意思，是古代對道德和行為規範的泛稱。

而且陳子昂的奏議上還說：「人必定會有兒子，兒子也必定有父母雙親，因為愛自己的親人而互相仇殺，這種混亂的局面，到底要依靠誰來解救呢？」這種說法是對禮的認識過於模糊！

名句的故事

柳宗元批評陳子昂，根本不明白「禮」的真諦。因為陳子昂認為徐元慶殺了人，依法判處死刑，不過他是為父報仇，因此符合孝道，在禮法上可以被接受，所以主張先處死、再表揚。柳宗元強烈反對這種說法，他認為不能把表彰和懲處，同時放在徐元慶的犯罪案件上，更何況徐元慶為了復仇而殺人，其實是違反當時的法律，而陳子昂卻認為徐元慶的作為符合禮，顯然對於禮的認識太模糊了！

雖然柳宗元的〈駁復讎議〉嚴厲批評陳子

昂〈復讎議狀〉的許多觀點，不過陳子昂的說法，也確實其來有自。因為《禮記》中說：「父之讎，弗與共戴天。」自古以來都把殺父視為不共戴天之仇，這種仇恨確實極深、極大，幾乎不能化解，就連古代的兒童啟蒙讀物《幼學瓊林》都提到「父仇不共戴天」。只是陳子昂有點食古不化，錯把先秦的社會習俗用在漢唐以後的法治社會，實在是搞錯時代了。

徐元慶報復了殺父的仇敵，看似符合《禮記》的說法，實際上徐元慶的父親是因犯了法而被誅殺，並不是被冤枉或被錯殺。徐元慶無法公正、客觀地看待父親的死因，反而滿懷仇恨地前去殺害判刑的官員，陳子昂竟然又把徐元慶的報仇行為，當作是禮的表現，還大言不慚的高談闊論地解釋禮為何物、自以為心懷憂患意識、滿腹牢騷地感嘆「親親相讎，其亂誰救」，難怪柳宗元會看不下去，用「惑於禮」來批評他了！

歷久彌新說名句

能否為了受害的親人或主子而報仇殺人，其實是有歷史的演化，不同時代有不同的標準。周代的官府特別設立一個機構，讓父兄被人殺害的親屬，可以去登記仇人姓名，以後殺死仇人無罪（見《周禮．秋官．司寇．朝士》）。《史記．刺客列傳》中的幾位刺客都是為主子報仇，即使賠上性命在所不惜，而伍子胥為了報父兄之仇，掘墓鞭屍。這些事情記載在《史記》中，似乎是司馬遷認可表揚的。這對後代產生了一定的影響。但其實從商鞅變法以後，法律就規定禁止私人報仇殺人了。

唐憲宗元和六年，陝西富平人的梁悅，手刃殺父仇人秦杲，並到縣衙自首。唐憲宗也下令尚書省官員集體討論，當時韓愈因此撰寫〈復仇議〉，主張梁悅的「血親復仇」，在歷代法律中並沒有規定，而且儒家經典、諸子文獻中，也從來沒有對親子復仇的案子予以定罪的記載，希望國君把這件事當作特殊情況，對梁悅從輕發落。後來唐憲宗採納韓愈的意見，赦免梁悅的死罪，只把他流放到外地。

這件事的影響其實很大，因為有韓愈開的先例，後來想要為親人復仇的子女們，看到了無罪赦免的希望，甚至鼓勵血親復仇。例如元代就允許這種復仇方式，還規定必須拿出五十兩的「燒埋銀」，來告慰死者的在天之靈。而宋、明、清三代，雖然有法律明文禁止，但也仍然有機會被赦免。

就連《聖經‧舊約》也記載古希伯來的法律是：「以命還命，以眼還眼，以牙還牙，以手還手，以腳還腳，以烙還烙，以傷還傷，以打還打。」可見古今中外的歷史，確實充滿了復仇的文化。

現代法律一般都禁止私人復仇的。罪行的輕重，應該由司法單位透過一定流程來判定，才不會流於冤冤相報啊！

禮之所謂讎者，蓋以冤抑沉痛而號無告也

名句的誕生

禮[1]之所謂讎[2]者，蓋以冤抑沉痛[3]而號無告[4]也，非謂抵罪觸法，陷於大戮[5]。

～唐．柳宗元〈駁復讎議〉

完全讀懂名句

1. 禮：禮法、禮制。
2. 讎：通「仇」字，仇恨的意思。
3. 冤抑沉痛：冤，冤屈、冤枉；抑，壓抑、抑制。是無故受到冤枉或指責，卻又無法伸張的意思。沉痛，則是指深切的悲痛。
4. 號無告：號，通「嚎」字，是哀嚎、哭喊的意思。無告，是指窮困痛苦而又無處訴說或投訴的意思。
5. 大戮：被殺死、處死之後陳屍示眾的意思。指死罪、死刑。

禮制上說的仇，是指蒙受冤屈、悲痛呼號卻又無處申訴，並不是指犯罪違法而被處死的這種情況。

名句的故事

柳宗元認為，傳統禮教中所謂的仇恨，是「冤抑沉痛而號無告」，而不是一般的相互攻擊、殺害等結下梁子之後的仇恨。究竟在古人的眼中，什麼才算是「冤抑沉痛」？什麼事才稱得上「號無告」呢？

《尚書》記載舜在和大禹談話時，誇獎了堯的功績：「不虐無告，不廢困窮。」他稱讚堯帝，絕不虐待沒有工作能力、又沒有親屬供

養的人，更不會放棄困苦貧窮的人、讓他們自生自滅。

比柳宗元的時代還晚的小說《三國演義》中，也有「今管亥（東漢末年黃金賊首領）暴亂，北海被圍，孤窮無告，危在旦夕」，把「無告」當作是戰亂、動盪的年代中，最可憐無助的百姓。既然「無告」是每個時代中，最孤苦無依、處境艱難的社會底層人物，當他們蒙冤、受難時，當然更是無處投訴，甚至連申訴的管道都找不到啊！

這正是柳宗元用來批評陳子昂的地方。因為陳子昂主張，徐元慶即使殺了人，也是為父親報仇，所以符合禮的表現，但是柳宗元強烈反對他的說法。因為徐元慶的父親是抵罪觸法才被處死，罪證確鑿，沒有蒙冤，更不是被錯殺，依照法律的規定，本來就該如此判刑，根本沒有「冤抑沉痛」的狀況，更談不上申訴無門而「號無告」！

歷久彌新說名句

在儒家對於「禮」的長期薰陶和教養之下古人在日常生活中的一切言行舉止，總是「循禮而行」。

所以當古人無辜被冤枉、蒙受委屈，又危及生命安全的時候，在不知所措，無能為力之下，只能祈求上天幫忙。〈駁復讎議〉說的「冤抑沉痛而號無告」，就是這種悲慘的情景。這就好比投江自盡的屈原，在受盡奸臣的攻擊、陷害而被國君放逐之後，寫下了許多悲觀、憂鬱的作品，他質疑自己的理想、信仰，甚至是人生觀，所以司馬遷說他「苦極呼天」，因為頓時失去一切的屈原，精神幾乎崩潰、內心徬徨無助，痛苦到只能對上天哀號。

韓愈說「窮極則呼天」，古人呼天、問天、怨天的舉動，應該很接近柳宗元說的「冤抑沉痛而號無告」的仇恨了。而且這似乎是古今中外，所有人類在最徬徨無助、極度悲傷時的心態！

勞心者役人，勞力者役於人

名句的誕生

繼而嘆曰：「彼將舍[1]其手藝[2]，專其心智，而能知體要[3]者歟！」吾聞勞心者役人，勞力者役於人[4]。彼其勞心者歟！

～唐．柳宗元〈梓人傳〉

完全讀懂名句

1.舍：通「捨」字，捨棄、放棄。

2.手藝：手工業或其他技藝方面的技術，這裡是指木匠師傅的工藝和技能。

3.體要：綱要、要旨，也可以指訣竅。

4.役於人：役，是操縱、使役的意思。指接受別人的指揮。

（我）繼續感嘆的說：「他捨棄手藝上的技術，專心去運用心思和智慧，所以能夠掌握工作的訣竅！」我聽說，擅長勞心的人，就要負責指揮別人，擅長勞力的人，則要接受別人的指揮。他大概就是擅長勞心的人吧！

文章背景小常識

柳宗元的〈梓人傳〉是一篇利用小故事說明大道理的經典文章，內容講述了「梓人」到別人的住宅前敲門，希望租一間空屋來居住，並且用勞力、替房屋主人服役來代替房租的故事。

所謂梓人，指的是建築工匠，類似今日的木工師傅。柳宗元認為梓人蓋房子的方法，其實和治理國家的法則很相近，他不但把孟子說的概念「勞心者」和「勞力者」的社會分工、分層負責，應用到政治領域，也強調一人之下、萬人之上的宰相，除了本身也是勞心者，更要幫助國君選擇人才、把人才安放在正確的職務上，讓其他勞心的智者，以及勞力的能者，都能在各自適宜的工作崗位上各司其職，盡情發揮所長。

因為身為掌控全局的管理者、領導者，雖然有專職的下屬各自分工而不用事必親躬、不用親自去處理微小瑣碎的事情，不過他們卻必須具備善用思慮、仔細謀畫的才幹，以及信任下屬、不干涉部下的工作、謙虛而不誇耀個人功績等的行事風格。

這就是說，雖然文章是在談論治國的道理，但柳宗元用一個很生活化的梓人例子來說明高深的治國之道，讓人很容易就明白「勞心者役人，勞力者役於人」的分工之道。

名句的故事

最早提出和「勞心者役人，勞力者役於人」類似說法的中國學者，是戰國時代的孟子。孟子有一位學生名叫陳相，他聽完當時的農家學者許行的一番言論之後，不僅深受感動、還打算把之前學習的知識和學問，全部放棄掉，甚至跑去對孟子說，真正賢明的君主就是要和百姓一起耕作、一起吃飯。

在先秦諸子百家中，農家又被稱為「重農學派」，因為他們認為統治者應該效法神農氏，和人民一起耕種、遇到事情也必須和百姓一同決策，這是農家特別強調、也是他們引以為傲的主張。陳相非常欣賞這種觀點，但是孟子卻很不以為然。他告訴陳相：「或勞心，或勞力。勞心者治人；勞力者治於人。治於人者食人；治人者食於人，天下之通義也。」認為全天下的人，大致可以分成兩大類：即為勞心者和勞力者。

勞心者負責用心思、用腦力；勞力者則專心付出體力。用腦力的人治理別人；擅長體力的人接受別人的治理。被別人治理的要養活別人，治理人的則接受別人的供養，這是不變的道理。所以孟子才會諷刺農家的許行：「許子何不為陶冶，舍皆取諸其宮中而用之？何為紛紛然與百工交易？何許子之不憚煩？」意思是許行為何不親自製陶、鑄鐵，自己在家做鍋子來煮飯？每次都要拿農作物去和各種工匠交換，難道許先生不嫌麻煩嗎？

孟子在看似開玩笑的言論中，其實一針見血！因為社會要進步，就必須要分工，國君治理天下，當然也要善加利用這種分工方式，讓大臣們各司其職。而〈梓人傳〉說明的情況也是如此，柳宗元認為木匠師傅的工作環境也可以被分成兩類：負責指揮策畫、掌控全局的師傅，以及善用手藝、技能的師傅。這兩大類型的木匠師傅，雖然工作領域相同，但是細部的專業分工，卻完全不同啊！

歷久彌新說名句

老子說：「治大國，若烹小鮮。」這句話的觀念，可用來說明治理國家就好比烹飪一般的家事，在某些原理或方式，可能會有相通之處。換句話說，在我們日常生活中看似微不足道的小事，都有可能成為治國的方法之一。在〈梓人傳〉中，柳宗元利用孟子區分工作性質的概念，來區分木匠師傅的工作性質，也是相同的比喻方式。

一個國家的行政體系中，有些官員負責指揮策畫、有些官員負責執行任務，大家分工合作，「國家」這座巨大的機器，才能順暢地持續運行。社會的運作模式，當然也是如此，因此孟子也強調：「一人之身，而百工之所為備。」意思是一個人身上所需要的各種東西，都是依靠各種行業、技藝的共同努力而得以完備。除非是以物易物、自給自足的遠古時代，否則一個社會如果每個人都依靠自己的勞動，來滿足自己一天的日常所有需要、缺乏任何生活用品，都想辦法自己獨立製作，最後只能淪為疲於奔命，社會當然更不會有進步的空間，俗語說：「一日之所需，百工斯為備。」也是相同的道理。

用現代人的眼光來看，《三國演義》中諸葛亮吞下「街亭之役」的敗仗、宋代王安石變法的失敗，都是典型以一人之力處理天下之事，不懂得分工、分權的結果。

孔明治理國家小心謹慎、許多事情都親力親為，卻造成蜀國大將沒有獨當一面的機會，因此蜀國除了孔明自己，已經很少有真正的軍事人才了，之後蜀、魏兩國的戰爭開打，孔明又否決眾人的建議，在沒有其他人選的情況下，只好任命自己的參軍馬謖，擔任軍隊的主帥，然而馬謖剛愎自用、不聽屬下的諫言，更導致蜀國其他部將不願意相互合作，最後鎩羽而歸。而王安石的熙寧變法，原本立意良好，但是王安石在改革朝政的後期，因為不願意包容不同意見、不肯與朝中其他人溝通，只聽信贊同他改革的聲音，剛愎自用、一意孤行，結果許多同僚都不滿他的作風，變法也因此以失敗落幕。這些歷史上的真實故事，都是大家不能分工合作的教訓，實在令人惋惜。

能者用而智者謀

名句的誕生

能者用[1]而智者謀[2]，彼其智者歟！是足為佐天子，相天下法[3]矣。物莫近乎此[4]也。

～唐．柳宗元〈梓人傳〉

完全讀懂名句

1. 能者用：指有能力、才能的人就使用他的才能或技能。
2. 智者謀：指有智慧、善於策畫的人就運用他的智慧去謀畫。
3. 相天下法：相，幫助、輔佐。法，方法、法則。
4. 物莫近乎此：物，事物、事情的道理，這裡專門指宰相治國的原理。此，是指木匠師傅蓋房子這件事情。

有技能的人就運用他的技能；有智慧的人就善用他的思考能力去策畫，他大概就是屬於有智慧的人吧！這是足以作為輔佐天子、治理天下的方法啊！治國的道理，沒有比木匠師傅蓋房子這件事情更接近了！

名句的故事

「能者用而智者謀」表面上是指兩種類型的木匠師傅：具有手藝技巧的木匠，和善於思考、規畫的木匠。不過柳宗元延伸了這個概念，把它應用在宰相治國的道理上，認為宰相既然扮演著輔佐天子的最重要角色，那麼他必須讓「能者用」、讓「智者謀」。以技能取勝的人才，就要讓他們去實際操作、執行命令和任務；以智慧謀略取勝的人才，就要讓他們去統籌規畫，甚至去管理「能者」。

這句話看起來很類似於〈梓人傳〉中的另一句「勞心者役人，勞力者役於人」，但實際上卻有更深一層的含意：宰相要有識人之明、要懂得知人善任。

用現代的眼光來看，就是要把人才安放在最正確的位置，才能達到最高的效益。

歷久彌新說名句

柳宗元認為，治國好比建造房子，必須把每個工作分配好，不僅能讓大家各司其職，也因為每個人都能處在自己最擅長的工作環境，自然能夠游刃有餘，甚至樂在其中。

孔子就是一名深知弟子才幹的老師，當孔子在安排事務的時候，他擇其所長去任命。有一個著名的故事，可以看出孔子的用人之道。

孔子周遊列國時，聽聞齊國的權臣田常為亂，不但殺了齊簡公，還想要發兵攻打魯國，連忙召集召集弟子詢問誰願出面化解干戈。子路、子張、子石等人都想要請命，孔子一概不允，直到子貢請求出使，孔子才同意了。

子貢到了齊國，見到田常，便說：「魯國是難伐之國啊，城牆矮又薄，土地貧瘠又小，國君愚昧大臣無能，人民厭惡戰爭。你還不如去討伐吳國，吳國的城牆高又厚，土地廣又深，士兵裝備齊全，這才是容易攻打的國家。」田常一聽，憤怒的說：「別人說容易打的你卻說很難攻擊，別人說很難攻破的你卻說容易，為什麼？」子貢說：「你之所以攻打魯國，是因為得位不正，國內民眾不服從你，大臣也不滿你。你想以攻擊魯國建立個人聲勢。然而魯國弱小，即使打贏了也沒有什麼了不起，不如去攻打強大的吳國。即使對吳一戰輸了，但不服從你的百姓死在戰場上，反對你的大臣也可趁機掃除，你就可以獨霸齊國了。」田常聽了，正中下懷，但又說：「我已經派兵去攻打魯國了，此時改道，恐怕會被大臣們懷疑。」子貢說：「我現在去吳國，勸他們以救魯國為名攻打齊國，你就能攻擊吳國了。」

子貢接著趕往吳國，遊說吳王，「齊國以萬乘兵車的大國，攻打只有千乘兵車的魯國，齊國的目的是要跟吳國爭強啊。吳國如果願意出兵救魯，一則是彰顯大德，二則是現在伐齊可得大利。你以出兵齊國為名，最後還可以平定晉國，你就是真正的霸主了。」吳王被遊說得心動，但猶豫越國如芒刺在背，想要等平越國之後再處理此事。子貢又自薦說：「我願意出使越國，使越國以從諸侯的身分出兵，配合你的行動。」

子貢趕往越國，遊說臥薪嘗膽的越王句踐。他說：「吳王打算要攻打齊國以救魯國，但他擔心你會造反，所以決定先把越國滅了再出兵中原。如果你想要保住越國，就發兵配合吳國的行動。此戰若吳國敗了，你有機可乘，就算吳國打敗了齊國，晉國將反撲吳國，到時候吳國力量衰弱，你就有機會報仇了。」

子貢最後又趕往晉國，警告晉君，齊吳將戰，如果吳國無法打敗齊國，越國會藉機作亂，但如果戰勝了齊國，吳國的下一步，就是攻打晉國。他勸告晉君，趕緊整頓軍備，防備吳國。

子貢動嘴皮子多方遊說的結果，不費一兵一卒，竟改變了天下大勢。後來吳國大敗齊國，又打算攻晉，與晉國戰於黃池，吳國大敗。句踐立刻趁機渡江攻打吳國，吳王夫差想要援救，卻遭越軍圍攻，最後身死。司馬遷形容子貢：「故子貢一出，存魯、亂齊、破吳、強晉而霸越。子貢一使，使勢相破，十年之中，五國各有變。」如果孔子當時派出的是熱血的子路或讀書修德的顏淵，恐怕誰也沒能有子貢這種靈敏、機變，靠著一張嘴扭轉局勢甚至撼動天下的能力吧。

放乎一己之私以自為，而忘天下之治忽，欲退享此，得乎？

名句的誕生

嗚呼！公卿士大夫方進於朝[1]，放[2]乎一己之私意以自為[3]，而忘天下之治忽[4]，欲退享此[5]，得乎？唐之末路[6]是矣！

～北宋．李格非〈書洛陽名園記後〉

完全讀懂名句

1.進於朝：朝，是朝廷。指被朝廷提拔任用、進入朝廷做官。

2.放：放縱。

3.自為：以個人的利益為主，為自己打算、自作決定。

4.治忽：本來分別指治理、管理與粗心、怠忽，這裡是指治亂、治世和亂世的意思。

5.退享此：退，退休、告老還鄉。此，這裡指享受園林之樂。

6.末路：結局、最後的境地。

唉！這些公卿士大夫們剛剛被朝廷拔擢任官，就放縱私心和欲望，只考慮到個人的利益，而忘了天下治亂的大事，卻想要在退休之後享受園林生活的樂趣，真的能辦得到嗎？唐朝的結局就是這樣啊！

文章背景小常識

北宋的學者李格非（西元一〇四五～一一〇六年），字文叔，山東濟南人，是詞人李清照的父親。他的道德、文章在當時都堪稱一流，因而受到蘇軾的賞識，成為得意門生，是蘇門「後四學士」之一。

李格非為官清正廉潔，一生的著作也頗為豐富，可惜許多作品已經佚失，流傳下來的只有〈臨淄懷古〉詩作一首、文集《洛陽名園記》一卷。這篇〈書洛陽名園記後〉就是《洛陽名園記》的「後記」。

《洛陽名園記》記述北宋時代洛陽十九座花園的情況，為中國的名園史、園林史，留下豐富的資料，而作為全書書跋的〈書洛陽名園記後〉，內容和書中各篇描述園林造景之巧匠精緻不同，是藉由洛陽名園的興廢來告誡世人，不可過度沉溺於享樂，忽略天下的興亡。

文章中特別提到，唐代在太平盛世時，高官貴族在洛陽城裡至少興建了千餘座名園，最後卻隨著大唐江山敗亡而掩沒在歷史的塵埃中。因此「園囿之興廢」是洛陽盛衰的標誌，再進一步推論洛陽園囿的興廢，實際上正是天下治亂的標誌！不僅頗有李白〈登金陵鳳凰臺〉：「吳宮花草埋幽徑，晉代衣冠成古丘」的感慨，更對治國者提出了「憂勞可以興國，逸豫可以亡身」的強烈忠告。

名句的故事

中國自古以來的文人和學者都很強調「憂患意識」。《尚書》提醒世人「滿招損，謙受益」，保持謙虛謹慎的心態，才不會招來不必要的禍患與災難；《易經》也反覆提到「盛極必衰」的道理。

〈書洛陽名園記後〉的這句話，也是相同的道理，而且李格非直接指明，官員的好逸惡勞、鬆懈怠惰，是國家的一大隱憂，他們在富貴得意的時候，放縱私欲、為所欲為，又希望自己能夠全身而退，還在朝廷任職的同時，就開始期待退休養老的安逸生活！即使前朝覆滅的過程歷歷在目，仍舊無視於前車之鑑，唐代最後走向滅亡的結局，正是因為如此啊！

因此，李格非在文章中特別提到：「方唐貞觀、開元之間，公卿貴戚開館列第於東都者，號千有餘邸。」意思是唐代貞觀、開元年間的太平盛世，富貴人家和王公貴族們，紛紛在洛陽建造華麗的館舍，當時號稱有一千多家。不過話鋒一轉，他開始述說這些亭臺樓閣、園林池塘，隨著天下的動亂與無情的戰火，全部成為廢墟和灰燼，隨著唐代一起走向滅亡，沒有留下一點痕跡。

李格非無法接受在朝為官的人士，抱持「今朝有酒今朝醉，明日愁來明日愁」的醉生夢死心態。當如同范仲淹所謂「先天下之憂而憂，後天下之樂而樂」，既然有機會受到朝廷的提拔，就應該把報效國家作為首要任務、把天下興亡視為己任，而不是把做官當作自我享樂的途徑。

歷久彌新說名句

孟子說「欲貴者，人之同心也」、「富與貴是人之所欲也」，追求功名富貴、希望物質生活水準，是人類的天性。孔子也沒有完全否認，只強調「不義而富且貴，於我如浮雲」，認為追求財富和權位的過程中，使用正當的手段是先決條件。有趣的是，如果有一天我們被提拔、受賞識，也獲得財富和權力時，又該如何面對接下來的「富貴人生」？李格非在〈書洛陽名園記後〉提到的公卿士大夫，大多是用極盡的享樂，忽略天下的興衰，滿心期待安穩的衣錦還鄉，迎接功名利祿帶來的榮耀，然而正所謂「脣亡齒寒」，最後這些人士的命運，和國家一同消失在歷史的灰燼中。

陷害岳飛的秦檜，擔任過兩任的王的宰相，專斷國政、獨攬大權十九年，因為位高權重、又深得君王信賴，所以宋高宗趙構在杭州賞賜幾乎半條街的宅地給他，秦檜不僅毫不客氣的接受，更在裡面大肆修建豪宅與園林，修築得比宮廷更豪華，數量多到連自己都弄不清楚，據說有一些宅第和別墅，到他過世都沒有機會進去住過！這人窮極奢欲，但下場是什麼？史書可鑑。

天下之治亂，候於洛陽之盛衰而知；洛陽之盛衰，候於園囿之興廢而得

名句的誕生

予故嘗曰：「園囿[1]之興廢[2]，洛陽盛衰[3]之候[4]也。」且天下之治亂[5]，候於洛陽之盛衰而知；洛陽之盛衰，候於園囿之興廢而得。則《名園記》之作，予豈徒然[6]哉？

～北宋．李格非〈書洛陽名園記後〉

完全讀懂名句

1. 園囿：種植花木供人遊玩觀賞的地方。
2. 興廢：興盛和荒廢。
3. 盛衰：昌盛與衰敗。
4. 候：事物的跡象或徵兆。
5. 治亂：安定和動亂。
6. 徒然：毫無收穫、白白浪費。

我曾說：「這些園林的興盛與荒廢，便是洛陽興盛與衰敗的徵兆。」既然國家的安定與動亂，從洛陽的盛衰跡象上可以看出來；而洛陽的盛衰，又可以從這些園林廢興的跡象上看出來，那麼我寫這本《洛陽名園記》，怎麼會是毫無收穫、白白浪費筆墨的事呢？

名句的故事

洛陽因三面環山，又有多條河流蜿蜒其中，故自夏代以來，常成為統治政權選定的首都；而「河山拱戴，形勢甲於天下」的天然屏障，也促進了園林建築的興起與發展，因而有「千年帝都，牡丹花城」的美譽。

最早的園林建築，是殷周時期供貴族狩獵和遊樂的園囿，秦朝開始有宮苑的形式，當時

最有名的宮苑，是呂不韋在成周城建的「南宮」。南宮的稱呼其來有自，相傳天帝的宮殿「太微殿」也稱為南宮。呂不韋修建這座園林時，秦朝已經統一各國，他官拜相國，又得了洛陽的十萬戶封邑，於是大修壯麗的園林以招待賓客。

然而秦末亂世，南宮荒廢，後來劉邦擊敗項羽，得到天下後，曾經在南宮大宴諸臣，與幾位大臣有一番別開生面的對話。他問在座的眾人說：「列侯、諸將毋敢隱朕，皆言其情：我所以有天下者何？項氏之所以失天下者何？」（諸位侯爵、將軍們不要隱瞞我，都說說你們的看法：我為什麼得到天下，而項羽為什麼會失去天下呢？）有人說回答說：「因為陛下命令人攻城掠地後，將攻佔的地方分賜給旁人，讓大家同享利益，而項羽為人嫉妒，懷疑有才能者，即使打了勝仗也不肯與下屬分享，所以才失去天下。」

劉邦聽了，說：「公知其一，未知其二。夫運籌策帷帳之中，決勝於千里之外，吾不如子房。鎮國家，撫百姓，給餽饟，不絕糧道，吾不如蕭何。連百萬之軍，戰必勝，攻必取，吾不如韓信。此三者，皆人傑也，吾能用之，此吾所以取天下也。項羽有一范增而不能用，此其所以為我擒也。」意思是說，你們只知道一樣，卻不知道第二個原因。談到出謀畫策，掌握千里之外的局勢，我不如張良；鎮守國家，安撫百姓，生產糧食，使糧道不斷，我不如蕭何；率領百萬大軍，每戰必勝，我不如韓信。這三個人，皆是傑出人才，我能用他們，所以我才得到天下。項羽只得一個謀臣范增還不能重用，所以才被我取了天下啊。

然而劉邦在南宮並沒有停留多久，後來在張良的建議下，將國都定為關中。此後百餘年，直到東和光武帝劉秀定都洛陽，駕臨南宮，南宮才又興盛起來，成為帝王家的宮殿。

漢明帝永平三年（西元四〇年）時，又新建了「北宮」，並修築御道，將兩座宮苑連接起來。從此以後，代有名園，到了宋代，許多官宦、士紳更是耗費巨資，修建私人的園林、宮觀、臺閣、館池，終使「天下名園重洛陽」、「洛陽貴家巨室，園圃亭觀之盛，實甲天下」。

歷久彌新說名句

李格非在〈書洛陽名園記後〉中說天下的治亂，可從洛陽園囿盛衰推得。清代吳敬梓諷刺小說《儒林外史》則認為文章的盛衰，與天下治亂息息相關。

書中第十八回（〈約詩會名士攜匡二 訪朋友書店會潘三〉）中敘述，純樸善良的農村少年匡超人事親至孝，有一日到省城學做生意時，受選印八股文的馬二啟發，相信唯有科舉才能光宗耀祖，遂進京趕考。

考中秀才後，他結識了許多杭州名士，如景蘭江等人，經常聚會。一日，他受邀去胡三家拜訪，席間聽人抱怨這一科的科考中，沒有好文章可讀，忍不住問道：「怎麼會沒有文章？」衛體善則說：「不是沒有文章，是沒有文章的法則。」匡超人不解，衛體善又說：「文章是代聖賢立言，有個一定的規矩，比不得那些雜覽，可以隨手亂做的，所以一篇文章，不但看出這本人的富貴福澤，並看出國運的盛衰。」雖然這裡說的文章，是指搏取功名的八股文，考生們宿命地相信文章中看得出作者和國運的消長，但也可以反應出從文章中看得出為文者的「文氣」與氣度格局。

只是匡超人並不以此為戒，後來在惡棍潘三的誘惑下，不但偽造文書，甚至充當起科場槍手，淪喪他原有的淳樸善良。

《儒林外史》藉匡超人的故事，說明科舉制度、八股文有利有弊，利者可以代聖人立言，通經達道；弊者則會對知識分子造成腐蝕和毒害，而知識分子的好壞良窳，又牽動國家的命運。由此可知，見微知著者，非只有洛陽一地園林的盛衰，還有文風的興廢，有志者不可不慎。

盛衰之理，雖曰天命，豈非人事哉

名句的誕生

嗚呼！盛衰之理，雖曰天命[1]，豈非人事[2]哉！原[3]莊宗[4]之所以得天下，與其所以失之者，可以知之矣。

～北宋．歐陽脩〈五代史伶官傳序〉

完全讀懂名句

1.天命：上天所安排。
2.人事：人所能控制，人的作為。
3.原：探究事物的本原，追本溯源。
4.莊宗：五代時期的君主，後唐莊宗，姓李，名存勗。曾因寵信伶官，敗壞朝政，終為伶官郭從謙所弒。

唉！國勢強盛或衰微的道理，雖然是說上天的安排，但難道與人的作為無關嗎？我探究後唐莊宗能得天下以及失天下的原因，已經可以明白其中的道理了。

文章背景小常識

北宋時期的歐陽脩不僅是文學家，以古文革新運動的領袖姿態出現在文壇；他也是史學家，曾編撰《新唐書》和《新五代史》。而《新五代史》為七十四卷本，內容記錄了梁、唐、晉、漢、周等五國朝代的更迭興衰。

北宋的前朝是混亂的五代十國，透過撰寫本書，歐陽脩希望皇帝可以記取五代十國滅亡的歷史教訓，因此在編撰史書時，特別著重鑑古知今，期望勿重蹈覆轍。

〈伶官傳〉是《新五代史》的其中一篇文

章，內容記錄敬新磨、景進、史彥瓊、郭門高等伶官敗亂朝政的史事。本句出自〈五代史伶官傳序〉，是〈伶官傳〉的第一段。

「序」是一種文體，放在文章開頭，表明作者寫作動機之用。歐陽脩在這裡表明了撰寫〈伶官傳〉的動機：「夫禍患常積於忽微，而智勇多困於所溺，豈獨伶人也哉！作《伶官傳》。」告誡當政者，勿沉溺歡樂，應該多多注意事物的細微之處。而內容中也時時傳達警戒之意，例如借用後唐莊宗李存勗中興復國之事，講述在國家興盛時，莊宗喜好雜要逗唱的藝人表演，「常身與俳優雜戲於庭，伶人由此用事，遂至於亡」。伶官是指俳優一類的說唱逗笑的演藝人員，莊宗因寵信伶官，最後卻遭伶官所殺，導致國家滅亡。

名句的故事

後梁、後唐、後晉、後漢、後周，在短短五十三年間，朝代更迭多變。歐陽脩研究五代十國變動盛衰的現象後，提出「盛衰之理，雖曰天命，豈非人事哉」的史學觀點，強調人為力量大於天命安排，以作為當朝或未來執政者治國平天下的警惕。歐陽脩強調人事才是帝王得失天下的主因。此一觀點提出後，接著必然要提出佐證來論述，而他的佐證資料即是後唐莊宗李存勗一朝之盛衰。

後唐開國君王李存勗，是沙陀族酋長李克用的養子。李克用將死之際，賜給李存勗三枝箭，要求他完成三件遺願：將燕王、契丹和梁三國滅掉。李存勗將這代表先王遺志的三箭供奉在太廟中，每次用兵時，都把箭從太廟裡取出，放在錦囊裏，背著它擔任先鋒。

對李存勗而言，替父報仇，完成遺願，是人生前進的目標，因此產生了強大的動能。在這種激勵下，莊宗順利完成了父親的交代，滅掉三國，並將敵將或君主的頭顱祭於太廟，靠自己的力量建立後唐一朝。

然而王朝盛世維持沒多久，莊宗開始縱情享樂，沉迷於歌舞演戲，寵愛說唱藝人景進、史彥瓊和郭門高等伶官，聽信讒言，亂政誤國，最終導致後唐滅亡。而國滅之因，不是天數，是莊宗本人造成的，因此歐陽脩總結說「君以此始，必以此終」，成敗興衰皆由己所造成。

歷久彌新說名句

人類文明的發展進程中，最初相信君王建立國家與天命賦與有關。東方有「五德終始說」，西方有「君權神授」的說法。在中國，思想家用木火土金水五行來解釋王朝的更替，如黃帝為土德，夏禹為木德，商湯為金德，周文王為火德，秦為水德。秦取代周，猶如水剋火，因此，秦始皇的玉璽上刻有「受命於天，既壽永昌」，可知認定皇權是來自於天命。而在古代歐洲，人們也都認為領袖是神的化身，君權來自上帝。這些都是帝王為了提供政權的合法性所編造的謊言。

歐陽脩之前的薛居正在編修《舊五代史》之時，以天命觀來解釋帝王的興衰。但歐陽脩不認同這種說法，他認為人事才是決定王朝興衰的主因。

孟子曾引述《尚書．太甲篇》中的一句話說：「天作孽，猶可違；自作孽，不可活。」說明萬事成敗都由自己所造。而司馬遷在《史記》中論項羽之敗時，也說：「乃引『天亡我，非用兵之罪也』，豈不謬哉。」評論項羽之敗是自身用兵的失算，與天命無關，與歐陽脩的觀點一致，都強調了人事在成敗興衰的關鍵作用。

翻開中國歷史，歷代皇帝因寵信奸小而導致國滅者，不勝枚舉。周幽王因寵愛褒姒甚深，演出「烽火戲諸侯」的橋段，導致周亡；唐玄宗寵愛楊貴妃，引發安史之亂；明熹宗寵信魏忠賢，任由陷害忠良，朝政失序，綱紀敗壞，國勢日微……上述種種，皆是上位者為滿足一己之私欲，昏庸誤國的結果，與天命無關。

憂勞可以興國，逸豫可以亡身

名句的誕生

《書》曰：「滿招損[1]，謙受益。」憂勞可以興國，逸豫[2]可以亡身，自然之理也。

～北宋·歐陽脩〈五代史伶官傳序〉

完全讀懂名句

1. 滿招損：驕傲自滿會招來損害。
2. 逸豫：安逸享樂。

《尚書》說：「驕矜自大會招來禍端，而謙卑包容則能獲取助益。」所以憂慮勞動可以復興國家，但享樂安逸卻足以滅亡自身，這是很自然的道理。

名句的故事

無論任何偉大的帝業或事業，在草創時期總是憂勞困苦，夙夜匪懈。等到成功之後，則又難免享樂安逸，遺忘那段君臣同甘苦的歲月，歐陽脩認為這是自然之理，所以他在論述莊宗建國與亡國之史實後，得出「憂勞可以興國，逸豫可以亡身」的結論。他在此句前引用《尚書》的話，將驕傲和謙卑兩種相反詞對舉，無非也是強調後唐莊宗在稱帝後的作為則是「滿招損」，得意忘形的結果。

而「謙受益」則是用來告誡歐陽脩的當朝皇帝。話說東晉有位名將陶侃，他不喜歡安逸的生活，每天早上將幾百塊磚頭搬到戶外，傍晚又搬進來家裏，為了鍛練心志，謙卑的做苦力之事，不敢懈怠終於完成收復中原的大志。另外，孟子所說的「生於憂患，死於安樂」之句，又可與「憂勞可以興國，逸豫可以亡身」來相呼應。在憂患中生存，卻死於安逸的環境。

「憂勞可以興國，逸豫可以亡身」正說明了莊宗亡國的原因。好不容易滅梁稱帝，但卻不好好珍惜基業，流於享樂，最終竟死於自己喜愛的事物與信賴者之手。歐陽脩論莊宗史實時，更強調的是「逸豫可以亡身」，此句可延伸解讀為告誡北宋當權者，勿蹈莊宗後路。莊宗因為喜好享樂，荒廢政事，最後連寵信的伶官郭從謙都領軍叛亂，將他亂箭射傷後，又用樂器焚身而亡。〈伶官傳〉中描述莊宗之死寫到：「莊宗好伶，而弒于門高，焚以樂器。」此結局真是令人情何以堪！

歷久彌新說名句

唐太宗李世民曾問身邊大臣一個問題：「開創與守成，何者艱難？」房玄齡和魏徵各執一詞，有不同看法。房玄齡說：「與群雄抗戰，並使之臣服，所以創業難。」但魏徵說：「守成難，因為自古帝王都是在艱困中得到天下，而在安逸之中失天下。」最後唐太宗笑著說：「其實兩者皆難，但創業艱難時期已過，現在要和你們共同面對守成的艱困時刻了！」

「憂勞可以興國」在談創業維艱，而「逸豫可以亡身」則是在說守成的重要。南朝陳後主（叔寶）是宣帝的長子。陳並非小國，曾與北周、北齊等國三足鼎立、相互對峙。起初陳朝的皇帝改革梁朝的奢侈之風，輕徭薄賦，使江南經濟復甦。到了陳後主之父宣帝在位時，努力興修水利、開墾荒地，還曾一度北伐，試圖擴展疆域，然而三代皇帝辛苦經營，傳到陳叔寶手上，他卻一改陳朝向來清明勤政的政治風氣，荒淫無度，寵幸貴妃張麗華，通宵達旦，在宮殿飲酒作樂，縱情酒色。甚至連在臨朝時，都讓張麗華坐在腿上或抱在懷中，根本無心於朝政。

除了美人之外，陳後主還大興土木，建築

美輪美奐的宮殿。而當時隋朝勵精圖志，國力雄厚，隋文帝發兵攻打陳朝，陳叔寶認定有長江天險，隋軍不可能攻入，因此有恃無恐。而當隋軍攻入皇宮時，驚慌的陳叔寶據說與貴妃張麗華等人藏身井中，最終被俘。根據《陳書》中記載，當國破時，他對身邊侍臣說：「非唯朕無德，亦是江南衣冠道盡。」即使到了亡國的當口，仍毫無悔意，認為國家滅亡不過天意，與自己荒廢朝政、敗壞基業、無能守成無關。

陳後主據說撰寫了〈玉樹後庭花〉詩，內容已亡佚，《陳書》中曾說：「後主每引賓客對貴妃等遊宴，則使諸貴人及女學士與狎客共賦新詩，互相贈答。採其尤豔麗者以為曲詞，被以新聲。選宮女有容色者以千百數，令習而歌之，分部迭進持以相樂……其曲有〈玉樹後庭花〉、〈臨春樂〉等。」《隋書》也曾形容它：「與幸臣等製其歌詞，綺艷相高，極於輕薄，男女唱和，其音甚哀。」哀靡的亡國之音詮釋了陳後主成為南朝最後一個皇帝的事實。

唐代詩人杜牧曾感慨寫下「商女不知亡國恨，隔江猶唱後庭花」，以〈後庭花〉詩諷刺那些沉迷聲色、紙醉金迷的官僚貴族。

夫禍患常積於忽微，而智勇多困於所溺

名句的誕生

故方[1]其盛也，舉[2]天下之豪傑，莫能與之爭；及[3]其衰也，數十伶人[4]困之，而身死國滅，為天下笑。夫禍患常積於忽微[5]，而智勇多困於所溺，豈獨伶人也哉！

～北宋．歐陽脩〈五代史伶官傳序〉

完全讀懂名句

1. 方：正當。
2. 舉：全。
3. 及：等到。
4. 伶人：說笑逗唱的藝人。
5. 忽微：忽略、細微的地方。

當莊宗強盛的時候，天下英雄豪傑都無法與他相爭，等到他衰弱的時候，幾十個戲子圍困他，就因此丟了性命，連國家也滅亡了，成為天下人的笑柄。禍患常在輕忽、細微之處累積起來，而智勇常困於沉溺安樂，哪裡只有伶人才如此。

名句的故事

輕忽、細微之處與耽溺享樂，是人們經常失敗的原因，不一定像莊宗那樣沉迷伶人才會發生。人只要過於沉溺享樂，隨時可能墮入失敗之地。歐陽脩在〈伶官傳〉中勾勒出莊宗寵愛伶官的昏君形象，歸納出「夫禍患常積於忽微，而智勇多困於所溺」的道理來。當莊宗秉持對先帝的受箭承諾，他智勇殺敵，先是縛殺劉守光父子，接著擊退契丹，最後更獵殺梁國君臣之頭顱，這三件事，即是先王所未完成的遺志，可見莊宗比其父還勇猛；然而莊宗成功之後，得意忘形，只顧沉醉所好，終日與伶官為伍，一同演戲，還幫自己取個藝名叫李天下。由於伶官與君同樂，一時權傾天下，登上政治舞台，把宮廷搞得烏煙瘴氣，國家大亂。

有一次，莊宗與許多伶官一同在宮廷演戲作樂，他向四周呼喊，「李天下，李天下在哪？」沒人敢回應。這時，伶人敬新磨跑到莊宗面前，竟賞了他一記耳光。眾人看了這場面都嚇了一大跳，把敬新磨捉了起來，責問說：「你好大膽，竟敢打皇帝耳光！」敬新磨卻不在意的回答說：「李天下就是皇帝你嘛，您還呼喊誰啊！」眾人聽了哈哈大笑，莊宗也很開心，竟大加賞賜他。

類似敬新磨這種投其所好的對答與莊宗荒唐行為，不勝枚舉。然而莊宗的過於寵愛，讓伶人掌握過大的軍權，最後導致小人作亂。莊宗在亂中被殺，也葬送了好不容易打下的天下。

歷久彌新說名句

《史記．扁鵲倉公列傳》曾記載一段春秋時代名醫扁鵲想為齊桓公治病，但齊桓公不聽，導致最後病死的故事。

話說扁鵲參訪齊國時，深受齊桓公的禮遇，當他在朝廷拜見桓公時，一眼就從細微處看出桓公患有小病。所以扁鵲四次拜見，三次提醒桓公要趕快醫治，不然小病累積成大病，就算神仙來了也難救。扁鵲第一次和桓公說：「您的皮膚和肌肉間有點小病，請別忽視它，要趕緊治好。」但桓公不理會，堅稱自己沒病。過了五天，扁鵲再來參見桓公，一看就說：「大王，您的病已擴大到血脈了，不治的話，會侵入身體內部！」但桓公仍不理會。再過五天，扁鵲再來，又告訴桓公，小病已擴展到腸胃了。桓公還是毫不在乎。最後五日，扁鵲來晉見時，一看桓公，已知病情深入骨髓，預告死神來索命了，於是就逃離齊國，不久，桓公果真病死了。故事主要告訴我們若要防止禍患發生就要多注意細微之處。這情況對齊桓公而言，說明了「禍患常積於忽微」的道理，這與「防微杜漸」有異曲同工之妙。

而與莊宗這般懷有大才，卻自毀天下的例子，歷史上並不在少數。南北朝時期的北齊開國皇帝名叫高洋。他因為生來貌醜，沉默寡言，因此被母親所厭惡，還常遭到兄弟的欺侮。但高洋為人深沉英敏，雖然看似愚笨，其實大智若愚。高洋的父親高歡是東魏的名將，兄長高澄為朝中宰相，年少便掌握了東魏的政權，但就在即將取得東魏皇權前夕，遭到暗殺而死。

高洋原本只是武將家中的平凡次子，在長兄死去後挺身而出，控制了朝中紛擾的勢力，並迫使東魏孝靜帝禪位，開創了北齊王朝。

高洋剛登基時，勵精圖治，進行改革，編定了《齊律》，減少冗員，嚴格禁止官吏貪汙，改革吏制，並重用人才。而後四方爭伐，接連打敗了柔然、突厥和契丹等外患，被稱為「英雄天子」。

然而隨著平定四方、大權在握後，他開始縱情聲色、日夜放縱，尤其好酒，無法自拔，酒後失控，經常做出各種瘋狂的事情來。有一次爛醉後，竟將寵妃殺死，並將肢體支解，取其骨製成琵琶，自彈自唱，令人見了心驚膽戰。即使母親勸阻，他也無法控制自己，甚至在酒後將勸諫自己的母親給摔傷。到後來甚至不理朝政，成天沉湎於酒色之間，大興土木，修築宮殿，最後在三十三歲時，因酒而暴亡。昔日的英雄天子最後卻毀於酗酒爛醉，正是「智勇多困於所溺」的殘酷例子。

其同乎萬物生死，而復歸於無物者，暫聚之形

名句的誕生

嗚呼曼卿[1]！生而為英[2]，死而為靈[3]。其同乎萬物生死，而復歸於無物者，暫聚之形[4]。

～北宋．歐陽脩〈祭石曼卿文〉

完全讀懂名句

1. 曼卿：即石延年，是歐陽脩好友。嗜酒，喜狂飲，常與劉潛在酒樓對飲。
2. 英：英雄。
3. 靈：神靈。
4. 暫聚之形：暫時聚集的身體，指的是肉體身軀。

唉，曼卿啊！你在世的時候是英雄，去世的時候是神靈。那和萬物一樣有生有死，最終又歸於虛無，是你的肉體身軀。

文章背景小常識

石曼卿是歐陽脩的好友，他死後二十六年，歐陽脩派李敭（音ㄧㄤˊ）到他在太清（今河南）故鄉的墓地致祭，並寫下祭文弔唁。歐陽脩在文中除了表達對石曼卿生英死靈的讚揚與墓地荒城的感慨之外，也辨析英靈與萬物之異同。

在此文之前，歐陽脩還曾寫過〈石曼卿墓表〉。墓表是一種文體，用來表彰死者的功業。其文寫道：「自顧不合於時，仍一混以酒。然好劇飲，大醉，頹然自放。」石曼卿為人孤僻，是個與世俗不合的酒鬼，每次喝醉，就會行為脫序，頹廢不堪。石曼卿只活了四十

六歲，壽命不長，極有可能是酗酒造成的。

然而為何他會酗酒呢？細究石曼卿短暫人生，他考運不好，多次科舉都榜上無名。宋真宗破例授與他官職，但卻遭到他的拒絕。宋仁宗時，朝臣張知白勸他入朝為官，他才同意入仕。他曾上書提醒朝廷，要加強對西夏外患的邊防準備，卻不被接受，直到外患節節進逼，朝廷才接受他的建議。可見石曼卿是個有自尊也有才幹的人。

歐陽脩在〈祭石曼卿文〉一文中，讚揚石曼卿是英靈的卓越不朽人物，已在史冊上留名，這與萬物僅有身軀、苟活一世的人生不同。但又感慨他的墓地位於荒郊野地，無人聞問，又與古聖賢的遭遇一樣。

文中歐陽脩三次的呼喊「嗚呼曼卿」，可見其友誼深厚，對亡友的不捨與牽掛。全文寫來，悲涼悽愴，令人動容，

名句的故事

人的生命意義到底何在？這是個哲學問題，也是宗教問題，它是人類文明發展史中，一直都在探究的議題。

歐陽脩認為，人的生命可分兩種，一種是有形的、外在的肉身軀體；一種是無形的，內在的精神典範。他在〈祭石曼卿文〉中說：「其同乎萬物生死而復歸於無物者，暫聚之形。」意思是說人的肉身與萬物一樣，都有生有死，最後終歸於無形的暫時軀體而已。這是石曼卿與萬物相同之處，然而不同處則是人的精神不朽，留名萬世。

但有的人渾渾噩噩度日，和萬物同朽。石曼卿也曾糟蹋過自己的肉身。《夢溪筆談》中說，他因嗜酒成性，行為癲狂，經常蓬頭散髮，赤腳戴著枷鎖飲酒，自稱「囚飲」；也曾和人在樹上喝酒，自稱「巢飲」；又曾用稻麥稈束身，然後伸出頭來與人對飲，說這叫「鱉飲」；還曾在夜晚不點燈，與人摸黑飲酒，稱為「鬼飲」；還有一種是一下跳到樹上，一下又跳到地上，邊跳邊喝，叫「鶴飲」……他時常醉臥在宮廷附近一間廟庵中，取名為「捫虱

庵」。石曼卿狂飲到這個地步，放浪形骸，有點像魏晉的名士。

但他如此糟蹋身體，死時才四十七、八歲，放浪形骸的背後隱藏著的是才華洋溢但鬱鬱不得志的痛苦。《宋史》評：「延年雖酣放，若不可攖以世務，然與人論天下事，是非無不當。」歐陽脩與石曼卿私交甚篤，他認識石曼卿時，大約二十四、五歲，在洛陽任西官留守推官，與一群洛陽才子志同道合，留心政治、研究詩文。少年之交，不過中年便見好友抑鬱以終，難免內心沉痛，除了透過祭文追悼亡友，也試圖透過生命短暫，肉身不免腐壞，而精神或可長久留存的定義，作為對亡友短暫人生的安慰。

歷久彌新說名句

談到嗜酒如命的石曼卿，很難令人不想到同樣好酒的魏晉名士們，雖然身處在不同年代，有不同的原因，但許多表現竟有著相似的巧合。

劉伶是「竹林七賢」之一，與阮籍、稽康等人齊名，頗富文采，卻嗜酒貪杯。一旦喝醉就不受控制，時常在家中把衣服脫光了，赤條條喝得爛醉。一次有客人來訪，目睹他在家中裸身的模樣，恥笑他的行為。劉伶卻絲毫不以為意，反而說：「我以天地為棟宇，屋室為褌衣，諸君何為入我褌中？」意思是天地是我的房屋，房子是我的衣服，誰叫你們鑽進我的褲裡來！把對方反駁得無話可說。

又有一次，他酒癮大發，懇求妻子弄點酒來喝。劉妻哭著勸說：「你飲酒太過，還是戒酒吧！」劉伶無奈的說：「我酒癮嚴重，無法自我控制，最好能對神鬼立誓戒酒。妳準備點酒肉，好讓我祭神發誓吧。」劉妻喜出望外，連忙準備了供奉鬼神的酒菜，沒想到劉伶跪下後卻說：「天生劉伶，以酒為名，一飲一斛，五斗解酲。婦人之言，慎不可聽。」意思是說，我天生以酒為命，每次飲酒至少要喝上一斛，至少要喝上五斗酒才會清醒過來。婦人女子的話，不必聽信。接著又喝個爛醉。

劉伶如此好酒，甚至寫下了著名的〈酒德頌〉，然而他爛醉的人生，與魏晉時期政壇風雲詭譎，司馬氏奪權前後屠殺異己有關。當時「天下多故，名士少有全者」，那血腥恐怖的災難隨時會降臨在自己頭上，因此當時竹林七賢中，許多人都選擇長醉不醒，以求避禍。即使是原本有濟世之心的阮籍，在得知司馬昭想要與他結為姻親後，想要拒絕又不敢拒絕，只得天天喝得大醉，一連喝醉六十天，讓司馬招打消了結親的念頭。

不與萬物共盡，而卓然其不朽者，後世之名

名句的誕生

不與萬物共盡，而卓然[1]其不朽者，後世之名。此自古聖賢，莫不皆然，而著在簡冊[2]者，昭如日星[3]。

～北宋．歐陽脩〈祭石曼卿文〉

完全讀懂名句

1. 卓然：超高出眾的樣子。
2. 簡冊：竹簡書冊，書籍。
3. 昭如日星：像日月星辰一樣明亮。昭，明亮。

不和萬物一同消逝，而能卓越出眾不腐朽的，是流傳下去的英名。自古聖賢都是如此，那些都被記錄在史冊書籍中的人，名聲像日星一般明亮。

名句的故事

生命有時不是看他的長度，而是看他的亮度。雖然石曼卿英年早逝，但他的事蹟透過筆記小說或正史留傳下來。

除了文學作品流傳，石曼卿最值得後世景仰的是，他有一顆熱血報國的心與鐵骨錚錚的膽識與氣魄。

北宋景祐五年（西元一〇三八年），當時宋朝北方的西夏興起，國力雄厚，改稱皇帝，自定國號「大夏」，徹底與宋朝決裂，成為北宋長年隱憂的外患。

西夏國力鼎盛，每年總要對宋朝發動一、兩次的武力攻擊。宋軍疲弱，幾乎無可抵擋，

到後來只要聽到西夏發動攻擊，宋軍便聞風喪膽。

早在西夏興起前，石曼卿便上書皇帝，請求國家徹底整頓針對西夏與遼國的邊防，然而皇帝並未注意到他的諫言。直到屢戰屢敗後，皇帝才想起了石曼卿的上書，命令他去河東徵兵。他果然徵得十幾萬的士兵，解救邊關的危急。後來，又曾經奏請招募人出使回鶻等國家，遊說一起與宋出兵進攻西夏，此策略深得皇帝讚許，賞賜他緋衣、銀魚等物。然而正當皇帝想要重用他的時候，他卻一病不起，最終壯志未酬身先死。

相傳石曼卿為人詼諧，才思敏捷。《拊掌錄》曾記載一個關於他的故事。有次石曼卿要到報寧寺參訪，途中駕車的馬兒因故受到驚嚇，將他從車上摔了下來。身邊的侍從雖然趕緊將他扶起來，但路上的人都看到了經過，不由得竊竊私語。眾人原以為他會大發脾氣，但他卻跟馬夫開玩笑說：「還好我是石學士，身子硬朗，若是瓦學士，恐怕這麼一摔便破碎不全了。」

這段故事除了幽默有趣，更表現出石曼卿為人寬宏大量，待人寬容。

《溫公續詩話》也記載了一則關於石曼卿的軼事。唐朝的李賀曾作〈金銅仙人辭漢歌〉一詩，詩中名句「天若有情天亦老」，無人能對出下句。而石曼卿卻對出「月如無恨月常圓」的下句。這也顯示出石曼卿的才華出眾。

由上述的兩個例子，再對照歐陽脩在文中對他的形容與評價「生而為英，死而為靈」、「軒昂磊落，突兀崢嶸」、「金玉之精」、「自古聖賢，莫不皆然」等語，評價之高，可見石曼卿的人格。

歷久彌新說名句

人生在世，思考的不只是享樂身軀而已，還要想想有何精神不朽，流傳後代，生命才有意義。

春秋時代，叔孫豹出使晉國，晉國將軍范宣子問了他一個問題：「古人說『死而不朽』，這是什麼意思呢？」叔孫豹並未立刻回答。范宣子接著很自豪地說：「可能是指家族姓氏的世代傳承吧。我的祖先是陶唐氏，傳下御龍氏、豕韋氏……」

這時叔孫豹開口說：「姓氏流傳、官位世襲，並非不朽。我聽說第一不朽的是樹立德行，第二不朽是樹立功業，第三不朽是樹立言論。這些精神遺產才是可流傳下去，不會隨時間消逝。」

叔孫豹所說的「太上有立德，其次有立功，其次有立言，雖久不廢，此之謂不朽」，即所謂立德、立言、立功的「三不朽」。

曹魏的曹丕在《典論，論文》中也曾說：「文章乃經國之大業，不朽之盛事，年爵有時而盡，榮樂止乎其身，未若文章之無窮也。」這段話的意思是，爵位和榮華利祿都是短暫的，只有著書立說可延續生命，將思想與精神流傳於世。

使天而雨珠，寒者不得以為襦；使天而雨玉，饑者不得以為粟

文章背景小常識

本文是嘉祐七年（西元一〇六一年），蘇軾任職鳳翔簽判時所作。當年春天長達一個月乾旱無雨，百姓擔憂無水灌溉，作物無法順利培植。而蘇軾也於這一年營建官邸，在北面築亭、南面鑿池種樹作為自身的休憩之所。亭臺落成時，碰巧下了連續三天的大雨，一解連日無水之困。蘇軾對鳳翔百姓久旱逢甘霖的喜悅感同身受，將亭命名為「喜雨」，並寫下這篇〈喜雨亭記〉。

蘇軾於開篇便簡潔地說明以「喜雨」為亭命名的原由，並引述歷史上三件以喜事命名的事件，如周公得到君王轉送的異禾，便作詩〈嘉禾〉；漢武帝得寶鼎，便將年號改為元

名句的誕生

既以名亭，又從而歌之，曰：「使天而雨珠，寒者不得以為襦1；使天而雨玉，饑者不得以為粟。一雨三日，伊誰之力？」

～北宋．蘇軾〈喜雨亭記〉

完全讀懂名句

1. 襦：上衣、短衣。

既然亭子的名字已經取了，又進一步寫歌唱頌：「假使上天落下的是珍珠，寒冷的人也不能拿它來當短襖穿；假使上天落下的是寶玉，飢餓的人也不能拿它來當糧食吃。如今一連下了三天的雨，是誰的功勞呢？」

鼎；魯文公俘獲北狄國君僑如，則將兒子命名為僑如。先做出三道歷史鋪陳，繼而娓娓道出建亭的始末：亭臺落成之時正巧天降甘霖，「雨」正是普天同慶的喜事。

蘇軾除了傳神描寫大雨前後，人民從初時猶感未足，漸至雨水豐足的大喜反應，也條分縷析的指出雨水對於社稷民生的重要性：無雨看似事小，卻是牽動收成、左右飢荒、刑訟與治安的大事。全文層次謹嚴又不失風韻，表達出士大夫與民同樂、敬畏天地自然的欣悅之情。

名句的故事

蘇軾在記述亭臺落成，恰逢甘霖的命名始末後，作歌讚頌喜逢甘霖的欣悅，認為現在能與諸多賓客風雅賞景，皆是雨的恩澤。若久旱不雨，稻麥無以灌溉成長，自然收成時會產生飢荒。飢荒時節，百姓生活動盪，刑訟與強盜必將滋擾不休，屆時蘇軾等人也無法置身事外，不食人間煙火地遊賞亭臺了。且若上天落下的並不是雨，而是珍珠、寶玉等珍貴但無益於安定民生之物，那麼百姓依舊不得溫飽。平凡簡單的雨看似再尋常不過，實是自然造物最好的安排，肯定了雨滋潤萬物的天然本質。

最後，蘇軾探究這樣好的雨應該歸功於誰？其由百姓出發，逐步推擴至太守、天子，造物主。造物主並不居功，將下雨之功歸因於太空，而太空蒼茫浩瀚，並沒有能為亭命名的人格化意志，所以乾脆由最初建亭的蘇軾自己來命名。這個結尾對象由小漸大、由實入虛地層層推盪，最終又回歸自身，回到當初簡單卻又眾所期盼的雨水本身，但與此同時，卻也已經一一照應與這座亭、這場雨息息相關的人們，可說是不落俗套的紀念。

林雲銘《古文析義》說：「居官興建，當言與民同樂。但亭在官舍，為休息之所，無關民生。然蘇卻借旱後大雨，語語為民，便覺闊大。若言雨是雨，亭是亭，兩無交涉，則言雖大而近誇也。此卻自喜雨之後，追言無雨必不能樂此亭，是亭以雨故，方感其為亭，何等關係。」點出了蘇軾此文真正要表達「仁民愛物」的胸懷。

歷久彌新說名句

蘇軾除了這篇〈喜雨亭記〉，也有為數眾多的寫雨詩文。雨在蘇軾的文學創作中有相當豐富的層次。

於〈六月二十七日望湖樓醉書〉一詩，蘇軾以「黑雲翻墨未遮山，白雨跳珠亂入船」一句具體、傳神地描繪氣勢萬千的雨景。

至於〈定風波〉中：「回首向來蕭瑟處，歸去，也無風雨也無晴。」表現出雨既是竹林間瀟灑真實的雨，也象徵人生驟然乍臨的困難風險。

當蘇軾因烏臺詩案下獄，誤以為自己命在旦夕，曾寫下兩首絕命詩託獄吏寄給弟弟蘇轍。其中四句為「是處青山可埋骨，他時夜雨獨傷神。與君今世為兄弟，又結來生未了因」，叮囑弟弟可將自己隨意安葬於某處青山，並揣想自己死後，弟弟每逢夜雨時分獨自黯然傷心的情景，希望生生世世都是兄弟，於來生再續前世未完的緣分。〈夜雨〉於這首詩中，可視為兩兄弟溫馨相談共讀的回憶，也是約定的暗語。

蘇軾曾於〈感舊詩〉序提及早年與蘇轍同居懷遠驛，秋夜落雨，「始有感慨離合之意」。蘇轍亦於〈逍遙堂會宿〉序中敘及兄弟倆自小從未分離，成年中舉後即將各自遊宦，讀韋應物「安知風雨夜，復此對床眠」一句，兩人「惻然感之，乃相約早退，為閑居之樂」。

風雨對床，是蘇軾兄弟彼此都津津樂道的回憶，也是期許早日退休，共享兄弟天倫之樂的約定。

天可必乎？賢者不必貴，仁者不必壽。天不可必乎？仁者必有後

名句的誕生

天可必乎？賢者不必貴，仁者不必壽。天不可必乎？仁者必有後。二者將安取衷哉？

～北宋．蘇軾〈三槐堂銘〉

完全讀懂名句

上天必定會展現祂的意志嗎？為什麼賢能的人不必然富貴，仁厚的人不必然長壽？上天不一定會展露祂的意志嗎？為什麼仁厚之人必定有優秀的子孫？這兩種說法，哪一種才是對的呢？

文章背景小常識

〈三槐堂銘〉是元豐二年（西元一〇七九年）蘇軾在湖州為王鞏祖祠「三槐堂」所寫的一篇傳世銘文。

三槐堂得名於先人王祐。王祐先後任職後漢、後周、北宋，最高官至兵部侍郎，以學識淵博、仁厚正直著名。《宋史．王祐傳》記載當年宋太祖猜疑武將符彥卿心懷不軌，命王祐前往調查，若成功察覺符氏謀逆，便任王祐為宰相。然而王祐並不為干祿而刻意栽贓，相反的，他僅僅處罰兩個真正滋事的家僕，並以自家百口性命擔保符彥卿的清白，更直諫太祖「五代之君，多因猜忌殺無辜，故享國不永，願陛下以為戒」。符彥卿就此免禍，但王祐的耿直卻多次激怒太祖，也曾受讒遭貶為鎮國軍行軍司馬。

王祐曾於庭園手植三棵槐樹，認為自己雖

無福得到宰相之位，但子孫必有貴列公卿者，日後王氏一族果真如其所言，數代昌盛顯赫。

銘文通常是篇幅短小、雕刻於金石之上的紀念韻文，藉以祝頌表彰，或是勸世警戒。劉勰《文心雕龍．箴銘》中說：「銘兼褒贊，體貴弘潤。」明確揭示「銘」的溫和圓融，旨在正面崇揚的文體要求。

蘇軾這段小序從天命之說娓娓道來，既帶出王氏一族源遠流長的家風與顯赫，也流露見賢思齊、相信天道自有公理的積極坦蕩信念。除了預示主題，其典雅博學的風格也與銘文的四言韻文遙相呼應。

名句的故事

〈三槐堂銘〉的開頭是一段和《史記．伯夷叔齊列傳》有異曲同工之妙的命題。

蘇軾拋出了上天是否真能展現意志的命題，並舉出兩則於日常生活時有所聞的相反觀察交相對照：若認為天命真能賞善罰惡，為何賢德之人未必善有善報？若認為天命無常，可是這些仁厚之人，往往也有傑出賢能的子孫？

命題看似開放，但蘇軾落筆實則早有定見。他提及世人談論天道多半「不待其定而求之」，尚未等到上天完全展現其意志定奪，便擅自認為天理荒唐無稽，懈怠放肆。世人只看見盜跖身為盜賊卻享高壽、孔子師徒如此賢德卻屢遭困厄，顏回甚至飢貧交迫而死，而沒有體認這些都是「天之未定」，都是片面未完的現象。行文至此，可以感受蘇軾其實站在「天可必」，且上天確實能公正無私、賞善罰惡的立場。

這段開篇文字看似天外飛來一筆，與「三槐堂」毫無關係，實則是層層引出三槐王氏一族興衰的鋪墊，而「仁者必有後」一語，也早早揭示了銘文對王氏一族的核心評價，將原本單純贊述特定宗族的應酬文章，擴大至探論立身之道的普世層次。

歷久彌新說名句

〈三槐堂銘〉對天命的探問，頗能與《史

記·伯夷列傳》對天命的疑問相映成趣。伯夷、叔齊因不願在改朝換代後接受周朝恩澤，活活餓死於首陽山。孔子認為「伯夷、叔齊，不念舊惡，怨是用希」、「求仁得仁，又何怨乎」，但司馬遷引述伯夷、叔齊所作批評周王「以暴以暴、不知其非」的詩歌，指出伯夷兄弟未必無怨，委婉表示也許孔子的評述未必盡符真相。司馬遷又進一步提出對天道的懷疑：「或曰：『天道無親，常與善人。』若伯夷、叔齊，可謂善人者非邪？積仁潔行如此而餓死！」既然世人說天理運行公正不偏私，常常將福澤賜予真正配得這些美好的良善好人，那麼像伯夷、叔齊這樣潔身自好的人最終卻為了堅持理想而死，這又代表什麼呢？

司馬遷繼而提到顏回是孔子七十二弟子中最賢德者，卻貧困早夭；盜跖殘殺擄掠，卻能橫行天下安穩壽終；近代的小人「終身逸樂，富厚累世不絕」；而平日韜光養晦、謹慎端正的人「非公正不發憤，而遇禍災者，不可勝數也」。在《史記·伯夷列傳》中，司馬遷表露的天道思想相當深沉複雜，既有認知人世不公的哀傷憤激，有對六藝典籍、前人既定說法的獨立思考與質疑，也有明知世道汙濁，依舊「從吾所好」、「各從其志」的寬慰自勉。

善惡之報，至於子孫

名句的誕生

松柏生於山林，其始也，困於蓬蒿，厄於牛羊；而其終也，貫四時，閱千歲而不改者，其天定也。善惡之報，至於子孫，則其定也久矣。吾以所見所聞考之，而其可必也，審矣。

～北宋．蘇軾〈三槐堂銘〉

完全讀懂名句

松柏生長在山林之中，起初遭蓬蒿纏困、被牛羊踐踏，然而最終仍是四季長青，歷經千年而不凋蔽，這就是上天賜予松柏的命定。人的善惡報應有時也澤被子孫後代，歷經多時才能完全展現，這也是上天早早就賦予的命定。我根據自身的見聞加以考核，上天必定會展現其賞善罰惡的意願，這是確實明白的。

名句的故事

針對天理是否賞善罰惡這個大哉問，蘇軾提出了長遠審辯的眼光：不能只論一時片面的得失，而需觀照長遠脈絡，並由此得出天道昭昭、確然無疑之理。

蘇軾認為開國風雨飄搖時，必定有些賢良臣子鞠躬盡瘁，卻未能在生前獲致相稱福報，但其後嗣多半能與君王相處融洽、共同締造安穩盛世。當初建立三槐堂的王氏先人王祜就是最佳典範：王祜生性仁厚勤謹，雖然曾因直言勸諫宋太祖而被貶官。生前雖未能晉封三公，但王祜曾手植三棵槐樹，聲稱未來子孫必有賢達顯貴，之後兒子王旦果然於真宗時期擔任宰相近二十年，一族賢名遠播。

蘇軾因出生時代較晚，未及親炙王祐父子，但與其曾孫王鞏心氣相投，也素知王鞏之父、工部尚書王素的正直敢諫。由子孫的立身處事，便能深刻感受王家勤謹真誠、重視學養的家風，這也是王氏得以立足多代仍能日漸昌盛的原因。

君子縱然遭遇困厄失意，終究只是一時，上天最後仍會根據人的德行才具作出公正裁判，正如松柏生長之初可能遭逢雜草與牲畜的牽累，但不改其凌霜傲雪的本質，得以持續茁壯、長青。由此，蘇軾對天意給出相當積極正面的解答：人應盡人事、聽天命，不因一時挫折而放棄原有的理想期許。

歷久彌新說名句

《易經．文言》中說：「積善之家，必有餘慶；積不善之家，必有餘殃。」長年累積善行的人家必然有豐餘吉慶，反之，習於作惡的人家則必定災禍連連。這項天理昭彰、自有善惡循環的理念表明了「盡人事、聽天命」的道德涵養，人可藉由自我省察、砥礪，切實把握自我人生，趨吉避凶。

善惡有報的思維深深滲入中國文化，明代擬話本小說《三言》、《二拍》就編撰諸多以命運巧合、輪迴轉世彰顯善惡因果的故事。例如〈蔣興哥重會珍珠衫〉中，陳商誘騙蔣興獨守空閨的嬌妻三巧兒，之後原本身強體壯的他突然病死異鄉。在外經商的蔣興得知妻子紅杏出牆後憤而休妻，另娶時卻恰巧娶到陳商本分溫柔、從不作惡的元配平氏。至於曾經出軌的三巧兒即使最後與蔣興重修舊好，卻失去原本的正室地位，降為小妾。

再如〈鬧陰司司馬貌斷獄〉描寫韓信替漢朝打下大半江山，卻被呂后騙入長樂宮誅殺，死後轉世為曹操，而劉邦轉世為漢獻帝，呂后轉世為伏皇后。曹操顛覆漢室，將漢獻帝夫婦玩弄於股掌之間，冥冥間報了一箭之仇。善惡有報，因果循理，時候未到，即使相隔數百年，上天也終將以意想不到的方式實踐報應。

天道何親？惟德之親。鬼神何靈？因人而靈

名句的誕生

天道何親？[1]惟德之親[2]。鬼神何靈？因人而靈。夫蓍[3]，枯草也；龜，枯骨也；物也。人，靈於物者也，何不自聽而聽於物乎？

～明．劉基〈司馬季主論卜〉

完全讀懂名句

1. 天道何親：天道，天理、世間的法則。這句是倒裝句型，原句應為「天道親何？」天道會親近誰？
2. 惟德之親：惟，只；之，賓語提前的助詞，將賓語（即受詞）「德」提到句子的最前方，故原句應為「惟親德」，只親近有德者。
3. 蓍：音ㄕ，一種草本植物，古代常用它的莖來占卜。後文出現的龜，即龜甲，也是占卜的工具之一。

天道會親近誰呢？只親近有德者；鬼神為什麼而靈驗呢？是因為人才靈驗。蓍是枯草；龜甲是枯骨；兩者都屬於物類。人，比萬物更有靈性，為什麼不聽信自己，反而要去聽信物類而占卜呢？

文章背景小常識

劉基（西元一三一一～一三七五年），字伯溫，諡文成，明代政治家與文學家。後人多比作諸葛亮，朱元璋也曾多次稱劉基為「吾之子房（即漢代張良）」。此外，民間認為劉基非常會占卜，有許多神機妙算的故事流傳，相

傳他所著的《燒餅歌》能預言明亡後數百年之事。

這篇〈司馬季主論卜〉標題為吳楚材所加，其實出自於《郁離子》中的第十一篇〈天道〉。司馬季主見於《史記．日者列傳》，日者，即古代占星卜筮的人，在《史記》中，漢代的賈誼便曾問卜於司馬季主。〈司馬季主論卜〉其實脫胎於《史記．日者列傳》，而將主角賈誼代換為東陵侯而已。

東陵侯即漢代的邵平，秦時封東陵侯，秦亡後在長安城東邊種味美的五色瓜，世稱「東陵瓜」。東陵侯被廢後靜極思動，於是問卜於司馬季主，希望得到回答。

東陵侯與司馬季主一秦一漢，兩人所處時代相距甚遠，文中的兩段對話乃劉基假託。先是東陵侯問卜，接著司馬季主回答表示，人是萬物之靈，只要聽從自己的心意便好，不必問卜。但東陵侯仍不放棄，深入追問，司馬季主於是以今昔對比說明闡明事物盛衰循環的道理。

東陵侯只覺得久廢當用，卻不念及既用當廢，顯然不明白人事無常，聚散有之、起伏有之的道理，因此司馬季主反問東陵侯，引出今昔對比時，讓人讀來如冷水澆背，吃驚不已。清朝學者林雲銘在《古文析義》中評這篇文章道：「自首至尾，總是一個屈伸起伏道理。」顯然，「屈伸起伏」，乃劉基所要警醒世人之理。

名句的故事

周武王逝世時，周成王年紀尚輕，因此由周公攝政，但管叔與蔡叔散佈謠言，說周公有意篡位，將不利於成王。管蔡聯合了殷商遺民武庚發起了「三監之亂」，於是周公東征，殺了武庚與管叔、囚禁蔡叔，平定動亂。然而蔡叔的兒子蔡仲率德馴善，且在周公舉薦下將魯國治理得很好，周公於是請求成王將蔡國封給蔡仲，使他繼承父親的諸侯之位，成王賜封時以策書告誡之，即為〈蔡仲之命〉。這段故事在《史記．管蔡世家》與《尚書．蔡仲之命》

中均有記載。

《尚書．蔡仲之命》乃成王對蔡仲的誥命，其中說：「皇天無親，惟德是輔；民心無常，惟惠之懷。」上天是最公正無私的，能得到上天幫助的，唯有賢德者；民心不會永遠向著某個君王，只會向著仁愛的國君。勉勵蔡仲以百姓為念。

另外《老子》第六十章說：「治大國，若烹小鮮。以道蒞（意指「治理」）天下，其鬼不神（指起作用）；非其鬼不神，其神不傷人；非其神不傷人，聖人亦不傷人。」這段話的意思是，治理大國，就好像煎魚不可隨意翻動一樣，不可擾民。用「道」來治理天下的話，世間的鬼神對人都起不了作用；不但鬼神起不了作用，鬼神的作用也傷不了人；不僅鬼神的作用傷不了人，有道的聖人也因為自然無為而「功成事遂」，不會傷害人；鬼神與有道者都傷不了人，人民自然就能得到德的恩澤。

治理國家並非易事，統治者應時時刻刻以百姓為念，畢竟「水能載舟，亦能覆舟」，民心的向背才是國家長治久安的重要原則。

歷久彌新說名句

西方有一著名諺語：「God helps thosewho help themselves.」意即「天助自助者」。《老子》第七十九章也提到：「天道無親，常與善人。」天道不特別偏愛或親近任何人，對眾生一視同仁，只是常常將美好的機運賜給那些積極行善的人。

《左傳》中提到，晉國的魏武子在病中曾交代兒子魏顆讓嬖妾改嫁，卻又在病危之際改口要嬖妾殉葬，魏顆最終依照魏武子清醒時的吩咐讓嬖妾改嫁，而嬖妾的亡父為了報答魏顆，在秦國出兵攻打晉國時，結草以絆倒秦國大將杜回，使得晉軍大勝。南朝梁時吳均的《續齊諧記》記載，楊寶曾救助一隻受傷的黃雀，後來夢見一位黃衣童子帶著四枚白環前來答謝，說可讓楊寶的子孫位居三公，後來果然楊寶的四代子孫全都位居三公高位。這兩個故事便是成語「結草銜環」的由來。

紀昀《閱微草堂筆記》有一則故事，布商韓某與一名狐女親近，身體因此日漸羸弱，就算別人施以符咒，也無法阻遏女狐靠近。一晚，狐女與韓某共寢時忽然覺得有一股剛氣使她不能安寧，問韓某是不是有什麼異念？韓某說，鄰居吳某迫於債務而將兒子賣為歌童，他捨不得讀書人的後代淪落至此，於是輾轉難眠，想要籌措金錢贖回鄰人之子。狐女連忙推開枕頭說：「君作是念，即是善人。害善人者有大罰，吾自此逝矣。」狐女離開後，韓某的身體又恢復原先的健壯了。韓某能有這樣的善念，就是善人，這樣的善念自然會生出一股剛強之氣，使鬼物不敢近身。

明朝陳繼儒所編《小窗幽記》言：「一念之善，吉神隨之；一念之惡，厲鬼隨之。」善念有吉神跟隨，惡念則招來惡鬼，《纓絡經．有行無行品》也說：「善有善報，惡有惡報。」魏顆、楊寶與韓某，都因為自己一念之間的善意，而得到上天的回報。

昔日之所無，今日有之不為過；昔日之所有，今日無之不為不足

名句的誕生

君侯何不思昔者也？有昔必有今日。是故碎瓦頹垣[1]，昔日之歌樓舞館也；荒榛斷梗[2]，昔日之瓊蕤[3]玉樹也；露蛬[4]風蟬，昔日之鳳笙龍笛[5]也；鬼燐[6]螢火，昔日之金釭[7]華燭也；秋荼春薺[8]，昔日之象白駝峰[9]也；丹楓白荻[10]，昔日之蜀錦齊紈[11]也。昔日之所無，今日有之不為過[12]；昔日之所有，今日無之不為不足。

～明．劉基〈司馬季主論卜〉

完全讀懂名句

1. 頹垣：垣，音ㄩㄢˊ，牆。頹，敗壞的樣子。
2. 荒榛斷梗：榛，音ㄓㄣ，叢生的草木。梗，枝幹。
3. 瓊蕤：瓊，美玉。蕤，音ㄖㄨㄟˊ，草木的花下垂的樣子。瓊蕤指花木繁盛的樣子
4. 蛬：音ㄍㄨㄥˇ，蟋蟀。
5. 鳳笙龍笛：鳳笙：笙的美稱。龍笛：指管首為龍形的笛。在此指美妙的音樂。
6. 燐：音ㄌㄧㄣˊ，指鬼火。
7. 釭：本作「缸」，油燈。
8. 秋荼春薺：荼，音ㄊㄨˊ；薺，音ㄐㄧˋ，都是野菜。荼味苦，薺味甘。
9. 象白駝峰：象鼻與駱駝背上突出的脂肪，均為珍貴佳餚。
10. 荻：音ㄉㄧˊ，似蘆葦的植物。
11. 蜀錦齊紈：蜀，指四川。齊，指山東。紈，音ㄨㄢˊ，細的絲織品。

12.過：過分。

君侯您為什麼不想過去呢？有從前就必定有現在。因此現在殘瓦斷牆的建築，是過去的歌樓舞館；現在的荒草斷枝，是過去的名貴的珍奇佳木；現在秋天的蟋蟀、風中的寒蟬叫聲，是過去飄散在風中的美妙曲調；現在微弱的燐火螢光，是過去輝煌的金燈華燭；現在秋天的苦菜、春天的野薺，是過去珍饈的象鼻駝峰；現在色紅的楓樹、色白的荻花，是過去精細的絲綢羅紈。從前所沒有的，現在有了並不算過分；從前所擁有的，現在沒有了不能算不夠。

名句的故事

東陵侯既知人世物極必反的道理，卻又希望司馬季主為他占卜，因此司馬季主反問東陵侯：「君侯何不思昔者也？有昔必有今日。」事物必定有過去與現在，互為因果互相影響，接著便舉出六個各方面的對比例子：建築、草木、音樂、燈火、飲食、衣物，現在所看見的一切衰微頹敗，在昔日，全都曾經富麗堂皇。司馬季主這段話的用意是要提醒東陵侯，人事的代謝是再正常不過的，曾經有的不會長久擁有；不曾有的也或許會有得到的時候，應該順從天理自然，不應慮得不慮失、更不應執著。

元代詞人薩都剌同樣描繪了物事由繁華衰退的情景。其〈滿江紅——金陵懷古〉寫金陵的今昔對比：「六代繁華，春去也，更無消息。空悵望、山川形勝，已非疇昔。王謝堂前雙燕子，烏衣巷口曾相識。聽夜深、寂寞打孤城，春潮急。思往事，愁如織；懷故國，空陳跡。但荒煙衰草，亂鴉斜日。玉樹歌殘秋落冷，胭脂井（陳後主逃避隋兵時與愛妾一同躲藏的水井）壞寒螿（音ㄐㄧㄤ，一種蟬，在夏末秋初鳴叫，聲音淒切）泣。到如今只有蔣山青，秦淮碧。」曾經是歷史上最美好的六朝，如燦爛春光轉瞬間逝去，再不是從前的河山，再不是從前的人家。

詞中還用了唐代劉禹錫〈烏衣巷〉的典故，「舊時王謝堂前燕，飛入尋常百姓家。」

繁華易逝，改朝換代後縉紳凋落，物是人非。絢麗的六朝金粉已黯淡，強盛的大唐帝國也隨鐵騎消失，只有山水無情，依舊青青。

歷久彌新說名句

清朝學者林雲銘在《古文析義》中評〈司馬季主論卜〉：「其中撫今追昔一段，說得如許悲涼，富貴驕人之徒讀之，便是一服清涼散也。」從前所有與今日所無，常易刺痛人心。

「俺曾見金陵玉殿鶯啼曉，秦淮水榭花開早，誰知道容易冰消。眼看他起朱樓，眼看他宴賓客，眼看他樓塌了。這青苔碧瓦堆，俺曾睡風流覺，將五十年興亡看飽。」這句子出自清代孔尚任著名的劇曲《桃花扇》，同樣也是描述金陵的盛衰。

臺北市的大稻埕與萬華屬於臺灣最早期開發的地區，然而富貴繁華容易冰消，數十年來，這兩個地區經歷了「起朱樓」、「宴賓客」的熱鬧場景，終究因經濟重心的轉移使得風華衰退，令人唏噓，然近年興起的文創風潮，加上舊街市改造計劃，使得大稻埕再度成為眾人注目的文化新興區域，老街市再現生機。人生也是如此。

蘇軾〈赤壁賦〉以水與月作為人生的譬喻，他說：「逝者如斯，而未嘗往也；盈虛者如彼，而卒莫消長也。」江水不斷流逝，與月亮不斷盈缺，其實兩者到最後都沒有真正的消失，水與月看起來每天都在「變」，但本質仍是相同的，同樣「未曾變」，這就是「不變」。因此，「自其不變者而觀之，則物與我皆無盡也，而又何羨乎！」從「不變」的角度來看世界、看人生，水與月與我，即便外在改變、形體消逝了、際遇翻轉了，本質都不變，精神將永存。

一晝一夜，華開者謝；一春一秋，物故者新

名句的誕生

一晝一夜，華[1]開者謝；一春一秋，物故[2]者新。

～明．劉基〈司馬季主論卜〉

完全讀懂名句

1. 華：「花」的古字。
2. 故：老舊。

經過了一日一夜，花朵盛開的又凋謝了；經過了一春一秋，事物舊的又變新了。

名句的故事

由黃駱賓作詞作曲的新疆民歌〈青春舞曲〉，其中有這麼兩句歌詞：「太陽下山明早依舊爬上來，花兒謝了明年還是一樣的開。」唐代詩人白居易的〈賦得古原草送別〉前四句也說：「離離原上草，一歲一枯榮。野火燒不盡，春風吹又生。」曠野裡的小草，一年都要經過一次枯萎與繁盛的變化，即便遭遇烈火焚燒而焦悴，春天一來，會再次欣欣向榮。世間的事物都是如此，死去了又新生，離開了再回來，一切因果必定是交替出現的，有與無、新與舊，高下起伏盛衰榮枯，都是必然的循環。

東陵侯在向司馬季主問卜之初，便提到他曾聽人說過：「蓄極則洩，閟（音義同「閉」，指關閉、深閉）極則達，熱極則風，壅（音ㄩㄥ，阻塞不通的意思）極則通。一冬一春，靡（音ㄇㄧˊ，沒有的意思）屈不伸；一起一伏，無往不復。」意思是，蓄積到了極點

會宣洩，深閉到了極點便會通順沒有阻礙，熱到了極點便會起風，壅塞到了極點便會暢通。經過了一冬一春，沒有憋屈而不伸展的；經過了一起一伏，沒有離開而不回來的。

事物發展到了極致，便會有所改變，這個改變不一定是好是壞，也許是一個新的契機。

歷久彌新說名句

「一晝一夜，華開者謝；一春一秋，物故者新」，即是古人所說的物極必反。

《易經》在解釋豐卦時說：「日中則昃（音ㄗㄜˋ，向西偏），月盈（意思為滿）則食（同「蝕」）。」太陽到了正中的位置就會偏西，月亮到了最圓滿的時候就會開始蝕缺，世間萬物尚且如此，更何況是人生間的因緣際會呢。《易經》當中還有兩個相同的卦象：「否極泰來」、「剝極必復」。否與泰、剝與復，兩兩相對，均是《易經》六十四卦之一。泰卦象徵陰陽二氣交合，萬物生養順遂，諸事皆順，是為吉卦之象；否卦則象徵閉塞不通，天地間的陰陽二氣不交合，因此萬物不得暢通。剝卦與復卦則分別表示剝落與來復之象，因此「否極泰來」與「剝極必復」均比喻惡劣的情況到達極點後，必定會轉好。「塞翁失馬，焉知非福」，當生命走到了絕望的終點，將會柳暗花明。

英國浪漫主義詩人雪萊的〈西風歌〉中有這樣的名句：「If Winter comes, can Spring be far behind?」冬天來了，春天還會遠嗎？在最惡劣的環境過後，明媚的未來就在眼前。英文中還有這樣的諺語：「Every cloud has a silver lining」，每朵烏雲都鑲著一條銀邊，意思也是指所有壞狀況的背後，都有其美好的一面；就像隱隱透露出光芒的烏雲，便是即將它消散的預兆。

激湍之下，必有深潭；高丘之下，必有浚谷

名句的誕生

激湍[1]之下，必有深潭；高丘之下，必有浚谷[2]。

～明．劉基〈司馬季主論卜〉

完全讀懂名句

1. 激湍：急流。
2. 浚谷：深谷。浚，音俊。

在急流下方，必定有深水池；在高山下方，必定有深谷。

名句的故事

「激湍之下，必有深潭；高丘之下，必有浚谷」這句話，是強調事物皆有因果關係，有什麼因，就會產生什麼果。反過來說，看到什麼果，就知道有什麼因。人事做為，也是這樣，因果報應，絲毫不爽。

荀子的〈勸學〉中有道：「積土成山，風雨興焉；積水成淵，蛟龍生焉；積善成德，而神明自得，聖心備焉。」又說：「玉在山而草木潤，淵生珠而崖不枯。」荀子藉由這些譬喻來說明學習的重要。前段在強調為學與為善均重在累積，累積到一定的程度，自然能有所成。後段旨在說明，君子若能懷有善心德性，必定能潤澤群類，使周圍的人均受沾溉。同時由此可知，古人相信水只要夠深廣，必定會有蛟龍潛藏；山中草木蒼翠，必定是因為其中蘊藏著玉石，水與蛟龍、山與玉石，必有所聯繫，不能分開。

更進一步來說，山川毓秀，好的山川地氣能夠孕育好的人才，好的人才也會吸盡好的地氣。南宋時謝維新的《古今合璧事類備要》中記載：「眉山生三蘇，草木盡皆枯。」這是北宋的四川眉山地區傳唱的歌謠，意思是說自從三蘇（蘇洵、蘇軾、蘇轍）父子出生後，整座眉山的靈氣全都聚集到他們身上去了，因此當地草木都萎黃失色。相傳直至三蘇父子死後，眉山才有恢復原先的盎然生機。

歷久彌新說名句

劉基對激湍深潭的比喻不止一次使用，他的作品〈平西蜀頌序〉：「是故冬寒之極，必有陽春；激湍之下，必有深潭。」也再次出現了一樣的句子，一件事物的出現，必定伴隨著另一件相關的事物。

金庸《神雕俠侶》中有一段劇情是這樣的：楊過在絕情谷中了情花毒，只要心中一動情，毒素便會加速擴散，導致身亡。眾人尋找解藥時，黃蓉回憶洪七公曾說：「凡毒蛇出沒之處，七步內必有解救蛇毒之藥，其他毒物，無不如此，這是天地間萬物生剋的至理。」因此猜測，生長在情花樹下的斷腸草雖具有劇毒，但以毒攻毒，或許可解情花之毒。後來驗證了斷腸草果然正是情花的對頭剋星。

《易經》對乾卦的解釋提到：「同聲相應，同氣相求。水流濕，火就燥，雲從龍，風從虎。」聲音頻率與氣息相近的會互相應和，水會流向低濕之處，火會往乾燥之地延燒，祥雲伴隨著飛龍出現，虎嘯則谷中生風。因為志趣相同的會互相應和，乃「物以類聚」的道理。唐傳奇〈虬髯客傳〉藉由膽識過人、家財萬貫的虬髯客，面對唐朝真命天子李世民仍甘拜下風的描述，以凸顯唐朝統治天下的正當性。故事當中提到李世民與李靖兩人，也用「雲從龍，風從虎」來比喻，說明亂世中的賢君出現，必有輔佐他的臣子相伴，兩者必定相應而同時出現。描述應運時代氛圍而生的英雄豪傑，也可用「虎嘯風生，龍騰雲起」一詞。

夫古今之變，朝市改易

名句的誕生

夫古今之變，朝市改易[1]。嘗登姑蘇之臺[2]，望五湖之渺茫，群山之蒼翠，太伯、虞仲[3]之所建，闔閭、夫差[4]之所爭，子胥、種、蠡[5]之所經營，今皆無有矣。

～明．歸有光〈滄浪亭記〉

完全讀懂名句

1. 朝市改易：朝廷與市集的改換變異。
2. 姑蘇之臺：春秋時吳王闔閭所建，越國攻吳時遭焚，遺址在今蘇州姑蘇山上。
3. 太伯、虞仲：周太王古公亶父的長子與次子，為周文王父親的兩位兄長。傳說周太王欲傳位給周文王父親，太伯、虞仲為避免紛爭逃到江南，兩人先後成為吳國君主。
4. 闔閭、夫差：春秋後期的吳國君王，夫差為闔閭子。
5. 子胥、種、蠡：。子胥，指伍子胥，原為楚國人，後為吳國大夫。種，指文種，越國大夫。蠡，指范蠡，楚國人，曾助越王勾踐滅吳。

由古至今的時代持續在變遷，朝庭與市集也隨之改換變異。我曾經登上姑蘇臺，眺望所及，盡是浩渺的五湖與蒼翠的群山。昔日太伯、虞仲所建立的國家，闔閭、夫差追求取奪的勢力，伍子胥、文種、范蠡費心經營的事業，到如今都消失殆盡了。

文章背景小常識

歸有光（西元一五〇六～一五七一年），字熙甫，號震川，著有《震川文集》。根據《明史》記載，歸有光九歲即能寫文章，弱冠以後更通六經、三史諸書，然而歸有光遲至三十五歲才中鄉試，六十歲方中進士。他的一生雖然考運不佳，但卻受到當時文人士子所敬重，向他求學「常數十百人」，顯示出歸有光於當時「蔚為大儒」的名聲。

歸有光的文學主張偏向於唐宋派，《明史》認為他的文章寫作頗具有太史公司馬遷的神理，甚至是與其主張南轅北轍的王世貞，都曾經讚許歸有光能夠繼承韓愈、歐陽修的文風。在錢謙益《列朝詩集小傳》中紀錄一則故事，描述徐渭曾經應一位大學士之邀出席酒宴，偏偏當晚他卻遲到了，原來是他在路上為了避雨，躲到一位士人家中，卻看到士人家中牆壁懸掛了歸有光的文章，極為讚嘆，認為歸有光就如同當代的歐陽子一樣。大學士聽聞，要徐渭將文章取來，兩人一同品評歸有光文章通宵達旦。從王世貞、徐渭的傳聞中，便可以見到歸有光如何為時人所稱許贊同。

〈滄浪亭記〉是一篇記體文章。起因是僧人文瑛重修滄浪亭，便向歸有光求取文章，希望能夠將修亭緣由記錄下來。文章開頭便從歷史、地理的角度勾勒了滄浪亭所在位置與歷史環境的關係，將「歷史」視為滄浪亭修建過程中一個重要關目，藉由亭子的毀壞與重建，刻畫出歷史的縱深，賦予滄浪亭更為豐富的歷史意涵。其後，藉由對滄浪亭的興廢變遷，連結到其所處地理位置——古吳越國的古今變遷，將原本針對亭子抒發的幽思情懷，進一步擴大成對整體歷史變遷的無限感慨，更在行文中不斷暗示讀者，國家的傾頹變化也是歷史必然，唯有文人騷客的文章可以留名千古，也只有文人士子所鍾愛的滄浪亭可以歷經毀壞而依舊被重建修復。

名句的故事

將「朝市」並舉，並且用以指代國家，在正史的書寫傳統中由來已久，例如《史記．張儀列傳》中提及張儀與司馬錯在秦惠王前爭論是否攻蜀的問題，張儀便直言「爭名者於朝，爭利者於市」，將「朝市」作為並舉的概念，認為秦惠王不應該把小小的蜀國放在眼裡，而應該直接攻取周室。雖然秦惠王最終並未聽取張儀的計策，而是選擇了司馬錯的建議，但從司馬遷的敘述中，我們卻可以看到「朝市」雖然分指朝廷與市集，但卻同時代稱了國家的存在。

其後，「朝市」便成為官方正史書寫，或者是文人騷客在指稱國家時，一個很重要的詞彙。例如《陳書．江總、姚察列傳》中，便把江總因侯景之亂，避居會稽龍華寺而作〈修心賦並序〉加以記錄，序中提及「不意華戎莫辨，朝市傾淪，以此傷情，情可知矣！」一句，便是藉由龍華寺的滄桑變化，連結到他所處世界的政治巨變，在序文中，「朝市傾淪」實際上就是指稱國家的傾頹淪喪。

唐代白居易也有一首詩題為〈冀城北原作〉，詩句中同樣透露了歷史變遷無常的感慨，詩中提到「古今不相待，朝市無常居」便是緊扣著朝市不斷改易，古今實為無常的興衰感慨而發，詩中濃厚的懷古情緒，更令詩人不時興發「躊躇」之感。

歷久彌新說名句

「古今之變」與「朝市改易」成為一組概念相同的詞彙，在唐代便已經成為文人墨客習以為常的詞彙，而這種面對歷史變遷的感慨，在明清兩代更是廣為文人所熟悉運用，清初詩人宋琬有部詩集題為《入蜀集》，卷中有一詩題為〈戲題督郵爭界石〉：「何年攘臂此山頭，風俗傳聞兩督郵。蜀國至今悲杜宇，楚人終是戀鴻溝。滄桑屢換身安屬？朝市頻更怒未休。怪事荒唐君莫笑，古來黨禍本清流。」這首詩描述了長江於宜昌、建平兩郡交會處恰有多處山峰相會，自古以來就傳聞此處有奇石相對峙，如同兩督郵在爭論郡界。這類傳聞在《水經注》中便有記載，宋琬路過該處便以此為典故，藉以闡發他個人的感慨。

事實上，宋琬一生兩次下獄皆遭人誣告，直到康熙十一年方又被重新起用為四川按察使，這首詩雖然看似描述入蜀所經景點典故，但卻蘊含了詩人對自己人生際遇的諸多回憶，滄桑屢換的結果是此身永無安處，其內心之怒是否也在朝市頻更中不斷加深，顯然是一個更值得思考的問題了。

面對古代遺跡而發出思古之幽情，同時寄寓人生體悟，可以說是中國文學中一個重要傳統，清末民初的藏書家葉昌熾也著有《奇觚廎詩集》，其中有一首詩題為〈首陽山夷齊墓〉，便是以伯夷、叔齊為對象，表達他個人的情感，詩中有句：「薇蕨不隨朝市改，松楸猶傍驛垣新。」詩人歌詠伯夷、叔齊的高尚品德，認為他們的志節並不因朝代更迭而有所變換。葉昌熾為光緒年間進士，一般也將其視為擁戴清室的遺民，這首詩所要表達的旨趣，或許從他個人的人生經驗中，看得更透徹了。

建功立業

自矜功伐，奮其私智而不師古，謂霸王之業，欲以力征經營天下

名句的誕生

「……及羽背關懷楚，放逐義帝而自立，怨王侯叛己，難矣。自矜攻伐[1]，奮[2]其私智而不師古[3]，謂霸王之業，欲以力征營天下。五年卒亡其國，身死東城，尚不覺寤而不自責，過矣。……」

～西漢．司馬遷《史記．項羽本紀》

完全讀懂名句

1. 自矜攻伐：誇耀自負於自己的戰功。矜：自誇、自負。伐：功績、功勞。
2. 奮：發揚。
3. 師古：效法古人。師：效法、採用。

「……到了項羽離開關中，心懷楚國故鄉，放逐了義帝而自立為王，如此背盟逐帝，卻又怨諸侯背叛自己，實在難以自解。自誇其功勳，仗著自身的聰明，而不效法古人，以為霸王之功業，是憑藉武力征伐以經營天下。僅僅五年便亡國，身死於東城時，仍然不知覺悟自省，這便是他的過錯。……」

名句的故事

〈項羽本紀〉是《史記》的名篇，記錄了波瀾壯闊的時代中悲劇英雄的形象。置末的贊文，是司馬遷對於楚霸王項羽的評價與感嘆。

文中說「自矜功伐，奮其私智而不師古，謂霸王之業，欲以力征經營天下」，講的是項羽敗亡的原因，也表現出其不可一世的霸王性格。

司馬遷對於項羽的功業相當頌揚肯定，還推測他是同樣具重瞳之相（眼球中有兩個瞳孔，古代認為此乃神異之相）的舜之後裔。同時認為項羽「位雖不終，近古以來未嘗有也」，以認定他的英雄地位。

然而，項羽將敗亡一再歸咎於命運，臨終前仍以此自歎，為司馬遷所不取。他認為項羽之敗因有：一、背棄關中形勝之地而懷楚鄉彭城；二、逐義帝而自立，使諸侯仿效背叛；三、自矜攻伐，欲以武力經營天下。然而項王對此全然無視，臨終前仍未能自覺，司馬遷感嘆項羽性格上的弱點，直指其過。

司馬遷筆下的項羽，並非只有殘暴好勇，固執不悟的一面。他寫見秦始皇出巡排場，脫口而出，「彼可取而代之。」寫鉅鹿之戰，破釜沉舟、燒廬舍、持三日糧，皆彰顯出項羽的決心堅定。寫垓下突圍，至烏江畔，卻突然徹悟般的將愛駒賜予亭長，遺頭顱給故人呂馬童領賞，讓一向以強者姿態出現的楚霸王，增添了幾許溫暖與人性。這些都是〈項羽本紀〉出色的藝術表現，也流露出司馬遷對項羽一生成敗的感懷。

項羽「敢為天下先」的大氣魄與「遇強則霸，遇弱則憐」的真性情，超越功業上的成敗而深植人心。「生作人傑，死為鬼雄。」遙望這道彗星橫掃過的寂空，世人的仰嘆是代代不絕的迴音。

歷久彌新說名句

馮夢龍《喻世明言》中有一篇〈鬧陰司司馬貌斷獄〉，敘述項羽投胎轉世為關羽的故事。雖然故事情節為虛構，然而小說將兩位悲劇英雄相互關聯，除了創意上的巧思之外，也透顯出兩者之間存在的相似性格。

項羽及關羽皆為天下紛亂時的軍事領袖，他們都有勇猛、重義、堅忍執著等特質，但最後卻也都走向失敗。司馬遷說項羽「自矜攻伐」，同時缺少向古人學習以及自省的能力。而我們在《三國志．關羽傳》中，竟也看到陳壽為關羽下了類似的評說：「然羽剛而自矜，飛暴而無恩，以短取敗，理數之常也。」再翻開《三國演義》第七十八回，諸葛亮嘆曰：「關公平日剛而自矜，故今日有此禍。」

「剛而自矜」是《三國志》與《三國演義》作者對於關羽性格的共同描寫。《三國演義》第六十五回，劉備與諸葛亮用計招降了馬超，當關羽獲知之後馬上派關平呈書，不顧職守也要與馬超比試高低。第七十三回，劉備封關羽為五虎大將（關羽、張飛、馬超、黃忠與趙雲）之首，關羽卻怒曰：「黃忠何等人，敢與吾同列！大丈夫終不與老卒為伍！」拒絕與黃忠並列。在在都顯露出關羽「剛而自矜」的樣貌。

小說中的關羽和項羽一樣具有勇猛的戰鬥能力，然而其走向失敗的道路卻也極相近。專斷自負的項羽存有溫厚的面貌，義薄雲天的關羽流露出驕傲的形象，當我們從兩位「自矜」的悲劇英雄背後，都看見世俗認定之外的另類描寫，這便也是文學閱讀之趣味。

夫功之成，非成於成之日，蓋必有所由起；禍之作，不作於作之日，亦必有所由兆

名句的誕生

桓公薨[1]於亂，五公子[2]爭立，其禍蔓延，訖[3]簡公[4]，齊無寧歲。夫功之成，非成於成之日，蓋必有所由[5]起；禍之作，不作於作之日，亦必有所由兆。故齊之治也，吾不曰管仲，而曰鮑叔[6]。及其亂也，吾不曰豎刁易牙開方[7]，而曰管仲。何則？豎刁易牙開方三子，彼固亂人國者，顧其用之者桓公也。

～北宋．蘇洵〈管仲論〉

完全讀懂名句

1. 薨：古代諸侯或大官死亡。
2. 五公子：齊桓公共有六個兒子，依序分別是無虧、元、昭、潘、商人、雍。六子中，除公子昭是太子外，其他五人即是所謂「五公子」。
3. 訖：至於，到了。
4. 簡公：齊悼公之子，姓姜，名壬。。
5. 所由：事情的緣由。
6. 鮑叔：即鮑叔牙，是管仲的好朋友。
7. 豎刁易牙開方：三人均是齊桓公寵幸的臣子，管仲死後，三人擁立公子無虧，逼走太子，亂殺群臣。

齊桓公死於叛亂中，五個兒子爭奪王位，災禍蔓延直到簡公繼位，齊國都沒有安寧過。成就功業，不是在功業完成的時候，之前一定有促成因素；災禍興起，不是在禍發作的時候，而是之前有導致災禍的徵兆。因此，齊國大治，我不歸功於管仲，而歸功於鮑叔；齊國

內亂，我不認為是豎刁、易牙、開方造成的，而認為是管仲造成的。為什麼呢？因為豎刁、易牙、開方三人，本來就是擾亂國家的人，可是任用他們的人卻是桓公。

文章背景小常識

在中國歷史的評價中，一直認為管仲是賢能的宰相，但蘇洵卻認為他是導致齊國禍亂的原因，因為他臨終前並沒有提出、安排好繼任的人選。

但根據《史記．齊太公世家》可知，桓公曾問管仲：「豎刁、易牙、開方三人，誰適合擔任宰相？」

當時管仲以「人情」來分析，認為易牙殺害兒子煮成肉羹，獲得桓公的寵幸，這種連自己孩子都不愛的人，是靠不住的；開方離開祖國十五年，就連父母去世都沒有返國奔喪，這種不愛父母的人，是不會忠誠；豎刁自行閹割以求取榮寵，這種連自己身體都不愛的人，不會對君主忠心的。既然他們三人所作所為均非人之常情，故請桓公不要委以重任。

然而桓公不聽從管仲遺言，致使豎刁、易牙、開方把持大權。到了最後，桓公重病，三人假傳旨意，不許人探視，竟將桓公活活餓死，又任由屍體腐壞生蟲。

後來宋襄公出兵支持齊太子昭復國，但齊國經過豎刁、易牙、開方三人亂政後，國力已不是桓公時期可以比擬的了。

名句的故事

從上述的故事中，可見桓公任用奸佞之人，導致身死，甚至連國家都差點斷送。然而這些人是如何得到桓公的歡心呢？

相傳，易牙是春秋時代著名的廚師，他原名叫雍巫，善於烹調，能做出極美味的食物，被推薦給桓公當膳廚。一天，齊桓公的寵姬生病，茶飯不思，雍巫便調和五味，製作美味菜餚，果然寵姬品嚐之後病體恢復，齊桓公很高興，便賜給他一塊封地，稱他為易牙，對他很是寵愛。

易牙干政失敗後，傳說他避居在齊國彭城一帶，重操舊業。雖然易牙謀亂，但他的手藝受到後世的認同。北宋《太平歌詞》中稱他是廚藝界的祖師爺，明代的韓奕撰寫食物著作時，也以他的名字，寫成《易牙遺意》。直到今日，有些餐廳的名字還以易牙為名，如「易牙居」。而「易牙之味」這句成語，更是用來形容食物味道鮮美！

歷久彌新說名句

事情的成功或失敗都有「所由」，但誠如蘇洵〈辨奸論〉所說：「惟天下之靜者，乃能見微而知著」，只有少數的人能像唐代郭子儀一樣，及早發現微小的跡象，從而建功避禍。

郭子儀是唐朝著名的軍事家、政治家，他最大的功勞便是平定了安史之亂，使得唐朝有中興的機會。他歷事過唐玄宗、唐肅宗、唐代宗和唐德宗四任皇帝，因為功勳實在太大，到了德宗繼位時，還尊稱郭子儀為「尚父」。

唐德宗建中二年，郭子儀因病在家休養。朝中文武百官來探望時，他身邊總有愛姬侍女圍繞，然而當他聽說盧杞登門問候時，便令屋裡所有姬妾全部退到後堂，不許隨意出來，再鄭重其事地邀請盧杞進屋。兩人見面期間，郭子儀一直保持嚴肅認真的神情，不敢怠慢。

盧杞走後，姬妾不解的問：「為什麼我們必須要迴避？」郭子儀說：「盧杞天生醜陋，半邊臉是青的，你們見到他的模樣一定會嚇到或發笑，而他必會認為我是故意羞辱他。盧杞現在雖然還沒有權勢，但此人能言善道，為人狡詐，將來一旦得志，我的子孫恐怕沒有存活的了。」

後來盧杞果然成為宰相，凡是看不起、得罪過他的人，全都遭到報復，只有見微知著、謹慎處事的郭子儀，避免了禍延子孫的命運。

從以上故事可知千萬不要輕忽任何小細節，因為所有事情的生發、成敗，都可以從許多小地方發現，就像月暈而風、礎潤而雨一樣，都是有它的緣由。

一國以一人興，以一人亡

名句的誕生

史鰍[1]以不能進蘧伯玉[2]而退彌子瑕[3]，故有身後[4]之諫；蕭何[5]且死，舉曹參[6]以自代，大臣之用心，固宜如此也。一國以一人興，以一人亡。賢者不悲其身之死，而憂其國之衰。故必復有賢者，而後有以死。

～北宋．蘇洵〈管仲論〉

完全讀懂名句

1.史鰍：名佗，字子魚，春秋衛國大夫，個性勇敢直諫。

2.蘧伯玉：名瑗，字伯玉，春秋衛國大夫，是才德兼備的人。

3.彌子瑕：名瑕，字子瑕，春秋衛國大夫，善於阿諛奉承。

4.身後：死後。

5.蕭何：輔佐漢高祖平定天下，並製訂漢朝的律令。

6.曹參：繼蕭何之後，輔佐漢高祖。

史鰍生前不能舉薦蘧伯玉，斥退彌子瑕，死後仍繼續進諫；蕭何將死，舉薦曹參代替自己。大臣用心良苦，本來就應該這樣。國家因為一個人而興旺，因為一個人而衰亡。賢能之士不該為自己的死亡悲傷，而是應該為國家的未來憂心，所以一定要另選賢能來代替自己，才能安心死去。

名句的故事

《孔子家語》、《韓詩外傳》、《新序》

都記載衛國大夫史鰌「生以身諫，死以屍諫」的故事。

據說衛靈公很喜歡彌子瑕，對於他假傳命令、私駕馬車回家一事，不以為意，甚至還替他找藉口脫罪，史鰌屢次進諫，希望靈公能疏遠彌子瑕，重用才德兼備的蘧伯玉，但都沒有成功。

後來，史鰌得了重病，對兒子說：「身為大臣，不能推薦蘧伯玉，貶退彌子瑕，是我的失職。我活著的時候，無法幫助君王改正錯誤，施行正道，那麼我死了也不應該依禮埋骨。等我死後，你把我的屍體停放在窗戶邊，這樣就算完成喪禮了。」史鰌死後，兒子便依照他的遺囑，將屍體移放在窗下。等到衛靈公前來弔喪時，見到史鰌的屍體竟然被停放在側室，便責問：「這是怎麼一回事？」史鰌的兒子於是將父親生前遺命，告訴了衛靈公。衛靈公聽完，非常感慨，除了命人按禮安放史鰌的屍骨，並懺悔的說：「這是我的過失啊！」回去後，便斥退了彌子瑕，重用蘧伯玉。

史鰌「屍諫」的故事流傳開來，因為他不為自己，只為國家社稷的著想的形象，成為正直、忠誠的代表。

歷久彌新說名句

蘇洵「一人興亡」的說法，其實是繼承《大學》的。《大學・齊家治國》章有言曰：「一家仁，一國興仁；一家讓，一國興讓；一人貪戾，一國作亂，其機如此。」意即一國之君如果能夠實踐仁愛、禮讓，那麼全國百姓也都能實行仁愛、禮讓。就像是唐堯、虞舜兩位仁君一樣，他們踐行仁道，風行草偃，百姓也施行仁義；反之，如果一國之君貪婪暴戾，仁義不施，那麼國中百姓就會上行下效，殘暴不仁。就像夏桀與商紂兩位暴君，他們縱情逸樂，又以殘暴的手段，壓迫百姓，終使國家走上動亂滅亡的命運。

中國的歷史文獻中可以看到，商、周時代的天子，經常以「予一人」、「余一人」自稱，表示自己獨一無二、至高無上的身分。例如《尚書》中曾經說，商湯時天下大旱七年，湯在桑樹林中祈禱，他在禱辭中說：「余一人有罪，無及萬夫；萬夫有罪，在余一人。天以一人之不敏，使上帝鬼神傷民之命。」意思是說，如果我有罪，請降罪於我，不要波及人民，如果百姓有罪，都是因為我教化無方的錯。上天不要因為一個人的錯，以旱澇等災禍傷害百姓生靈。隨後剪斷自己的頭髮，將雙手綁縛起來，像畜生一樣的匍匐在地，用罪責自己的方式祈求上天。據說上天受到感動，果然降下了雨來。

然而那畢竟是傳統時代的想法，強調最高領導者的「一人興亡」、「一人定國」，但今天是民主時代，每個「一人」，都是國家社會的組成分子，國家的興亡不再是少數人的責任，而是「匹夫（每一個人）有責」，而這個「有責」，也不僅限於國家興亡的大事，生活中人人都可以盡一己之力，為社會多做點事。

百餘年前，義大利的那不勒斯（Naples）有一間咖啡店，光顧該店的通常都是工人，當他們遇到好事或手有餘錢時，就會點待用咖啡（Caffe Sospeso），意思是雖然只買一杯咖啡，但支付兩杯咖啡的錢，之後若有人買不起咖啡，就可以免費得到那杯多餘的咖啡。

這個原本僅限於一地、一店的風氣逐漸在歐洲散布、傳揚開來。西元二〇一三年，新北市板橋地區，一間菜市場裡的麵攤推出了「待用麵」，引發民眾響應，隨後臺灣也興起了「待用」的風潮，熱心的店家和網友們甚至成立了相關的網路平台和粉絲團，宣揚愛心分享的理念，數間慈善組織與政府單位也加入了整合的機制，讓待用餐和食物能夠更普遍的推廣給需要的民眾。待用餐點的出發點，或許僅是普羅大眾「一人」的善念、花費不多「一餐」的分享，然而它所帶來的效應和影響，卻不會輸給最高領導者一人的力量。

凡兵上義，不義，雖利勿動

名句的誕生

凡兵上義[1]，不義，雖利勿動。非一動之為利害，而他日將有所不可措[2]手足也。夫惟義可以怒士[3]，士以義怒，可與[4]百戰。

～北宋．蘇洵〈心術論〉

完全讀懂名句

1. 上義：崇尚正義。
2. 措：安放。
3. 怒士：激發士兵戰鬥的意志。
4. 與：參與。

所有的軍事行動，必須起於正義，如果不合乎正義，即使有利可圖，也不可以輕舉妄動。並非行動會失敗，而是日後將無法指揮調動士兵。只有正義可以激發士兵戰鬥的意志，士氣因正義而奮起，才可以驅使士兵戰鬥。

文章背景小常識

三蘇之一的蘇洵，是蘇軾與蘇轍的父親。他年少時不喜讀書，好遊俠，性情豪放不羈，成天在外遊蕩。他的父親蘇序卻深知他的性格，並不多加管束。然而這看似放蕩的歲月，卻成為蘇洵觀察社會、體驗人生的重要經驗來源。

他立志向學的時間較許多人來得晚，到了二十七歲才開始發憤圖強，雖然認真讀書，但不管參加各種考試，卻總是名落孫山。蘇洵是一個懂得自我檢討、正視錯誤的人，他反省後突然領悟，人不應該為了科舉應試而讀書。於是焚燒舊稿，從頭開始，從《論語》、《孟子》學起，紮實窮究六經與諸子百家，更努力學習韓愈的文章。他的文章風格也深受孟子、韓愈的影響，筆風雄健，擅長政論、史論，還喜歡談軍事與權變。因為早年遊蕩的緣故，對於社會有深入、貼切的觀察，再揉合對於歷史的學習與體會，以古為今鑒的方式，提出許多政治革新主張，寫成如《權書》、《衡論》等策論。

本文〈心術〉即是《權書》中的一篇。《權書》共十篇，分別就治心、尚義、養士、智愚、料敵、審勢、出奇、守備……等等方面，論述戰略、戰術的方法。從〈心術〉開門見山直指「為將之道，當先治心」，便可知道他認為「心」是最為重要的，故而以此名篇。

雖然蘇洵並沒有位居要津，實現他「施之於今」的抱負，但從〈心術〉內容來看，也可看出他「言當世之要」的政治觀察力，說理透闢、切中時弊的長才。

名句的故事

唯有正義，才能激發士兵作戰的意志。像是秦朝末年的的項羽，就是因為師出有名，所以才能成功斬殺宋義。

項梁和項羽叔侄響應陳勝、吳廣起義，項梁因屢破秦軍，逐漸開始輕敵，宋義勸他「驕兵必敗」，但他沒有理會。一日，宋義遇到將去拜見項梁的齊國使節，他說：「項梁必定兵敗，你暫緩拜見，以免一死。」果然，項梁不久就被秦軍打敗，戰死沙場。逃過一劫的使節，在拜見楚懷王時，極力舉薦宋義。於是，日後當秦軍圍困趙國時，楚懷王便指派宋義為「卿子冠軍」、項羽為次將，領兵前去救趙。

宋義率兵到了安陽後，按兵不動四十六天。想為叔父報仇雪恨的項羽，催促宋義發兵，但他不肯，還譏諷項羽有勇無謀。之後，宋義親送兒子前往齊國擔任宰相，又一路上與賓客飲酒作樂。寒風大雨中，士兵挨餓受凍，項羽遂煽動士兵，「本應合力攻秦，今卻滯留不前。軍中沒有存糧，卻還設筵席，宴請賓客，只為一己私利，不是以國家為重的忠臣！」成功激起士兵對宋義的不滿後，第四十七天早晨，項羽闖入宋義的營帳，以謀反的罪名殺了他，楚懷王得知後，不得已任命項羽為主帥，繼續率兵救趙。

項羽先斬後奏，雖專斷獨行，但因高舉正義的旗幟，成功激發士氣，故追隨者眾，又以破釜沉舟的誓死決心，成功擊退了秦軍，也決定秦朝滅亡的命運。

歷久彌新說名句

蘇洵〈心術論〉說：「不義，雖利勿動。」意即不合乎行為規範的事，即使有利可圖，也不可以妄行，否則將招來禍患。例如傳說中，周朝有個皇帝為了搏得美人的笑容，任意點燃烽火，最後導致失信諸候而亡國，這個人就是周幽王。

周幽王的寵妃褒姒是出了名的美人，據說「其一笑有百二十種媚」（《琱玉集》），但她老是皺着眉頭，很少露出笑容。幽王為了逗她笑，用盡各種方法。這時，大臣虢國石父想出了「烽火戲諸侯」的方法。

原來為了防備西戎侵犯京城，周朝建造許多烽火臺。萬一敵人攻打，便點燃烽火，以此示警，讓鄰近的諸侯出兵相救。虢國石父建議幽王點燃烽火臺（《呂氏春秋》中說：「即戎寇至，傳鼓相告，諸侯之兵皆至救天子。」即是以擊鼓為號，令諸侯來救），誘騙諸侯趕來，以為戲弄。

於是幽王帶領褒姒遊玩驪山，點起烽火。鄰近諸侯看見滿天火光的烽火，趕緊帶着兵馬聚集到離宮外頭，而褒姒看到眾多兵馬跑來跑去，一片慌亂的樣子，果然笑了。幽王很高興，重金賞賜虢國石父，之後常常故計重施，諸侯們大感惱恨，也逐漸喪失對天子的信任。不久，申侯聯合犬戎入寇，幽王見情況緊急，趕緊把烽火點燃，但諸侯以為又是他在開玩笑，無人援救，最後周幽王、虢國石父、褒姒都死在亂軍之中，國家也走上滅亡一途。

這個故事的真實性，歷代都有歷史學者透過文獻典籍和不同角度進行解讀和質疑。但它告訴我們的是，如果為了自己的利益，罔顧責任，短視近利，結果可想而知。身為上位者的幽王，只為了搏取美人一笑，最後把國家和性命都賠上。當他點燃烽火時，看似只是戲謔的惡作劇，然而毀滅的是與諸侯們的結盟和誠信，因小失大，得不償失。

凡戰之道，未戰養其財，將戰養其力，既戰養其氣，既勝養其心

名句的誕生

凡戰之道，未戰養[1]其財，將戰養其力，既戰養其氣，既勝養其心。謹烽燧[2]，嚴斥堠[3]，使耕者無所顧忌，所以養其財；豐犒[4]而優游之，所以養其力；小勝益急[5]，小挫益厲[6]，所以養其氣；用人不盡其所欲為，所以養其心。

～北宋．蘇洵〈心術論〉

完全讀懂名句

1. 養：蓄養。
2. 燧：燧，音ㄙㄨㄟˋ，即烽火。白天點煙為烽，晚上燃火為燧（顏師古說白天叫燧，晚上叫烽）。
3. 斥堠：堠，音ㄏㄡˋ。偵察敵情的人，即偵察兵。
4. 豐犒：犒，音ㄎㄠˋ。豐厚的慰勞賞賜。
5. 小勝益急：急，心急。獲得小勝利後，會渴望更大的勝利。
6. 小挫益厲：厲，勸告勉勵。有小挫折後，更應該勸告勉勵他們。

帶兵作戰的原則在於，平時儲備軍需財物，戰前培養士兵的戰鬥力，戰後蓄養軍人的士氣，勝利後休養士兵的身心。小心留意邊境上的消息，嚴守邊哨，讓屯田士兵沒有後顧之憂，以儲蓄軍需；用豐厚的犒勞，讓士兵從容優游，以培養軍隊的戰鬥力；用小勝利去激起豪情，小挫折去磨礪鬥志，以培養士氣；任用人才，不完全滿足他的要求，以培養他的心

志。

名句的故事

培訓軍隊以備不時之需，蘇洵認為可從「未戰、將戰、既戰、既勝」四個層面來進行，從軍隊在承平之時的準備、即將作戰和作戰時的策略和作戰後如何收攏軍心，做了簡單但全面的說明。而蘇洵的看法與歷朝許多軍事家的帶兵策略，不謀而合。例如明朝的戚繼光率領戚家軍長期在福建、浙江、廣東等地沿海，對抗來犯的倭寇，時間長達十餘年，他把畢生的帶兵經驗寫成了《練兵實紀》一書，提出許多帶兵的要點。

例如要如何在戰前鍛鍊軍隊的膽氣？他提出「循士情」，也就是主將要體察士兵飢飽勞逸、強弱勇怯等等情況，讓士兵感覺主將有如父母一般可以依靠，於是齊心一意跟隨主將；還要「公賞罰」，也就是賞罰秉公處置；「信口耳」，主將發號施令，不可以反覆改變……除此之外，還有「定軍禮」，制訂軍隊上下級相處的禮節，建立上命下從的規制、「詳責成」，有了上下從屬後，一切有違反號令，都要上下連坐，讓士兵體認到自己是團體的一員。書中甚至提到如何分配軍餉，避免官員苛扣。也不可以濫用士兵的勞力，他認為「所以望之（士兵）出力疆場，衛國保民，其責非輕。今卻使為轎夫廝役，以廝役待士，而欲其出死力，捐命禦寇，有是理哉」，意思是士兵訓練是為了征戰沙場，如果把他們當下僕役使，又怎麼能期望他們在疆場上效力。如此一來，軍士上下一心、對主將心服口服，又得到良好鍛鍊，自然能在戰場上發揮戰力，擊潰敵人。

而蘇軾在〈教戰守策〉中，也針對養兵千日，提出了他的想法。

像是「秋冬之隙，致民田獵以講武，教之以進退坐作之方，使其耳目習於鐘鼓旌旗之間而不亂，使其心志安於斬刈殺伐之際而不懾。是以雖有盜賊之變，而民不至於驚潰」，意即在農閒的時候，招集百姓一起練習戰技，使他們熟悉作戰的方式，以便日後萬一真的有敵人來襲，才能立刻成軍。

雖然戰爭不知道何時、也不見得一定會發生，但若能秉持「毋恃敵之不來，恃吾有以待之」的心態，也就不用擔心了。

歷久彌新說名句

「既戰養其氣」意即兩軍對峙，眾寡懸殊很大時，主帥若能激發士兵作戰的勇氣，便能獲得最後的勝利。中國歷史上，有很多以寡擊眾的戰爭，都是憑藉著士氣，殲滅敵人，其中發生在秦朝末年的鉅鹿之戰，便是一個很明顯的例子。

秦朝末年，天下群雄紛起，招兵買馬對抗秦國。而秦國則採「各個擊破」的辦法，瓦解反對的勢力。雖然朝廷裡二世無能，趙高專政，但仍有許多良將，能夠調度得起大軍。二世命令將軍章邯，將囚徒編制成軍隊，率領大軍出擊，平定叛亂。章邯驍勇善戰，接連得勝，甚至擊敗楚國項梁的軍隊，接著乘勝追擊，重兵攻打趙國。

趙王請求各國救援，但各諸侯國不敢出兵援助，只有楚懷王遣宋義、項羽前來救援。但是宋義拖延，按兵不動。項羽一心想要為叔父項梁報仇，竟殺了宋義奪取兵權後，率兩萬士兵前往救援。

然而章邯所率大軍，據說有二十萬人，敵眾我寡，區區兩萬援兵根本不是敵手。項羽為激勵軍隊士氣，想出了一個激勵士氣的方法，當軍隊渡過黃河後，他下令鑿破所有的船隻，使船沉入河底，表示永不回頭的決心。

緊接著，他發給士兵每人三天糧食，並打破煮飯的鍋子、燒掉駐紮的營帳……項羽的這些舉動，除了減輕軍隊的負重，也令士兵們對於眼前這場戰役抱有「只許前進，不准後退」的認知。而且戰鬥時他總是身先士卒，搶在士兵前面作戰，因此激勵了將士戰鬥的勇氣，竟能以一當十，以少數勝多數，大破秦軍，俘虜秦國大將。

這就是蘇洵所謂的「既戰養其氣」。

凡主將之道，知理而後可以舉兵，知勢而後可以加兵，知節而後可以用兵

名句的誕生

凡主將之道，知理[1]而後可以舉兵，知勢而後可以加兵，知節[2]而後可以用兵。知理則不屈，知勢則不沮[3]，知節則不窮[4]。

～北宋．蘇洵〈心術論〉

完全讀懂名句

1. 理：事物的規律、意旨。
2. 節：節奏規律。
3. 沮：沮喪、灰心。
4. 窮：困窮。

身為軍隊主將必須堅守的原則，有：要懂得道理、情理，然後才能調遣部隊；審知敵我的態勢，然後可以帶兵赴戰場；要能掌握節制、節奏，然後可以指揮戰役。懂得道理、情理，才不會理屈退縮；能審知敵我的態勢，才不會屈居下風而潰敗；能掌握節制、節奏，才能靈活變化而不至於困窮。

名句的故事

戰爭攸關軍民的生死、國家的存亡，身為軍隊裡的最高將領，蘇洵認為無論情況有多危急，都必須冷靜沉著衡量敵我的是非（知理）、洞察敵我的情勢（知勢），以掌握戰爭的節奏規律（知節）。此外，若要獲得最後的勝利，《孫子兵法》也提出了「五事七校」的標準可供參考。

所謂「五事」是指：「一曰道，二曰天，三曰地，四曰將，五曰法。」意即人和、天

時、地利、將領、法制；而「七校」則是從「五事」延伸出來的，指主孰有道、將孰有能、天地孰得、法令孰行、兵眾孰強、士卒孰練、賞罰孰明。意即具有天時、地利、人和的一方，若是擁有才能過人、賞罰分明的將領，加上軍隊裝備精良，訓練有素的士兵，爭戰雙方的勝負就能夠立判了。

歷朝的軍事家，不乏這樣卓越的領導人材，其中趙子龍是最為膾炙人口的蜀漢名將，且看他如何吹響漢水之戰的勝利號角。

《三國演義》中描寫載建安二十三年（西元二一八年），趙子龍的屬下隨漢將黃忠去奪取曹操的軍糧，但過了約定時間仍然未回來，趙子龍十分擔心，便帶著數十騎兵出外查看。不料，正好遇到曹操大軍來襲，兩軍對峙，趙子龍審知敵我情勢，見敵眾我寡，不能力取。於是他決定利用鄰近漢水的優勢，以「攻其不備，出其不意」的戰術，孤注一擲。於是，趙子龍喝令打開柵門，士兵偃旗息鼓。曹軍見狀，反不敢前進。接著他又號令打響戰鼓，使雷鼓震天，萬箭齊發，曹軍極為驚駭，互相踐踏，摔落漢水淹死的人甚多，最後趙子龍贏得了勝利。

在小說家的筆下，趙子龍洞察時事，對於當時的天候、地形，均有一定的了解，加上個性冷靜沉著，在審知敵我的情勢後，能做出正確的判斷，熟稔並掌控戰爭的節奏，故能成就「虎威將軍」的美名。

歷久彌新說名句

在〈心術論〉一文中，蘇洵認為，作為軍隊將領，最重要的一件事，未必是有過人的謀略或驚人的戰術，而是要能「治心」。什麼是治心呢？就是要能遇事鎮定，做到泰山崩於前而面不改色，即使碰到緊急的狀況，也能夠鎮定以對，排除外在的干擾，避免私人的情緒作祟。而他就這些方面，提出了「知理」、「知勢」、「知節」三個要點。其中「知理」排在第一項。而什麼是知理呢？就是知道「義」之所在，孰是孰非。知理的人，才能掌握情勢，能掌握情勢的人，才能夠制訂作戰策略、調度派遣軍隊。《列女傳》中的「齊傷槐女」，也給了我們一個「知理」的範本。

齊景公非常喜愛槐樹，除派人日夜守護外，還立下告示：「犯槐者刑，傷槐者死。」

然而有個名叫衍的人，酒後折傷了槐樹，遭到官吏的拘捕。他的女兒婧很擔憂，於是來到了晏嬰的家，向晏嬰陳情，說：「我的父親因祈求國泰民安，喝了過量的祭酒，誤觸了君王的禁令。但我聽說宋景公執政時，曾連續三年沒下雨，他卜卦得知必須用人來祭祀後，立即向上天叩頭祈禱：『求雨是為了百姓，如果一定要用人來祭祀的話，那就請用我的身體吧。』於是降下大雨，解除乾旱，這是因為君王能夠愛護百姓的緣故。現在君王因為我父親折傷槐樹便要將他處死，這麼做有損於君王的大義，別的國家聽聞了，也一定會認為國王這麼做是輕賤百姓的行為，你覺得這樣好嗎？」晏嬰聽完，大為折服。

第二天早朝，晏嬰向便景公勸諫，「有三種行為會引發人民的怨言，一是壓榨百姓的財力體力；二是制定嚴厲的法令；三是刑罰殺戮不合理。現在您搜刮百姓的財物，來美化宮殿；沉溺於玩賞、愛好，並訂立不合理的刑罰，這些都是違背民心，又傷害百姓的殘暴行為啊。」景公聽了，接受勸告，下令撤走看守槐樹的人，又廢止傷槐的禁令，釋放了囚犯。

從這個故事可知，知理的人明白大義所在。婧雖然擔憂父親的安危，然而她對晏嬰的一番陳述，冷靜的以「貴民賤物」的大義理由為出發，最終以理服人，扭轉形式。她清晰的陳述、調理分明的勸說，讓她「知理」的形象躍然紙上。

物必先腐也，而後蟲生之；人必先疑也，而後讒入

名句的誕生

羽之殺卿子冠軍也，是弒義帝之兆也。其弒義帝，則疑增之本也，豈必待陳平哉？物必先腐也，而後蟲生之；人必先疑也，而後讒[1]入之。陳平雖智，安能間[2]無疑之主哉？

～北宋．蘇洵〈范增論〉

完全讀懂名句

1. 讒：讒言、毀謗、壞話。
2. 間：離間、反間，在此做動詞。

項羽殺卿子冠軍，是殺義帝的先兆。他殺了義帝，又是懷疑范增的根源，難道兩人反目一定得倚仗陳平的計策嗎？物品必定自身有所腐爛才會生蛆蟲，人必定心中先有所懷疑，離間的讒言才能奏效。陳平縱然有智謀，又怎能離間不懷疑臣子的君主呢？

文章背景小常識

本篇是蘇軾早期的史論，針對謀士范增面臨陳平離間與項王的懷疑，一怒之下掛冠求去一事，提出犀利別致的見解。范增早年曾遊說項梁起義抗秦；在鉅鹿之戰時，由項梁扶植的楚義帝原本任命宋義為卿子將軍，項羽為次將，范增為末將，不料項羽卻趁機發動兵變誅殺宋義，大破秦兵，自立為諸侯上將軍。日後項羽更自稱西楚霸王，將義帝流放長沙，再命英布埋伏暗殺。至於范增則受項羽重用，獲「亞父」尊號。從其「楚雖三戶、亡秦必楚」的人心洞察、策畫鴻門宴等言行，都可見其政

治智慧。然而項羽卻誤信反間計，以范增與漢軍勾結為由削弱其兵權，終使其憤而求去。范增於返鄉途中突生惡疽暴斃，項羽頓失臂膀，也就兵敗如山倒了。

一般談到陳平離間項王君臣，多半集中討論計謀本身，惋惜范增的離去、將項羽的莽率與劉邦君臣的工於心計交相對照。然而蘇軾卻別開生面，直指范增求去其實是好事，只是錯在不能走得更早。早在項羽誅殺楚將卿子冠軍、殺故主義帝時，范增就該洞悉項羽為人，明快的選擇去留，甚或憑其智謀膽色，力圖與項羽一搏也未嘗不可，若能如此，也就不會落得失意猝死的下場了。

文章以探討陳平離間為核心，但更追本溯源徵引史事，反覆推敲項羽、范增各自的心性、處境以闡明自身見解，展現出蘇軾早年俐落又氣盛的才思，立論綿密，手法不俗。

名句的故事

在蘇軾看來，范增缺乏敏銳的識人之明，以至於遲遲無法體認輔佐項王的潛在危險。從當年先殺卿子冠軍，後殺義帝的作為，便可知項羽缺乏容人之量。縱使范增向項羽稱臣，也難保兩人從此不生嫌隙。項羽因擁戴義帝得以集結軍隊成為一方之霸，卻又因殺義帝頓失諸侯信任，最後兵敗垓下，可說成也義帝、敗也義帝。

當年項羽因私怨矯殺同為義帝左右手的卿子冠軍，勢必造成君臣的衝突，蘇軾認為范增是當年扶植義帝的重要推手，其不想與義帝為敵的心意昭然若揭，但項羽還是一意孤行，可見早在當時，項羽便對范增有了政治立場與忠誠度的猜忌。

《史記》也曾記載諸多楚漢將相的評論，指出項羽氣量不足、難以用人的致命缺點，如韓信批評項羽「遇強則霸，遇弱則憐」，是好逞匹夫之勇，無法真誠任用賢達之人；陳平本人更曾明確表述當初選擇投靠劉邦，是因項王看似強大，卻無法信任外人，只重用親族，即使真有賢達也無所施展，他說：「項王不能信人，其所任愛，非諸項即妻之昆弟，雖有奇士不能用，平乃去楚。」

人事物的變調腐壞，往往由本身的小問題加以醞釀。正因項羽、范增早生嫌隙，才使敵對的劉邦陣營趁虛而入，陳平只是敏銳地抓住這層矛盾，加以鑿深、擴大而已。有了兩個前車之鑑，范增仍不能及時醒悟，日後遭到離間反目，也不是那麼令人意外的事了。

歷久彌新說名句

「物必先腐也，而後蟲生之；人必先疑也，而後讒入之。」這句話以仔細觀察得出的經驗法則，表達禍難本身有跡可尋，不及時察覺、彌補，終將釀成無可挽回的損失。語意相似的成語如「冰凍三尺，非一日之寒」，典故出自王充《論衡．狀留篇》：「河冰結合，非一日之寒；積土成山，非斯須之作。」結冰厚達三尺，並非一日兩日的嚴寒雪天就能成就；土壤堆積成山，同樣也無法一蹴可幾，而是需要長時間的積累醞釀。

《韓非子．喻老》也有一句類似的名言：「千丈之堤，以螻蟻之穴潰；百尋之室，以突隙之煙焚。」洪水滲透了小螞蟻穴，從而擊潰綿延千里的宏偉堤防；百尺高樓，則因煙囪裂縫起火而焚燒殆盡。從自然現象與災難見微知著的道理，同樣也可對應於人事：人的每次決定與應對，每一步都念念相續，逐漸形塑自我人格、影響人際關係。人的成敗去留，也往往可從諸多不起眼的小細節早現端倪、釐清脈絡。因此待人接物必須時時謹慎，審時度事，也可學習從小處發微體察的功夫。

合則留，不合即去

名句的誕生

增年七十，合則留，不合即去，不以此時明去就之分，而欲依羽以成功名，陋矣！雖然，增，高帝之所畏也；增不去，項羽不亡。亦人傑也哉！

～北宋．蘇洵〈范增論〉

完全讀懂名句

范增那時已經七十歲了，若與項羽彼此契合就留下，不契合大可離去，不在那時明確決斷自己的去留，反而想依賴項羽成就功業，識見可說淺陋。即使如此，范增仍是漢高祖劉邦畏懼的人，若范增不離去，項羽也不會滅亡。范增也算是人中俊傑了。

名句的故事

對於范增離去的時機，蘇軾直言「恨其不早」：早在項羽於鉅鹿之戰誅殺卿子冠軍時，范增就應看透項羽的為人掛冠求去了。當年鉅鹿之戰，義帝任命宋義為卿子冠軍，項羽為次將，范增為末將，三人在義帝帳下平起平坐，然而項羽在大戰前先找藉口殺死宋義，日後又暗殺義帝，當年抗秦的夥伴只有范增倖免於難。《史記．項羽本紀》記載：「居巢人范增，年七十，素居家，好奇計。」范增嶄露頭角時至少七十歲，已是一位高壽智者，有了義帝與卿子冠軍作為前車之鑑，范增實能早早審時度勢，判斷自己與項羽是否契合。若是不合，大可走得明快瀟灑，毋須為了不合適的人、事、物拖磨留戀。雖然范增仍不失為令人忌憚的豪傑，但在蘇軾看來，范增始終沒有看破項羽無法容人的缺點，也無法果斷審辨自身去留，以致最後抑鬱而終，不得不說是種愚昧的悲哀。

三蘇父子皆熱衷史論，思想繁博開通。在這篇早期的史論中，蘇軾以范增的去留時機闡明出處之道，展現宛若縱橫家雄辯滔滔的明快韻味，與以史為鑑、探論人情世故的通達思維。晚年的蘇軾依舊精擅史論，不過其史觀卻似乎轉趨謙沖、圓融。

《答王庠書》中，蘇軾自況早年好發議論，老年思緒歷練更迭，有自毀少作之慨：「軾少時好議論古人，既老，涉也更變，往往悔其言之過。」或許經歷多次打擊沉浮之後，知道人生有太多的不可知與無奈，因此對范增的艱難，會有更深刻的體解。

歷久彌新說名句

「合則留，不合則去」，表露出審時度世、通達順應的生存智慧。蘇軾認為若范增與項羽不合，「道不同不相為謀」，自可灑然離去，有其他更開闊的選擇。然而何時該留、何時該去，則考驗著每個人的智慧與判斷。

真正的智者即使遭遇困厄，也往往能當機立斷，做出最合宜的決定，至於優柔寡斷又缺乏洞見的人，往往嚐到「當斷不斷，反受其亂」的苦果。

「當斷不斷，反受其亂」此句出自《史記．春申君列傳》，指當人該下決斷時，卻因猶疑不決錯失了最好的時機，反而使自己承受悲慘的後果。

楚國的春申君黃歇博學善辯，早年曾奉楚王之命遊說秦國、安排太子歸國，行事英明果斷。但春申君回楚國擔任令尹時，門客朱英提醒同為春申君門客的李園，靠著妹妹李環為妃在朝得勢，又暗中豢養刺客，應早日斬草除根，以免後患無窮。春申君一方面認為李園弱小又無膽識，另一方面又顧忌當年出於政治盤算，將還是自己的小妾、懷孕的李環送給膝下無子的楚考烈王等祕密曝光，後果難料，因此遲遲沒有採納朱英的諍言。

當楚考烈王過世時，李園搶先入宮設下埋伏，在春申君進棘門時將其斬首，誅殺全家。當其權高勢盛、李園羽翼未豐時，春申君不肯聽從諫言，從而錯失先手以致家破人亡，正是自食了猶豫不決的苦果。

非才之難，所以自用者實難

名句的誕生

非才之難，所以自用者實難。惜乎！賈生，王者之佐，而不能自用其才也。

～北宋．蘇軾〈賈誼論〉

完全讀懂名句

人要有才能並不困難，如何充分發揮自我才能才是真正的困難。可惜啊，賈誼雖然也能力輔佐帝王，卻沒有辦法發揮自己的才幹。

文章背景小常識

從二十一歲至二十五歲的四年間，蘇軾陸續著作二十五篇《進策》，二十五篇《進論》，表述其政治主張與為官之道。《進論》中關於張良、鼂錯、揚雄等兩漢人物論共有七篇，往往能獨排眾議，獨創犀利宏論，《賈誼論》正是其中一篇。

賈誼是漢初著名的思想家與文學家，二十二歲即被舉薦為漢文帝身邊最年輕的博士，對賦稅、經濟皆有見解，也依照儒學與陰陽五行概念設計了漢代禮制。不過賈誼卻因受到西漢宗室、丞相絳侯周勃等老臣排擠，被外放為長沙王太傅。賈誼貶謫期間終日悲觀鬱結，著有《弔屈原賦》、《鵩鳥賦》等哀傷不祥之作。之後轉任梁懷王太傅，懷王墮馬而死，賈誼日夜自責，三十三歲就病逝了。

歷代諸家多半憐惜賈誼遭讒見放的際遇，而文帝有才而不用，也實在辜負賢君之名。但蘇軾卻認為賈誼性格有其致命弱點，不懂得自我發揮，也不善於守時待變，體察文帝安撫老臣的潛在考量。正因賈誼「志大而量小」，導致最終憂思而死的悲劇。

這個罕見的觀點不僅別開生面，又能深刻地抉發文帝與賈誼各自的立場得失，展現洞察人情的縝密與練達。

名句的故事

在這篇人物論中，蘇軾開篇就直截了當表明對賈誼的核心評價：一個人有才並不難，更困難也更重要的，是如何持續發揮自己的才能。賈誼正因不能自我善用，以致失意早逝。

緊接著，蘇軾闡述如何善用才華：「夫君子之所取者遠，則必有所待；所就者大，則必有所忍。」君子想達成遠大目標，必須耐心等待時機；想成就大事業，則必須忍耐。

「待」與「忍」並非天賦才智，而是堅毅不屈的人格特質。人或多或少都有天賦才能，但要將才智落實於世，則不得不具備與社會環境磨合、抗衡的意志力。偉大事業的起步與完成尤其格外漫長困難，未必所有進展都能符合自己的想像，因此善於容忍挫折、並逐步消弭嫌隙、另闢有利新局者，往往才是人生馬拉松最後的贏家。

古來能人志士如此之多，卻未必皆能有所施展，這並非皆是君王、小人、時局等外在問題，個人特質也是重要關鍵。藉由這條主要立論，蘇軾一掃歷來批判文帝與朝臣的成見，將焦點轉向賈誼自身，既肯定了賈誼之才，卻又精警又不失憐惜地指出賈誼不能「自用」、缺乏「待」與「忍」的心理弱點，才是導致悲劇的內在要素。

歷久彌新說名句

李商隱的〈賈生〉是首膾炙人口的詠史詩：「宣室求賢訪逐臣，賈生才調更無倫。可憐夜半虛前席，不問蒼生問鬼神。」描述的是漢文帝在未央宮的宣室召見被放逐長沙的賢臣賈誼，可惜，文帝見到賢明的臣子，整夜暢談的內容卻是在請教鬼神祭祀之事，甚至聽得入迷，身體前傾，離開原本的坐席。但這些神怪內容，都非關社稷民生。文帝虛心求賢，看似善舉，但所問之事是否能真正發揮賢者的才幹？如此求賢，對君王、對賢者各自的意義又是什麼呢？雖然李商隱並未說破，但在「問」與「不問」、「訪」與「不訪」間，詩人已表達對賈誼際遇的慨嘆、也隱約流露出自己在黨爭下只能輾轉於藩鎮幕府，無所見用的晦暗情緒。

相較於賈誼難以「自用其才」，《史記・平原君列傳》則記述了毛遂自我推薦一鳴驚人的事例。

秦國圍攻趙國首都邯鄲，平原君希望挑選二十個優秀的門客，一同說服楚王與趙國結盟抗秦。但他千挑萬選只選出十九人，這時原本默默無聞的毛遂便自告奮勇出列。

起初平原君不以為然，認為真正優秀的人就像袋中的尖錐，不可能在門下蟄伏三年依舊沒沒無聞，毛遂卻勇敢坦言這次自我推薦，正是要求一個大展鋒芒的機會，平原君便姑且任用了毛遂。最後毛遂果真成為談判時最勇猛得力的關鍵角色，兩國順利結盟，而能「自用其才」的毛遂也從此被平原君奉為上賓，並留下了「毛遂自薦」的典故。

夫君子之所取者遠，則必有所待；所就者大，則必有所忍

名句的誕生

夫君子之所取者遠，則必有所待；所就者大，則必有所忍。古之賢人，皆負可致之才，而卒[1]不能行其萬一者，未必皆其時[2]君之罪，或者其自取也。

～北宋．蘇軾〈賈誼論〉

完全讀懂名句

1.卒：最後。

2.時：那時、當時。

君子所想達致長遠的成就，就一定要善於等待；想成就偉大的事業，就一定要善於忍耐。古代的賢人都身懷可以創造偉大事業的才華，然而最終連自己萬分之一才華都無法施展的人，未必都是當時君主的過錯，也可能是他們自己導致的。

名句的故事

在開篇點出賈誼無法「自用其才」的問題後，蘇軾緊接著申論成功的要素：想成就大業，也需具備能撐起這份抱負的相應心理素質，必須善於等待時機，也需善於忍耐。

賈誼重訂漢朝禮制，在〈論積貯疏〉指出人民競逐工商浮利而不務農糧生產，主張抑末強本，使民自給自足以解決民生問題；又在〈諫鑄錢疏〉討論民間私鑄貨幣的財政問題，主張將鑄錢權力收歸國有。這些理想計畫確實都能切中時弊，但也都是曠日耗時、扭轉國本生計的大工程，在推行過程必定會碰上諸多阻

難。事實上，這些問題也幾乎是歷經多朝努力，直到漢武帝時才慢慢臻至穩定，可見成大事之耗時費力。那麼，賈誼是否具備了成就大事的心理素質，可待可忍呢？

即使已遇上漢文帝這樣風評昭著的賢君，賈誼還是不免抑鬱而死。蘇軾對此提出一個尖銳的質疑：若是如此，賈誼該與什麼樣的聖君共事，才能徹底施展其抱負呢？

對照周遊列國的孔子、鍥而不捨等待齊王召見的孟子等其他同樣胸懷大志、力求賞識的賢人，便可察覺賈誼失之殷切主動，似乎缺乏足夠的熱情推展其抱負，也沒有意願改變、拉近與君王的關係。君子努力「自用其才」，也是自愛、珍惜自己才華的表現。因此賈誼的失意並不能完全歸咎於時不我予，自己未能具足足夠的志向氣量，失之消沉陰鬱，也是非常重要的成敗關鍵。

歷久彌新說名句

蘇軾認為賈誼空有才華，卻缺乏成就大事必要的堅忍。在另一篇策論〈留侯論〉中，蘇軾即高度讚揚張良善「忍」的特質，探論何為真正的勇敢。

蘇軾指出：「人情有所不能忍者，匹夫見辱，拔劍而起，挺身而鬥，此不足為勇也。」一般人往往以為敢於立刻反抗挑釁就是勇敢，但面對難以忍受的挑釁，人們憑著血氣方剛逞凶鬥狠，只能說是人情之常，算不上什麼勇敢。真正的勇者是面對不尋常的折辱與困局，仍能保有自我判斷，冷靜顧全大局，不隨風吹草動而妄動起舞。「卒然臨之而不驚，無故加之而不怒。此其所挾持者甚大，而其志甚遠也。」面對難忍的挫折仍能堅忍剛毅，勇於實踐自我抱負，這才是真正有擔當的大勇。

而楚漢相爭的成敗關鍵，正在於「能忍與不能忍之間」。項羽不善忍耐，鋒芒畢露，而漢高祖劉邦能屈能伸，又得張良輔佐，早年遭韓信僭越無禮時勃然大怒，正是張良提點高祖忍一時以成就長遠大計，才避免了漢營的分崩離析。正因漢營能韜光養晦，「養其全鋒而待其弊」，才能冷靜審視敵人破綻，伺機奪得致勝先機。小不忍則亂大謀，〈留侯論〉對「忍」與「勇」的探析，可與〈賈誼論〉強調的「待」與「忍」兩相對照。

古之人，有高世之才，必有遺俗之累

名句的誕生

古之人，有高世之才，必有遺俗之累。是故非聰明睿智不惑之主，則不能全其用。古今稱苻堅得王猛於草茅之中，一朝盡斥去其舊臣，而與之謀。彼其匹夫略有天下之半，其以此哉！

～北宋・蘇軾〈賈誼論〉

完全讀懂名句

古代的人有高超出世的才華，必然會因不合時宜而遭致牽累。因此不是英明睿智、不輕易被蠱惑的君主，就無法充分發揮這群天才的大用。古人和現代人都說苻堅將王猛從草野平凡中發掘出來，短時間內就盡數辭退老臣，和王猛共商國家大事。苻堅那樣的平庸之輩竟能佔據大半個中國，大概就是因為這個道理吧！

名句的故事

漢文帝不能重用賈誼，自有其政治考量。文帝身邊絳侯、灌嬰等元老功臣尚在，賈誼只是初出茅廬、政治生涯尚淺的「洛陽少年」，文帝就算再愛才也不會因偏愛賈誼而與諸多股肱之臣為敵。賈誼天縱英才卻無法看破這層事理，終日陷溺於貶謫憂鬱中，不知韜光養晦，無法自我提振，這就是賈誼「志大而量小，才有餘而識不足」的原因。

然而在最後一段，蘇軾筆鋒一轉，又從君主的角度探討君臣關係。

賢才需要君主支持方能大展身手，而君主

除了支持施政，更重要的是體察臣子的性情，給予適當保護。出類拔萃的天才往往因思考、行事異於常人、又不懂得周全世故而樹敵。如賈誼心性純粹敏感、又因聰慧而甚少遭遇挫折。文帝既有賞識賈誼之心，或許應斟酌外放長沙的處置是否得當。

蘇軾又指出苻堅這樣才略平凡的君主，正因獨排眾議啟用王猛，才使帝業成功拓展。三國時期，劉備三顧茅廬，請諸葛亮為其出謀畫策，死前更將國家與太子悉數託付。《資治通鑑》注疏者胡三省便認為：「自古託孤之主，無如昭烈之明白洞達者。」至於諸葛亮也甘為劉備「鞠躬盡瘁，死而後已」，使國力轉衰的蜀國依然能與魏、吳兩國分庭抗禮。

君臣關係是雙向的，彼此互信互諒，就更能同心協力治理國事。若能使賢臣明確感受君王的真心愛護，也就不會發生痛失人才的憾事了。

歷久彌新說名句

賈誼的詳細生平可見於《史記・屈原賈生列傳》。

《史記》合傳、附傳的條件，在於傳主彼此關係密切，或際遇相通。司馬遷將遭楚王流放、自沉汨羅江而死的詩人屈原，與被漢文帝流放長沙，過江憑弔屈原的賈誼合為一傳，且刻意不採用賈誼〈過秦論〉、〈論治安策〉等政論名篇，而選錄〈弔屈原賦〉、〈鵩鳥賦〉等與屈原心志相輝映的辭賦，藉此突顯兩人皆才氣煥發、心志高潔，不過也因無辜遭到讒言排擠，而心生鬱結激憤的自憐傾向。

如屈原於江畔遇見漁父，自言「舉世混濁而我獨清，眾人皆醉而我獨醒」，強調世間眾人皆昏昧無明，唯有自己理智清醒。而賈誼〈弔屈原賦〉亦云：「鸞鳳伏竄兮，鴟梟翱翔；闒茸（闒，音ㄊㄚˋ。原指細毛，引伸有猥褻微賤的意思，在這裡指宦官或小人）尊顯兮，讒諛得志；賢聖逆曳兮，方正倒植。」高貴的鸞鳳驚惶地潛伏逃竄，而狡詐的貓頭鷹卻能恣意翱翔，一如朝中宦官小人因阿諛而得志，而真正的賢才忠臣反而無法立足。賈誼也沉痛直言：「國其莫我知，獨堙郁兮其誰語。」整個國家無人理解自己，他只能獨自憂憤壓抑，也因此油然而生如鳳凰遠走高飛、「遠濁世而自藏」的隱逸傾向。實是藉憑弔古人屈原，再次投射、重申因才華而無法見容當世的傷感心境。

古之立大事者，不惟有超世之才，亦必有堅忍不拔之志

名句的誕生

古之立大事者，不惟有超世之才，亦必有堅忍不拔之志。昔禹之治水，鑿龍門，決大河而放之海。方其功之未成也，蓋亦有潰冒衝突可畏之患；惟能前知其當然，事至不懼，而徐為之圖，是以得至於成功。

～北宋．蘇軾〈晁錯論〉

完全讀懂名句

自古以來凡是成就大事業的人，不僅身懷出類拔萃的才能，也必定有堅定不移的意志。過去大禹整治洪患、開鑿龍門，將洪水疏通入海。當他的功業尚未完成時，可能也會發生決堤、淹水等恐怖災禍，只是他能事先預料這種狀況，事發時又不驚惶失措，所以能從容整治，最終達致成功。

文章背景小常識

本文是蘇軾於嘉祐五年所寫的二十五篇《進論》之一，是對晁錯之死獨具看法的翻案文章。

晁錯是漢文帝、漢景帝時的能臣與思想家，著有〈守邊勸農疏〉、〈論貴粟疏〉、〈賢良對策〉等政論，其最具代表性的政策，便是〈削藩策〉中主張盡早裁抑劉姓宗親諸侯的實力，將地方大權收歸回中央所用。

削藩策實是文帝、景帝的長遠政治理想，然而晁錯實行削藩的手段過度激進，既無充足罪證，也無誠意溝通，便以諸多小藉口行削藩

之實，嚴重激發各地王侯的不滿，導致吳王劉濞聯合其他宗親以「誅晁錯，清君側」為口號，引發七國之亂。景帝為了平息七國的憤怒，不得不處死晁錯。

對於晁錯之死，歷來文士多半慨嘆其主張削藩又死於削藩，雖然措施苛刻剛直，但其公正為國之心仍令人感佩。然而蘇軾認為這是晁錯志氣不足所致。晁錯既無法將做大事的理念貫徹到底，又無法為君王考慮周全，在七國之亂時建議景帝御駕親征，無異於將皇帝推上砲火前線。這樣自保求全之計，自然失去君王與旁人與其同進退、共甘苦的決心。晁錯之死，實是咎由自取。立論層層深入，犀利亦不失剛正之氣。

名句的故事

有別於〈賈誼論〉開篇一針見血的評論、〈范增論〉客觀直書的敘事，〈晁錯論〉的開篇則是拉遠視角，從天下形勢宏觀談起，繼而徐徐抒發對晁錯其人其事的見解。「天下之患，最不可為者，名為治平無事，而其實有不測之憂。」天下禍患最難以挽回、補救的，莫過於表面安寧無事，實則暗潮洶湧。人若能於興利除弊時擔起解除困難的責任，便是真正具備大勇大志的君子。若是自己攪動一池春水之後卻刻意躲閃，「使他人任其責，則天下之禍，必集於我。」任人為其擔待收尾，那麼自己也必將引火上身。這段開頭看似虛筆，並不評述特定人事，實則已然揭露對晁錯的評價。

有了這層前提鋪墊，蘇軾繼而談述晁錯因削藩而死的事件本身。晁錯認為戰國列土封王的封臣治理方式既過時又危險，漢室要能富強齊心，必須削弱當初分封的諸侯實力，將權力重新收歸中央。其於〈削藩策〉懇切指出：「今削之亦反，不削亦反。削之，其反極，禍小；不削之，其反遲，禍大。」不管削不削藩，諸侯必定反彈。但若削藩，情勢還能由皇室掌控；若任諸侯暗自坐大，未來便只能猝不及防任人宰割。

蘇軾指出景帝正是被晁錯說服才決定削

藩，但晁錯動手執行這項棘手任務時，卻又缺乏破釜沉舟的決心。正因少了必要的堅忍，晁錯才會風風火火的開始，卻又無能平定諸侯怒火，最後潦潦草草的收場。

歷久彌新說名句

「古之立大事者，不惟有超世之才，亦必有堅忍不拔之志」，展現了堅定意志的重要性。

《史記．項羽本紀》記載鉅鹿之戰時，楚軍遭三十萬秦軍圍困。項羽讓士兵們渡河後吃飽飯、帶上三日口糧，便下令砸碎作飯用的釜鍋、鑿沉原本渡河的舟船，示意軍隊只能奮勇前進。這份置之死地而後生的強烈決心感染了士兵，因此楚軍得以數量懸殊的兵力九度與秦軍短兵相接，大破秦軍。項羽的必勝意志不僅徹底解除鉅鹿之危，也打響自己建功立業的威名。

佛教歷史上著名的玄奘大師，二十歲出家，學習佛教典籍，因為覺得當時中原法師對於佛法見解各有不同，且中文佛經不多，翻譯內容多有錯誤，因此生出想要前往天竺（印度）學習求法的念頭。

然而從中原到天竺路途遙遠，且他雖然屢屢上書請求許可，但朝廷卻不肯批准，同行者紛紛打消了念頭，最後玄奘決定私自前往。

往天竺的路途漫長而艱險，他孤身西行，在沙漠中缺糧缺水，又無方向指引，途中遭遇無數艱險，勉強到達高昌。高昌國王麴文泰得知玄奘到來，大喜過望，重禮供養，極盡禮遇之能事，百般挽留，希望玄奘能長留高昌，甚至企圖阻止他上路。玄奘無可奈何，絕食表態，連著四天不吃不喝。麴文泰眼見他意志堅決，再也不敢阻擋。玄奘於是離開高昌，穿過帕米爾高原，終於來到了嚮往已久的天竺。

玄奘憑著堅毅之心，完成此行。他在天竺停流十多年，學習梵文、佛學經典，最後帶回了六百多部珍貴經書，並以後半生之力翻譯經典。他口述撰寫的《大唐西域記》紀錄了西行途中的經歷，與在天竺時所見所聞的考察，即使到了今日，仍是研究印度地理和歷史方面的重要著作。

世之君子，欲求非常之功，則無務為自全之計

名句的誕生

世之君子，欲求非常之功，則無務[1]為自全之計。使錯自將而討吳楚，未必無功，惟其欲自固其身，而天子不悅。奸臣得以乘其隙，錯之所以自全者，乃其所以自禍歟！

～北宋．蘇軾〈晁錯論〉

完全讀懂名句

1. 務：從事、謀取

世間的君子若希望謀求偉大的功業，那就不要謀求全身而退的計策。假如晁錯自己親自討伐吳、楚等七國，不一定就不能成功。正因他一心想保全自身，使皇帝不高興，奸臣便有機可乘。晁錯的自保，正是他招致殺身之禍的原因啊！

名句的故事

蘇軾認為以當年七國之強勢，晁錯驟然削藩，必定引起諸侯反彈。事實上晁錯在〈削藩策〉也提及諸侯削藩必反，不削亦反，這樣的結果應是早在預料之內。然而晁錯並不選擇「為天下當大難之沖」，貫徹自己的志業，而是「欲使天子自將而己居守」，讓景帝親自帶兵，而挑起七國之亂的自己留在安全後方，此舉無異於置君王於險境，也使自己與其他忠心為君的朝臣為敵。晁錯這樣缺乏大智大勇之舉，自招怨禍，也不是令人意外的結局了。即使袁盎不進讒言，晁錯不幸的結局也已然注定。

司馬遷於《史記・袁盎晁錯列傳》提及：「晁錯為家令時，數言事不用；後擅權，多所變更。諸侯發難，不急匡救，欲報私讎，反以亡軀。」除了點出晁錯本身個性固執專斷，又指出晁錯於七國之亂時不急於解君王之危，實有公報私仇懲治袁盎之嫌，最後反而引火上身。晁錯素與袁盎不合，在證據不足的情形下認定袁盎與吳王私通，力主懲治。害怕的袁盎請竇嬰從中牽線，向景帝親自陳明七國起兵的目的之一正是誅晁錯以洩憤。只要殺晁錯、一切恢復如舊，七國便可退兵。因為袁盎曾任吳國丞相，較為了解七國內部動態，袁盎的分析反而成功取信於景帝。司馬遷的紀述與觀點，可與蘇軾認為晁錯因臨陣退縮反而自食惡果的說法彼此參照。

歷久彌新說名句

蘇轍稱美漢初以柔和順應治御天下的黃老之治，文帝之偉大正在於其「能忍」，而景帝正因不能忍，誤用晁錯之計才引發七國之亂。晁錯極力主張削藩之緊迫必要，蘇軾也認定削藩是治國之必經歷程，可惜他缺乏貫徹大業必須的堅忍志氣。

但弟弟蘇轍卻同樣看待文帝與晁錯的事件上，自有看法。他主張「誠如文帝忍而不削，濞必未反」，即使文帝姿態隱忍，吳王劉濞也並未造反，焉知未來吳王年老力衰，時勢又會變化，人應該順應變化多多制定合宜術策，才是治國長久之道。而晁錯執意挑釁仍然強大的吳王，無異於人執意持戈與殘暴的猛虎相鬥。

「幸則虎斃，不幸則人死」，若能不驚動猛虎穩固防備，老虎不足為害，「此則文帝之所以備吳也」。而晁錯這樣的「好名貪利小丈夫」，其躁進難忍反而打亂文帝原本的一盤好棋。

蘇轍的切入觀察與蘇軾不同，但亦能根據史實，翻轉出獨特合理的政治議論，於北宋文壇的散文史論也佔有一席之地。

知信乎古，而不知合乎世；知志乎道，而不知同乎俗

名句的誕生

夫世之迂闊，孰[1]有甚[2]於予乎？知信乎古[3]，而不知合乎世；知志乎道，而不知同乎俗。此余所以困[4]於今而不自知也。

～北宋．曾鞏〈贈黎安二生序〉

完全讀懂名句

1. 孰：誰。
2. 甚：超過。
3. 信乎古：信任古人之道。
4. 困：困境，窮困。

說到世上的迂腐不知變通，有誰超過我呢？只信任古人之道，卻不知迎合世人；只知立志聖道，卻不知配合世俗。這就是為什麼我直至今日仍陷於困境卻還不自覺醒的原因。

文章背景小常識

曾鞏和蘇軾同列名唐宋八大家，兩位也是好友。一次蘇軾從四川寫信給曾鞏，向他推薦黎生和安生，說他們文章寫得好，於是兩人就帶著他們的作品來拜訪曾鞏。曾鞏讀後大為激賞，盛讚兩人為魁奇特起之士，並敬佩蘇軾有知人之能。之後，黎生將任司法參軍之官，臨行之際，請託曾鞏贈言，於是曾鞏就寫了〈贈黎安二生序〉一文，贈給兩人。

這篇文章中，主要是解答黎生學習古文，卻受鄉里之人嘲笑的疑問。曾鞏告訴他，他本身也被人嘲笑過「知信乎古，而不知合乎世」，認為思想太過迂闊，不知變通。但曾鞏

不顧世俗之見，堅持自己的看法，同時勸勉黎、安兩人，倘若是自己思考過而選擇的事物，就要堅持，即使受他人的恥笑，也要將古文革新之道發揚光大。

駢文和古文是兩種不同的散文體裁，駢文特色是注重形式，四六句型，平仄對仗皆講究，而古文較重內涵，句型自由，能充分表達己見，說理抒情議論都很適合。駢文自南北朝興起後，在唐宋時期形成一股風潮，唐宋八大家所提倡的古文運動則是對抗這種華麗不實的主流文體。宋代的蘇軾、曾鞏等人是這波革新運動的代表人物，黎、安二生也是學習並創作的能手，只是不合於俗。當時風氣是以駢文為主流，故而曾鞏藉由此文勸勉他們，不管世俗之見，堅持自己選擇的道路。

名句的故事

曾鞏是歐陽脩古文運動的追隨者，也是他的得意門生。十二歲時，曾寫一篇〈六論〉的文章，深受時人讚賞。十六歲則立志寫古文。二十歲時，受到當時政壇兩大巨頭歐陽脩和王安石的賞識，逐漸在文壇發光發熱。他在〈贈黎安二生序〉一文中，陳述「知信乎古」與「知志乎道」的創作理念，看似支持黎生與安生堅持古文，反抗駢文，然而透過這篇文章，也表述了堅持個人選擇的人生態度。

當黎生與安生告訴曾鞏，因為學習古文而遭鄉里恥笑時，曾鞏的反應是「自顧而笑」，反想自己的經歷，不由得失笑。而他之所以發笑，原因在於自認若要論起迂曲不切實際，世間恐無人比他更嚴重。什麼叫做迂闊呢？曾鞏下的定義是「知信乎古，而不知合乎世；知志乎道，而不知同乎俗」，這種只相信古人之道，卻不知迎合世人喜好；只知立志聖道，卻不知配合世俗的態度，就表現上來說，與其說是迂腐，更像是一種對正確信念和理想觀點的堅持。

而曾鞏還對比說：「今生之迂，特以文不近俗，迂之小者耳，患為笑於里之人。」意思是說黎生的迂闊，不過只是寫作文章不合世俗的流行喜好而已，這只是迂闊之中的小事，卻擔心被鄉里之人嘲笑。那麼，如果小迂惹人嘲笑，那麼大迂會得到什麼呢？曾鞏說，自己他的堅持與追求，給自己帶來了「患」，可即使如此，他仍然堅持自己遵循古代、不背離聖賢之道的追求。

《宋史．曾鞏傳》中，評價曾鞏的文學表現，「立言於歐陽修、王安石間，紆徐而不煩，簡奧而不晦，卓然自成一家，可謂難矣」。蘇軾讚美他：「曾子獨超軼，孤芳陋群妍。」就連向來對人冷誚的王安石也說：「曾子文章眾無有，水之江漢星之斗。」由這些人的敘述和評價，我們可以看見曾鞏堅持後的成就。

歷久彌新說名句

中國歷代許多文人都具備了高潔的道德人格，不隨波逐流，不與小人同道。像宋代文史家曾鞏為堅持古文之道，不知合乎世、不知同乎俗，不隨波逐流，隱隱表現出的是一種「道不同，不相為謀」的堅持。

其實，要不要選擇「與世俗推移」的問題，在戰國時代的屈原早就面臨過了。據說屈原寫過一篇〈漁父〉，描述自己面色憔悴的在江邊行走，遇到一位漁夫，漁夫問他為何落到這個地步？他說：「舉世皆濁我獨清，眾人皆醉我獨醒。」漁夫勸他應當「與世推移」，但他不肯。漁父聽了莞爾一笑，唱歌而去。

堅持這件事，如果不合義理人情，就是剛愎，然而如果完全拋開義理人情，迎合世俗，就是《孟子．盡心下》所說的：「同乎流俗，合乎汙世。」這句話本來的意思是隨世浮沉，後來簡化為成語的「同流合汙」，大多使用在趨於下流，與壞人結黨，一起做壞事的狀況。

孟嘗君特雞鳴狗盜之雄耳，豈足以言得士？

名句的誕生

世皆稱孟嘗君能得士[1]，士以故[2]歸之；而卒[3]賴其力，以脫於虎豹之秦。嗟乎！孟嘗君特雞鳴狗盜之雄[4]耳，豈足以言得士？

～宋．王安石〈讀孟嘗君傳〉

完全讀懂名句

1.得士：招賢納士，獲得賢士。

2.以故：因為這個緣故。以，因為。故，緣故。

3.卒：最終。

4.雄：頭目，首領。

世人都稱頌孟嘗君能招納賢士，所以賢士都因為這個緣故來當他的食客；孟嘗君也憑藉著這些賢士的力量，擺脫虎豹般秦國的殺害。唉！孟嘗君只是那些雞鳴狗盜者的頭兒罷了，哪裏稱得上招賢納士呢？

文章背景小常識

戰國時期，各國貴族為了鞏固統治地位，培養自己的人馬，壯大勢力，於是招納許多各個領域的人才來輔佐。而人才也可透過向貴族獻上智慧來求得生存發展，貴族和人才各取所需，形成養士風氣。當時有四位貴族以養士聞名於世，世稱「養士四公子」，孟嘗君是其中一位。他是戰國時代齊國宰相，門下食客三千人。姓田名文，號孟嘗君，襲父封地薛，又稱薛公。《史記》、《戰國策》都有記載孟嘗君的事蹟。

〈讀孟嘗君傳〉一文是王安石閱讀《史記．孟嘗君列傳》後的一篇讀後感，是推翻前人觀點的文章。文中質疑「孟嘗君能得士」這一傳統觀點，並提出「孟嘗君特雞鳴狗盜之雄耳」的創新論點。

王安石認為，圍繞在孟嘗君周圍的人才其實都是一些僅會小技能的人物，稱不上是賢士。若是賢士的話，以齊國的強大勢力，根本不需要上千人的智囊團，只要得一「可以南面而制秦」的賢士就夠了。所以孟嘗君只是雞鳴狗盜的首領而已。

孟嘗君的食客為何有三千人之多？他對遠近來歸的人士，來者不拒，因此其門客素質良莠不齊，大都是為了求生存來投靠他。據王安石的說法，他們只有雞鳴狗盜的本領。有次孟嘗君到秦國參訪，差點被秦王殺掉，就是靠著這一批食客獻出雞鳴狗盜的伎倆才得以脫身。王安石則根據這次脫秦策略來斷定孟嘗君無法得到賢士，因為他們未具備制秦的高超才能。

名句的故事

脫秦與制秦是兩種境界的本領，脫秦是指幫助孟嘗君在秦國脫離危險的小技能，而制秦是指能幫助孟嘗君滅秦的大謀略。王安石認為孟嘗君的智庫只具有脫秦的雞鳴狗盜之能，尚未有制秦滅秦之大本領。

《史記》中說，齊湣王二十五年，秦王聽聞孟嘗君賢能，邀請他來參訪，秦王本想聘他為宰相，但遭到秦國大臣反對，並將他軟禁起來。孟嘗君趕緊派食客找秦王的寵姬幫忙求情。寵姬要求一件白狐裘作為謝禮，但唯一的一件白狐裘在孟嘗君晉見秦王時就送給秦王當見面禮。所以食客夜晚潛入王宮，學著狗叫，扮著狗樣，引開守衛，最後順利地盜取白狐裘送給寵姬。寵姬於是向秦王求情，孟嘗君得以從大牢釋放。

孟嘗君出牢後怕秦王反悔，一行人連夜趕到函谷關，準備逃出秦國，但未到天亮，城門未開，這時有一名食客學著雞叫，附近的群雞也跟著叫，守城軍士以為天已亮，就打開了城門，孟嘗君一行人才得以脫困。

上述故事中，食客運用狗盜雞鳴的伎倆幫助孟嘗君在秦國得以脫險。這就是王安石所說「而卒賴其力，以脫於虎豹之秦」的原因。正因為孟嘗君的門下都是一些雞鳴狗盜之徒，所以王安石認定他只能算是帶領他們的頭目而已，而真正制秦的賢士也不會歸其門下。

全文不到百字，王安石僅用四句話就簡明扼要推翻了「世皆稱孟嘗君能得士」的世人定論。

歷久彌新說名句

戰國時代是個亂世，各國領袖都想組織自己的政治團隊，以維護其統治勢力，建立各自的帝國。知識分子讀書求知，其理想抱負則是以協助國君治理國家，達到富國強兵為目標。當時國際間的人才相互流動，例如，韓非本是韓國人，他多次上書韓王，但不受重視。而他所著的〈孤憤〉、〈五蠹〉等篇流傳到秦國，被秦始皇看到，因而感慨若今生未得見韓非，是人生遺憾，後來更不惜代價將他從韓國搶過來。

秦王為何如此求才若渴？因為在戰國諸國中，秦國國小貧瘠，又無致富的礦物或特產，想要異軍突起，必須要靠人才。而事實上，秦王在企圖延攬韓非之前，曾因韓國設計，派來治水專家鄭國（人名），假借幫助秦國發展水利開闢農桑為名，企圖消耗秦國國力而大感憤怒，恨透了這些外來人才，於是聽信大臣的提議，下了「逐客」的命令，驅逐所有從其他六國來的外國人。當時李斯還曾上書，勸告王者要不卻眾庶，想讓一國強盛，必須先廣納人才，勸說秦王改變心意。這就是著名的《諫逐客書》的來由，而其中名言如「太山不讓土壤，故能成大；河海不擇細流，故能就其深；王者不卻眾庶，故能明其德」（泰山不推辭土壤，才能成就它的高大；河海不捨棄細流，才能成就它的深；君王不排斥百姓，才能顯揚聖德）、「夫物不產於秦，可寶者多；士不產於秦，而願忠者眾」（物品不產於秦國，但值得珍貴的很多；人才不出於秦國，願意效忠的人也很多）、「今逐客以資敵國，損民以益讎，內自虛而外樹怨於諸侯，求國無危，不可得也」（驅逐客卿就是幫助國，損害人民的利益去幫助仇人，對內損傷國家的力量，對外又與其他諸侯國結怨，想藉此求國家遠離為難，是不可能的），這些話，放到任何一個時代，都是至理名言，值得大家深思。

國家圖書館出版品預行編目資料

古文觀止續編：中文經典100句／文心工作室編著. -- 初版. -- 臺北市：商周，城邦文化出版：家庭傳媒城邦分公司發行；民105.10
面：　　公分. -- （中文經典100句；32）

ISBN 978-986-477-120-2（平裝）

835　　105018032

中文經典100句32

古文觀止續編

總策畫／季旭昇教授
編著／文心工作室（王麗雯、吳秉勳、楊于萱、白百伶、謝明輝、蔡明蓉、劉柏正、吳雅萍、林彥宏）
責任編輯／陳名珉

版權／翁靜如
行銷業務／李衍逸、黃崇華
總編輯／楊如玉
總經理／彭之琬
發行人／何飛鵬
法律顧問／台英國際商務法律事務所 羅明通律師
出版者／商周出版
城邦文化事業股份有限公司
台北市104民生東路二段141號9樓
電話：(02) 25007008　傳真：(02)25007759
Blog：http://bwp25007008.pixnet.net/blog
E-mail：bwp.service@cite.com.tw
發行／英屬蓋曼群島商家庭傳媒股份有限公司城邦分公司
台北市中山區民生東路二段141號2樓
書虫客服服務專線：(02) 25007718・(02) 25007719
服務時間：週一至週五09:30-12:00・13:30-17:00
24小時傳真服務：(02) 25001990・(02) 25001991
郵撥帳號：19863813　戶名：書虫股份有限公司
讀者服務信箱：service@readingclub.com.tw
城邦讀書花園：www.cite.com.tw
香港發行所／城邦（香港）出版集團有限公司
香港灣仔駱克道193號東超商業中心1樓
E-mail：hkcite@biznetvigator.com
電話：（852）25086231　傳真：（852）25789337
馬新發行所／城邦（馬新）出版集團【Cite (M) Sdn. Bhd. (458372 U)】
41, Jalan Radin Anum, Bandar Baru Sri Petaling,
57000 Kuala Lumpur, Malaysia
電話：（603）90563833　傳真：（603）90562833
Email：cite@cite.com.my

封面設計／黃聖文
電腦排版／新鑫電腦排版工作室
印刷／韋懋印刷傳媒股份有限公司
總經銷／聯合發行股份有限公司
電話：(02)29178022　傳真：(02)2911-0053
地址：新北市231新店區寶橋路235巷6弄6號2樓

■2016年（民105）10月6日初版　printed in Taiwan
■2018年（民107）2月22日初版4.5刷
定價300元

城邦讀書花園
www.cite.com.tw

 ISBN 978-986-477-120-2

廣　告　回　函
北區郵政管理登記證
台北廣字第00791號
郵資已付，免貼郵票

104　台北市民生東路二段141號2樓

英屬蓋曼群島商家庭傳媒股份有限公司城邦分公司　收

請沿虛線對摺，謝謝！

書號：BK9032　　書名：中文經典100句——古文觀止續編

請於此處用膠水黏貼

商周出版

讀者回函卡

謝謝您購買我們出版的書籍！請費心填寫此回函卡，我們將不定期寄上城邦集團最新的出版訊息。

姓名：______________________

性別：□男 □女

生日：西元 ________ 年 ________ 月 ________ 日

地址：______________________

聯絡電話：____________ 傳真：____________

E-mail：______________________

職業：□1.學生 □2.軍公教 □3.服務 □4.金融 □5.製造 □6.資訊
□7.傳播 □8.自由業 □9.農漁牧 □10.家管 □11.退休
□12.其他 ______________________

您從何種方式得知本書消息?

□1.書店□2.網路□3.報紙□4.雜誌□5.廣播 □6.電視 □7.親友推薦
□8.其他 ______________________

您通常以何種方式購書?

□1.書店□2.網路□3.傳真訂購□4.郵局劃撥 □5.其他 ____________

您喜歡閱讀哪些類別的書籍?

□1.財經商業□2.自然科學 □3.歷史□4.法律□5.文學□6.休閒旅遊
□7.小說□8.人物傳記□9.生活、勵志□10.其他 ____________

對我們的建議：______________________

____

____

____

請於此處用膠水黏貼